世阿弥最後の花

藤沢周

河出書房新社

世阿弥最後の花　目次

世阿弥最後の花

序章　島影

光とは、なんと不思議なものでございましょう。

あんなにもさんざめいて瞬《またた》き、銀糸を刺した帯のようにうねるかと思えば、金箔《きんぱく》を貼った扇のようにも広がる。また縮み、わだかまり、螺鈿《らでん》が弾けたように、まばゆさを広げてきらめく。

あれは、調べか。歌であろうか。

あちらで爆《は》ぜるかと思えば、こちらでも。光という生き物が、波のまにまに柔らかな体を輝かせながら泳いでいる。海の面《おもて》が皐月《さつき》の日の光を返しているのではなく、光そのものが生きているようなのです。

昨日までぬか雨が降り続き、霞《かすみ》色の海空に船も大きく揺れていましたのに、今日は晴れ渡って少しは凪《な》ぎました。

ですが、潮の深いにおいがより濃く立って、もういかにしても引き返せない海路……。

さように誰もが思い知り、嘆きや重い息遣いすら消えたようなのです。むしろ、ひっそりと沈み、見知らぬ空漠の地へと流される我が身そのものを忘れたい。そう思う者の方が多いのかも知れません。

若狭小浜《おばま》を出て、「はるばるの船路となりよりますがね」と言った老水主《かこ》の潮嗄れした声を思い出すというものです。

暗い船底で湿る筵《むしろ》をかぶって重苦しい船酔いに耐える者もいれば、甲板に出て際限のない海原の風景に、虚ろな目をさまよわせる者……。まだ人としての抗《あらが》いを見せるうちは、良いと申せましょうか。なにせ、罪人を届ける役人や供人《ともびと》まで、すでに都に戻る道が一切断たれたかのように諦め、嘆息の果てに沈黙しているのですから。

ここに消えかしこに結ぶ、水の泡の……。

あるいは、船縁《ふなべり》にもたれかかり、波間に浮かぶ光の模様を眺めては放心しているか。

「……元雅《もとまさ》よ、おまえには、あの光がいかに見える？」

光の群れが滑る波々にぼんやりしていると、そんなはるか昔の声が聞こえてきて、私は船縁から珠洲《すず》の空をなにげなく見上げました。

ほころびた綿のような薄い白雲が空にたなびいて、一様に東の方へと流れております。その先に目をこらすと、薄紫色に霞《かす》む島の影……。

「元雅……」

都の賀茂川のほとりで、川面《かわも》にきらめく光の群れに目を細め、そう父が聞いてきたことがありました。

「あの光や……」

いつのことでしたでしょう。

まだ、私が十歳に届くか届かないかの頃で、大樹《たいじゅ》足利義満様がお亡くなりになった応永十五年のあたり。父が『風姿花伝』なる、能の芸道伝書の第五あたりまで書いた頃でしたでしょうか。

確か、義経と弁慶が出会った五条の橋を見たいとねだった記憶がありますから、新将軍義持様が台臨《たいりん》された島津元久殿宿所で、父が演能した数日後のことだったかも知れません。「何を想う？」と、父は漆黒《しっこく》の怜悧《れいり》にも思える瞳に、賀茂川の光を濡らして、妙なことを聞いてきたのです。

初めはその目の中の光に、父が泣いているのかと思いました。何かを思い出して、悲しんでいるのかと。

義満様から特別な寵《ちょう》を受けていたゆえの、その死の悲しみが癒えぬことは、十歳の幼心にも分かります。また、一座自体が事あるごとに大樹様のご逝去に、色々な意味で揺れ動いていた時期でもありました。次なる義持様はどちらかといえば、私たち観世座よりも、田楽の増阿弥殿というお方を贔屓《ひいき》にし始めていたのです。

ただ、競《せ》る相手とて、父は「尺八一手《ひとて》吹き鳴らひて、かく〳〵と謡《うた》ひ、様もなくさと入《いる》、冷えに冷えたり」と、増阿弥殿のよけいな動きのない、洗練された侘《わ》び寂《さ》びの能を認めておりましたが。

また、犬王という近江猿楽の名手もいて、それはそれは幽玄の手本となるような、比叡座の役者も活躍していた時期です。それでも、やはり父は、犬王の言葉にできぬほどの美しい芸風を認め、「天女などをも、さらりささと、飛鳥《ひてう》の風にしたがふがごとくに舞ひし也」と、後の『申楽談儀《さるがく》』という書に記してもおりました。そんな芸の群雄らが洛中《らくちゅう》で鎬《しのぎ》を削る時代だったのです。

私は父の問いと神妙な面持ちに、いかに答えていいか分かりません。光の群れがざわめく川面と、父の遠くを見るような横顔に、交互に視線をやっては言葉に迷っておりました。

そして、「……あの光の中に……」とつぶやいたのです。

「光の中に……？」

「……黒い蛇が、たくさん泳いでおります」と私は答えたのでした。

「墨流しのようにも見えます」とも。

私は賀茂川に反射するおびただしい光の舞よりも、そう見えさせているさざ波の影の方に気が行って、さように正直に答えたのです。乱れ、からまり合いながら泳いでいく黒蛇の群れにも、蛭《ひる》の群れにも見える。滑らかなうねりの模様が不思議だったのです。

下から父の痩《や》せぎみの面差《おもざ》しを仰ぎましたら、何か目に怪訝《けげん》そうな色を浮かべて、しばらく私を見入り、また川面の光に視線をおもむろに移しました。私の胸の鏡が濁っているとでも思ったのでしょうか。飛天の美しい乱舞にも見える光の反射を、蛇だの墨だのと、まったく真逆のことを言ったのですから。

よそ人のような父の眼差しには、物心つく頃から慣れておりましたが、父の目に溜まる賀茂川の光を見て、寂寥《せきりよう》でも冷たさというわけでもないのですが、何か父が私をぽいと見捨てて、いずこかへ行ってしまう気がして、あわてて言い直したのです。

「淡海《おうみ》の龍神のうろこは、あのように輝いているのでしょう」

いずこかへ先に行ってしまったのは、この私の方でした……。

観世十郎元雅、一生の不覚。あなたの期待を裏切ってしまったのです。

能登の名に負ふ国つ神、珠洲の岬や七島の、海岸遥かにうつろひて……。

海原に突き出た珠洲の岬の砂浜がかすかに見えて、静かに、かつ確かに、次へ次へと遠ざかっていく。

古《いにしえ》から、この岬はまったく都とは違う、荒れ寂びた北国の地との境の関にも思えたことでしょう。ついにこの船も、越《こし》の国へと入るのです。心なしか、海の色も碧《あお》から鉄紺色に深みを増し、海風が削る波頭の白さが刃《やいば》のようにも見えるのです。

私は舳先《へさき》の方へと目を転じました。風をはらんだ弥帆《やほ》の筵の下に、痩せて小柄ではありますが背筋を張って、分け入る波の、さらに先をじっと見据えている一人の老翁の後ろ姿がありました。

父、世阿弥元清。七十二歳。

そして、父のじっと見晴るかしているのが、薄紫色に霞んだ配流《はいる》の島……。上に下にとゆっくりと動いて、舳先を一息に飲み込むかのような、大きな佐渡の島影なのです。

「ああ、見えてきよった……」

「なんとも、いかめしい島やで。鬼ヶ島や」

船底から主屋形《おもやかた》に上り、外に出てきた荷役の者らが、波しぶきに濡れた垣立《かきたつ》にしがみついて、汚れた手ぬぐいで顔を拭きながら、首筋を伸ばししています。

「湾からの陸風をつかまえ」

本帆《ほんぽ》の手縄を引きに艫《とも》屋形の屋根に上った船子《ふなこ》たちも、遠く佐渡島をにらむような目つきで、赤銅色に潮焼けした顔を引《ひ》き締《し》めておりました。やはり、北海に馴染んでいるはずの水夫たちにとっても、珠洲の岬を越えることは大きな際《きわ》なのでしょう。

動揺を隠さない船上の者たちに比して、舳先近くに座る父の後ろ姿は、何か結跏趺坐《けっかふざ》をしている僧や仏像のようにも見えました。あるいは、ひょっとしてその表に回れば、即身仏の髑髏《どくろ》のように眼窩《がんか》がえぐれ、口の闇を開いているということもありましょうか。あまりに動かないものですから、何か甲板に突き出た細い杭のようにも見えるのです。

練色《ねりいろ》の直垂《ひたたれ》に、煤竹《すすたけ》色の袴《はかま》。白髪となった頭には船上にあっても烏帽子《えぼし》をしっかりとつけています。船の揺れにも体の芯がぶれないのは、長年の能の修練によるものでしょう。上下や左右の船の揺れを、そのたびごとに浮きのごとくにさばいているのかも知れません。

七十を越えた背中には、まるで感情が表われない。痩せているにもかかわらず、侘しさや不安の色をもつゆとも見せず、ただそこにある、そこに座っている、という風情なのです。

「世阿様は、あないして、何想うとるのかのう」

「嘆きもせんと、えらいことやでえ」

船子たちの言うとおり、遠流《おんる》の地に向かう者とは思えぬほど泰然としているのでした。もはやさだめとして完全に諦めて、突き抜けてしまったのか。

義持亡き後の義教《よしのり》による天魔の所行の数々は、武家はむろん、公卿や僧侶までをも翻弄しておりましたが、理不尽にも、まったく咎《とが》なく、その勘気を蒙《こうむ》っただけで、七十二歳の身で佐渡への遠流となったのです。言い尽くせぬ恨みも怒りもあるはずが、それすら表わさぬ父の姿は、やはり能役者としての矜持《きょうじ》からなのでしょうか。

「上果と申すは、姿かゝりの美しき也」と、『花鏡《かきょう》』でも著していました。美しい身なりをただただ心がけよ。姿が美しければ、すでに芸の到達、姿悪ければ、俗に堕ちる。見る姿の数々、聞く姿の数々の、おしなべて美しからんを以《もっ》て、幽玄と知るべし、と。

老木《おいき》となろうとも、花の咲く美しさ。流罪で佐渡に向かうことになった老翁が、あれこれと不安におびえ、醜態をさらしても何も良いことはない。何より、「咲く花のごとくなれば、又やがて散る時分あり」と、『風姿花伝』に書いた父です。惑うても船の上、惑わずとも船の上。無用のことは一切せず、ということなのでしょう。

さらには、父はこの遠流を罪人としてではなく、旅として考えているところがあったのかも知れません。

昨夜《ゆうべ》、同乗する者たちが寝静まってから、主屋形の船底で小さな灯火《ともしび》のもと、「なを行く末も旅衣《ごろも》……」と、父が懐紙に筆を走らせていたのが見えましたから。

流罪の身ではなくて、旅人。あるいは、雲水のように我が身を諸国一見《いっけん》の僧と重ねているということがあると思います。また、その「旅衣《ごろも》」の走り書きの横には、「君がゆく越《こし》の白山《しらやま》知らねども雪のまにまに跡を尋ねん」という、藤原兼輔朝臣《かねすけあそん》の歌も添えられていました。

父の作った狂女物「花筐《はながたみ》」という曲の中にも使われている歌です。あなたが住む白山《はくさん》の地を自分は知らないけれど、雪に導かれるようにして、あなたを尋ねたい……。

なぜ父がまたあらためて藤原朝臣の歌を書き記したのか。

その日の昼、屋形の軒から五月雨《さみだれ》に霞む加賀の国を見渡した時、雪をいただいた霊峰白山の際がはるかむこうに見えたからなのです。その時に、父の口から珍しく、「ああ……」と、内なる想いを小さく漏《も》らす声が聞こえました。私もまた同時に、「父上……」と、此岸《しがん》の人には聞こえぬ声を漏らしておりました。そして――。

「……一生はただ夢のごとし、たれか百年の齢《よわい》を期せん……」

そう父がかすかな声でゆったりとした節をつけて口ずさみ、皺《しわ》ばんだ薄い唇の端をわずかに上げたのです。その時に、父が船から見えている霊峰白山の白い稜線を望んで、自らが作った「花筐」

という物語を思っているのではなく、むしろ、私の書いた「歌占《うたうら》」を思い出しているのが分かりました。

「歌占」は、地獄の有様を語って狂い舞う、陰惨なところのある曲です。臼で身を挽かれる斬鎚《ざんすい》地獄やら、石で叩かれ砕かれる石割《せっかつ》地獄、身をこれでもかと寸断される剣樹《けんじゅ》地獄、頭を焼かれる火盆《かぼん》地獄などの、紅蓮《ぐれん》の炎の渦巻く地獄の様を、シテの渡会家次《わたらいいえつぐ》なる男巫《みこ》に舞わせる曲なのです。

何故、私がそのような残酷とも狂気ともいえる曲を作ったのか……。

これは当時の父への、言い尽くせぬほどの愛と憎しみの想いがあったからとしか言えません。

伊勢神宮の神職であった渡会という男が、諸国遍歴の旅に出たまま行方不明となる。その幼き子、幸菊丸《こうぎくまる》は父の行方を探して、伊勢から流浪の旅に出て、はるばる白山の地へとたどり着くのです。

そこで、歌の書かれた短冊を引かせて占いをし、よく当たるとの評判の男に会う。だが、歳のわりに総白髪の異様な面持ち。聞けば、旅の途次、急死したものの、三日間地獄を経めぐり、生き返ってみれば、この姿たと言うのです。

幸菊丸、その男に父がいずこにいるのか占ってほしいと短冊を引けば——「鶯《うぐいす》の卵《かいご》の中《うち》のほととぎす、しやが父に似てしやが父に似ず」との歌。時鳥《ほととぎす》は鶯の巣の中に卵を産みますが、鶯はそれを我が子と思うて育てるのです。されど、汝《なんじ》は父に似ているようで、似ていない。いや、似ていないようで、似ているか。

総白髪の男、不思議がり、「おまえはすでに、父親と会うているのではなかろうか」と尋ねた時、時鳥の鳴き声が。その神秘なる符合に、「もしや」と問えば……。

幸菊丸は、「伊勢の国の者にて候《そうろう》」と答えるのです。在所は二見《ふたみ》の浦、父の名字は、二見の太夫渡会の家次。別れて今年八箇年とも。

して、歌占が問う。

「さてさておん身の幼名は」と。

「幸菊丸と申すなり」

——げにや君が住む、越の白山知らねども、古《ふ》りにし人の、行くへとて、四鳥の別かれ親と子に、ふたたび逢ふぞ、不思議なる、ふたたび逢ふぞ、不思議なる……。

何処《どこ》で暮らしているのか分からぬ、親子別離の身なれども、探し探してこの白山の麓で逢えるとは、なんと不思議なことであろう。

最後には親子二人、郷里の伊勢に帰るという仕立てにしましたが、その前に渡会に神を取《と》り憑《つ》かせ、地獄の舞を舞わせることにしたのです。

この曲を書き上げ、父に最初に見てもらった時の顔景色を忘れることはできません。

蜩《ひぐらし》の鳴く夏の夕刻のことでしたが、ちょうど茜《あかね》色の西日が父の半面に当たり、額やこめかみに汗の玉が霧を吹いたように光っているのが見えました。私の下手な字で書き散らした巻紙を繰りつつ、紙背を射抜くような眼差しで読んでおりましたが、時々、還暦を過ぎてもその清らかな色香を漂わせていた眦《まなじり》が、小さく攣《つ》れて震えるのが見て取れました。

と、広げた巻紙を両手でかざし、胡坐《あぐら》からわずかに腰を浮かせて、私の胸の横のあたりに涼やかな目を見開いて視線を移します。その目の先は、幸菊丸を演じる子方《こかた》の顔の位置だったのでしょう。

歌の短冊を引かせて、その言葉に心動いた時の演技を見せていたのです。ですが、影になった半面の表情が、私には奈落のように深くて底が見えませんでした。父世阿弥は何を想っているのか。

と、また腰を落として、一度大きく肩で息をついておりました。その時の眼差しが、何か虚《うつ》ろにも、寂びしらにも見えたのです。

「……子方を……使うのか」

「いけませんでしょうか」と、私は床板に手をついて父ににじり寄りました。

「見所《けんじょ》の情を買おう、ということはないか」

私はその言葉を聞いて一気に頭に血が上り、未熟にも「さようなことは、ありませぬッ」と、声を荒らげたのでした。

幼い子どもを舞台に出し、演じさせることで、見所、つまり、舞台を観る客たちの情に訴えているのではないか、と父は言っているのです。物語そのものからの切なさとは違う、と。

しばらくの間、沈黙が続きました。自らのこめかみからも、汗が一筋垂れて鼻先に滴《したた》り、まるで涙のようではないかと思ったのを覚えています。鯛の声が気持ちを急《せ》き立《た》て、胸の奥を荒くこするようでもあり、また私の未熟さを嘲《あざ》け笑うようでもある。そして、能の頂を求める私たち親子の厳しさを、嘆き、泣いているごとくにも聞こえました。

――家、家にあらず、継ぐを以て家とす。人、人にあらず、知るを以て人とす。

家というのは、継ぐべきものがあって初めて家であり、人はその家にただ生まれただけでは、その家の者ではない。そこに伝わる大事を守ること、それを知る者が人なるものだ。

父の想う親子や家とはさようなものでしたし、また私も幼い頃からそれで育ちましたから、重々能という芸の道の際高さを分かっていたつもりです。妥協などもっての外。だからこそ、「歌占」では、子方を使わねば、渡会親子のはらわたをえぐるような悲しみも、神が憑いてしまう心の狂いも、私は表わせないと思ったのです。

胡坐をかいた袴、その裾から覗いていた父の足指の爪先が、珍しく苛立つように動いていたのが分かりました。それから、あえて気持ちを静めるつもりだったのでしょうか、時をかけてゆるりゆるりと巻紙を戻し、私の前に丁寧に置いたのです。その巻紙の上下の縁《ふち》に微塵《みじん》も乱れがないのが、また私には応えました。

「……好きにするが良い」

そう言って父は静かに目を伏せ、一拍二拍してから短く息を吸いました。何か言うのだろうと待っておりましたら、そのまま修羅物《しゆらもの》の仕舞でもやるようにすっくと立ちあがり、無言のまま、西日も落ちて薄暗くなった房の外へと出て行ったのです。父の遠ざかる後ろ姿を目の端に感じながら、私は巻紙の裏に滲《にじ》んだ自らの墨文字に、じっと目を落としておりました。

やはり、酷であったか……。

まず、そう思いました。

と申しますのも、私は渡会家次が地獄の舞を舞う時の詞章《ししよう》に、『曽我物語』の言葉を使いながら書いたのです。

「一生はただ夢のごとし、たれか百年の齢を期せん、万事は皆空《むな》し、いづれか常住の思ひをなさん。命は水上《すいしよう》の泡、風に従つてえめぐるがごとし。魂は籠中《ろうちゆう》の鳥の、開くを待ちて去るに同じ、消ゆるものはふたたび見えず、去るものは重ねて来《きた》らず……」

長く離れていた親子が再び逢うて喜ぶ場においても、それすら夢のごとし。命は水面《みなも》の泡に似て、消え去り、戻ることはない。

諸行無常のさだめを書いておきたい想いでしたが、筆を走らせている時に、ふとある想いがよぎったのを覚えております。親子の情など眼中にない、能一筋の父世阿弥への抗いにも似た想い……。それがつゆともなかったかと言えば、嘘になるでしょう。

あの時は、子方を使う私の能の未熟さに失望して、房をついと出たのかと思っておりましたが、今は私の軽薄な思いつきで父を責め立てた詞章が、老いた胸をえぐってしまったのではないかとも思っております。

だからこそ、船上から霊峰白山の雪の頂が五月雨に霞んで見えた時、父の漏らした溜息が、今度は三界《さんがい》にさまよう私の魂をおののかせたのです。

あれは能作者世阿弥の声ではありません。父の声なのです。

将軍義教が、無謀にも洛中の仙洞《せんとう》御所での私たちの能をいきなり中止させても、また清瀧宮《せいりゆうぐう》神事猿楽の勤めを取り上げても、あるいは弟元能《もとよし》が突然出家した時でさえ、父があのような深く肺腑《はいふ》の底から溜息を漏らすのを聞いたことはございませんでした。

私が生きている間に、一度も耳にしたことのない悲しい溜息……。

「それにしてもあれやで、世阿様の心中は、いかばかりやろなあ」

「あないに、毅然《きぜん》とされておっても、逆に、なんとも痛いがな。そう思わへんかあ」

「二年前やいうなあ、息男《そくなん》の元雅様を亡くさはって……」

私は永享四年の葉月に、この世を去りました。

「今度は、いきなり佐渡に流されるて、むごい話やでえ」

興行先の、勢州安濃《せいしゆうあのう》の津でのことです。

当時の私は観世座申楽能を広めるために、守護大名や荘園領主などの手から離れて自由が保たれている、主に公界《くがい》と呼ばれる土地を回っていたのです。

動乱も義満様の時代にほぼ治まっていたとはいえ、地方にはまだ燻《くすぶ》りが残っておりました。ただでさえ私たち大和出の観世座は、都では南朝側に与《くみ》しているのではないかと疑われ、大和の方では北朝側に寝返った間諜ではないかと警戒されていたのです。

申楽能はそのような政《まつりごと》とはまったくの無縁。ただただ幽玄を極めようとする芸道でありますが、それでも興行先には慎重で、その時も天川《てんかわ》弁財天社に尉面《じょうめん》を奉納し旅の無事を祈願しました。

大和から河内、河内から吉野へと、いくつかの村々を回り、そして勢州の地へ。奇《く》しくも、私の「歌占」の渡会家次、伊勢外宮の権禰宜《ごんねぎ》であった渡会氏の氏寺である光明寺《こうみようじ》で能を奉じたのです。その古刹《こさつ》もまた守護や領主からは無縁の公界でありましたから、私も座の者も安心して舞台に立つことができました。

「その元雅いう子息はんなあ、伊勢の旅先で慮外の死いうが……」

「いやあ、にわかに果てるというのも、怪しい話やで」

光明寺から世木《せぎ》神社へと回り、お祓いを受けた後の直会《なおらい》の席でのことです。

私は幼い頃より腹が弱く、口にするものには重々気をつけておりましたが、村や寺社の各々《おのおの》方の心尽くしを断るわけにもまいりません。その饗膳《きょうぜん》の中に、都の桂女《かつらめ》が持ってきたという鮎があったのです。禰宜や宴《うたげ》の亭主、客らも喜んでいるようでしたが、何も京の鮎でなくとも良いのではないか、といつもならそのようなことを思いもしませんものを、なぜか不審にも似た想いが脳裏をかすめたのを覚えています。

おもむろに箸をつけて、口に入れても何も変わらず、またいつもの案じ過ごしかと、胃の腑に落として暫《しば》ししてからでした。煮えたぎる鉛の玉が一気に体の内を暴れ出し、息が継げなくなったのです。

「なんや、仕組まれた、ちゃうやろか」

附子《ぶす》でした。毒の附子がその鮎料理に仕込まれていたのです。意識が消え入る刹那に、従弟《いとこ》の音阿弥《おんあみ》ばかりを贔屓にしていた義教様の顔が思い浮かび、また南朝の守護らの何人かの影もよぎりました。

今となっては、その附子を仕込んだ者が誰かということを言うつもりはありませんし、明かしたとて詮《せん》なきこと。せめて父世阿弥と観世座の者たちに、私の死を以て、いまだ南北朝動乱の熾火《おきび》が残っていることと、義教将軍の天魔のごとき勘気の底知れなさ、また南朝側の鬱積《うっせき》した怨《えん》に、気づいていただけたことで、良しとしなければならないと思うばかりでした。

「そないな、おっきい声出さんといてや。聞こえるがな」

「剣呑《けんのん》、剣呑や。おう、西方浄土から風が吹いてきよったで。右の手縄、引こかー。内浦に入るで」

父世阿弥は船の舳先近くで、何を想うているのでしょう。

薄紫のかすかな島影を左に見ながら、船は珠洲の突端を回り込むように進んでいきます。

長門壇ノ浦で義経に捕えられ、珠洲に流された平時忠《たいらのときただ》を想うているのか。「源平などの名のある人の事を、花鳥風月に作り寄せて、能よければ、何よりもまた面白し。是《これ》、ことに花やかなる所ありたし」と『風姿花伝』に書いた父は、『平家物語』を何度も何度も読み込んでおりました。

のう、父上……。

「……昨日は西海《さいかい》の波の上にただよひて……」

「怨憎会苦《おんぞうえく》の恨みを扁舟《へんしゆう》の内につみ……」

「けふは北国の雪のしたに埋もれて……」

「愛別離苦のかなしみを故郷の雲にかさねたり……」

この月日の重なりと定めなき世を、いかに演者の要であるシテ一人の中で表わすかを、父はよく語っておりました。面《おもて》や装束に頼っても浅きこと。また、構えでも同じ。もはや半刻《はんとき》ほどの舞台の上で、五十も六十も歳を重ねることの激しさが求められ、万物の刻の流れを早めたり、緩やかにしたりと、面の中で幾度も死に、幾度も生まれるのが、世阿弥の能なのです。

「父上……」

烏帽子が少し動いて、父が内浦の空から海岸へと眼差しをやるのが分かりました。

私の声が、聞こえたのですか？

波を受けて飛沫《しぶき》を上げている巨岩の上に、潮枯れた松の木が倒れんばかりに傾《かし》いで、それでも懸命に節くれた枝を張っているのが見えました。

時忠はまた、「白波の打ち驚かす岩の上に寝らえで松の幾世経ぬらん」という歌を遺しておりましたか。荒れ狂う海のただ中に、岩の上の一本松。怒濤の吠え声に眠ることもできぬまま耐え忍んでいる。

時忠の咽《むせ》ぶような孤独を表わした歌でありますが、父もまた心境は同じはずなのです。それでも、つゆとも寂しさ、つらさを見せない。時忠という先人がいたからこそ、それを鑑《かがみ》として自らを律しているのかも知れませんが、もっと嘆いていい、もっと悲しんでいいとも、私は思うのです。

父よ、それでは、まるで……。

ああ、これも奇縁でしょうか。父の書いた「実盛《さねもり》」のようで、舞台もまた、能登の根にある倶利《くり》伽羅《から》谷から篠原《しのはら》ではありませぬか。

まさか木曽義仲軍に一騎で立ち向かった老武者斎藤別当実盛の、戦で侮られぬための白き鬢髭《びんひげ》の墨染め、若やぎ討ち死にすべきよし、と同じ心地でおられるのではありますまいな。首を取られ、池の水で洗ってみれば、墨が流れ、鬢髭の白さが戻る。義仲さえも、敵に遠慮させぬための武士のいで立ちを見せた実盛に涙を流した、とあなたは書いたのでした。

もしも、今、父が敵と思うているものがあるとすれば、横暴の極みである室町殿の勘気か、それとも自らの幽玄を理解せぬ、この世の流れであろうか。いや、それとても波の上を去る景色と同じと思うておられるのかも知れず……。

いまだ現世に執着して霊となり、船にまで揺られて添う倅《せがれ》を知ったならば、無常にあがく哀れ仏道の敵よ、と嘆くやも知れません。

そうこうするうち、はや、珠洲の岬や七島の、海岸はるかにうつろいて、入日を洗う沖つ波……そのまま暮れて夕闇の、蛍ともみる漁火《いさりび》が点々と夜の浦に浮かんでおります。

それはそれは、大きな島影。

空がわずかに明るみかけて現れた巨大な黒い陸影に、越後の柏崎あたりの湊《みなと》に入るのかと思われたほどです。

長い山並みの端がうっすらと浅緋色《あさあけ》に浮かび上がるのに比して、黒々と沈む陸の構えは、北海を根城にする龍のうずくまり、とぐろを巻くようで、気安く近づく者を許さぬような拒みがありました。さらに、その東西に広がる陸影の東端にも、かすかに龍の尾の横たわる影が重なって見えるのです。

「ここは……?」

舳先近くに立つ父の声がまだ冷たい潮風にかすれて、掻《か》き消《き》えていきます。

「佐渡、にてございます」

船頭の声も船に飛沫を上げる波音で、かすかにしか聞こえませんが、父世阿弥の耳にはしかと届いたでしょう。左に御簾《みす》をはためかせたような音を立てて、きらめきながらよぎるものがあります。船の走りに沿って、何匹もの飛魚が銀糸をひいて、海の面を滑っているのでした。

「……佐渡、か」

巨大な島影は左へ傾ぎ、下に沈み、右へ傾ぎ、上に浮かびながら、越後国の方から昇る曙光《しょこう》を受け始めて、ようようはっきりと見え始めました。

「世阿様。波がちと高うございます。つくばうて、垣立におつかまりくだされ」

山城比叡の麓、八瀬《やせ》村の出という供人、六左衛門も眼前の佐渡島の巨きさにひるんだのでしょう。吹きつける潮風の冷たさにというよりも、島の威容さに痩せた三十路《みそじ》の面をこわばらせ、眦を引き攣らせておりました。

「世阿様……」

父は船頭の声も、六左衛門の声も聞き入れず、大きな揺れをわずかに屈《かが》めた膝《ひざ》で吸い取りながら、全貌を現し始めた佐渡島に目を細めております。

海士《あま》の船とでも紛《まご》うたのでしょう、海鳥が三々五々集まっては上を回り、離れ、また寄ってきます。海鳥の声は船中の者らの佐渡への恐れを嘲笑うかのごとくにも聞こえますし、あるいは、それでも島に招いている声なのでしょうか。

「……観自在菩薩《かんじざいぼさつ》　行深般若波羅蜜多時《ぎょうじんはんにゃはらみたじ》　照見五蘊皆空《しょうけんごうんかいくう》……」

父が両肘《りょうひじ》を張り、両手の中指と薬指の先だけ触れる能の形の合掌をしております。目を伏せ、低く芯のある声で「般若心経」を唱える姿だけで、浦近くに立った波が鎮まるような気さえしてくるのです。

能の形は単に舞うためのものではありません。この天と地とにまっすぐにつながれた己れを、森羅万象の微細な一つ一つが動かしてくれるものです。立っていること、構えていることは、あの波飛沫や山《やま》の端《は》や海鳥や……あらゆるものから引っ張られて、均衡を保っていることでもあります。大きく揺れる船の舳先で、しっかと構え、合掌する姿は、何か神聖なる貢物《みつぎもの》を佐渡の海に捧げているようにも見えますが、父はおそらく流罪となった先人たちの御霊《みたま》に、経を唱えているのではないでしょうか。そして、この未知なる島と民を敬い、結界を超えることの許しを得ようとしているのではないかと思います。

「船頭殿……あの松の見える岬は……」

朝焼けが強くなり、佐渡島を覆う溢れるばかりの初夏の緑や、岩を露わにした粗い山肌、白い刃《やいば》のような砂浜がはっきりと浮かび上がり、岸ももう近いのでしょう、磯臭さも濃くなってきました。

父が視線をやっているのは、さらに東の方に突き出ている岬でした。海に迫る勢いで斜めに傾ぎながらも緑の濃い葉を繁茂させた、頑強な枝ぶりの松林が見えます。

松ヶ崎です、父上。

「松ヶ崎でございます」

父の隣でそう言ってはみたものの、私の声など聞こえようはずもありません。

「昔から島の国津で、越後国の寺泊《てらどまり》とも結ばれてございます。日蓮様もあそこから……」

「今、何と申された？　松……？」

「……松、ヶ崎、と」

「松ヶ崎……」

父の口角に刻まれた皺がわずかに震えて、薄い唇が開かれました。そして、またもう一度、松の茂る岬に向かって能の所作で合掌をして見せました。

「世阿様……どうかされましたかの」

「いや、良いのだ……良いのです」

「松ヶ崎」という地の名は、まったくのたまさかのことではありますが、私の作った曲の名にもあったのです。ただ、「歌占」といい、白山といい、また船は夜更けの底にありましたが、父が狂女物として書いた「柏崎」、その柏崎の沖を船で通ってきたのですから、因縁のあまりの強さにあらためて驚いているのも無理はありません。

「まあ、このあたり一帯の浦は、松ヶ崎と申しますよりも、今は大田と呼んでおるようでございますが」

松ヶ崎……。

――山陰《やまかげ》の、茂みを分る《わけ》藪里《やぶさと》に、茂みを分る藪里に、知られぬ梅の匂ひ来て、あらしぞしるべ松が崎、千代の声のみのどかにて、なを十《と》返《かへ》りの末遠き、御代の春こそ久しけれ、御代の春こそ久しけれ……。

父よ、この島、佐渡の藪里を分けてゆけば、さらに定めのごとき縁《えにし》の数々に触れましょう。やがては、のどかな千代の声が聞こえてまいるやも知れません。

大樹義教様の勘気により、遠島を言い渡された時、なにゆえ伊豆でも隠岐《おき》でも土佐でも対馬《つしま》でもなく、年老いた身で北海の佐渡配流となったのか……。

義教様は気まぐれに日蓮や順徳上皇、京極為兼《きょうごくためかね》、日野資朝《すけとも》らの先人を思い浮かべ、佐渡遠島を言い渡したかも知れませぬが、義教様の夢枕で毎夜、「佐渡へ、佐渡へ」とささやいていたのはこの私、十郎元雅でございます。この島が、父上、世阿弥の能の成就へと導いてくれるはずでありましょう。

さあ、父上、もう何も思い煩うことはございませぬ。大樹様の御気分も、四座の間の争いも、もはや霞のかなたのこと。ただただ存分に、世阿弥元清の能を謡うてくだされ。舞うてくだされ。

あなたのいう老木の花、そこでなければならぬ、見ることのできぬ花を咲かせてください――。

第一章 奇縁

一

――曙《あけぼの》の波に松見えて、早くぞ爰《ここ》に岸影の、爰はと問ば佐渡の海、大田の浦に着にけり、大田の浦に着にけり。

湧き水のごとくにこれほど清らに澄んだ海を、見たことがない。

若狭の海とも、鳰《にお》の湖《うみ》とも違う。磯にとどろに響き、砕ける波も、いっせいに花桜が満ちたように空に開いて、また刹那に散る。磯の岩間に花筏《はないかだ》の名残があるかと思ううちにも、夢のように消えて、水晶の光だけがきらめいているのだ。

これが、佐渡の海か……。

昔日《せきじつ》に流された京極為兼様も順徳上皇様も、同じようにこの佐渡の海を眺めたことであろうか。

海のむこうに、遠く越後国の山並みがかすかに浮かんで、淡い墨流しを見るかのようである。

「世阿弥殿、世阿弥殿」と、都から同行し、流人《るにん》としての私を佐渡まで送り届けに来た中老の役人が声をかけてくる。

「ああ、殿はやめてくだされ。私は大樹様のお怒りを受けた、罪人でございます」

「いやいや、世阿弥殿。よう長き海路を耐えられましたなあ。この佐渡の地では、雑太《さわた》城主の本間殿の代官が、世阿弥殿を受け入れ、国仲《くになか》の方へ案内することになっております」

「いかようにも。お世話になり申します」

まだ船の揺れが身の内に残っていて、この二十日ほどに渡る海上の様々な波が、自らの頭や体に宿り続けているのであろう。船出した小浜の波も、いや、あるいは都の賀茂川のせせらぎさえも、体のどこかでさざ波を立てているのか。

動かぬ陸に身の内の波が争うて、むしろ船を降りてから酔いにも似た心地さえするが、大田の浦に寄せる波の音に耳を傾けると、不思議に落ち着くものだ。

それにしても、この地の力……。

はるか昔から沈潜し続けている地霊の気の放ちが強く、年寄の肌まで粟立《あわだ》つようである。目の前に茫洋と開かれた北海があって、いくらでも開かれているというのに、見えざる大きな手で囲まれ、島全体の神気がすでに我が身を四方八方から包み込んで、離さぬ感じなのだ。

「『屋島』を書かれた世阿弥殿には、釈迦に説法でありましょうが、この佐渡の大田の浦に、あの義経も入ろうと思うたらしいですが、波高く、能登国珠洲の岬に船を返したと聞きます」

……屋島、か。

――よし常のうきよの夢ばしさましたまふなよ……。

ならば、常に憂《う》き世の夢を覚まし給《たま》うなよ、と己れは書いたが、都よりはるか遠い佐渡の地に、今、自らがあることが夢のごとくに想える。この夢は覚めた方が良いのか、覚めぬ方が良いのか。

「この佐渡にそびえるという、北山の嶽から下りる風が激しかったと」

「今日は北山からの颪《おろし》もなく、ようござった」

「ありがたいことでございます」と答えて、海に迫る山を仰いでみても、北山はさらなる山のむこうであろう。見えるわけもないが、加賀国の霊峰白山と霊力の通じる山と聞く。

そう思うた時に、また船から見た雪の白山が思い出されて、「げにや君が住む、越の白山知らねども、古りにし人の、行くへとて、四鳥の別かれ親と子に、ふたたび逢ふぞ不思議なる」という、元雅の作った「歌占」の一節が蘇《よみがえ》りもする。わが観世座の能を広めるために、大和へと旅立った時の元雅の晴れやかな笑顔の、頼もしかったこと……。

父として何もしてやれなかったことが、返す返すも悔やまれる。

元雅よ……。

そう胸中つぶやいた時に、ふと袴の腰のあたりを撫ぜられたかのようで、何かと見れば――。

六つ七つほどの童男《おぐな》が、私の袴をつかみ、見上げていた。

「これっ、小童《こわっぱ》、汚い手で触るでない！」と役人も声を上げる。

「おや」

「おまえは、何じゃ。何処から来よった！」

膝丈の薄汚れた麻の衣を着て、やはり麻紐《あさひも》で無造作に腰を縛《しば》った華奢《きやしや》な童《わらべ》が、まだ私の袴をつかんだままじっと見上げている。ちんまりした鼻の横に、拭うた青洟《あおばな》がひからびてもいたが、聡明そうな黒い瞳が大田の海の光を反《かえ》していた。

「世阿弥殿、申し訳ございませぬ。この辺りの童どもは船が着くと、集まってきよって、あれやこれや物乞いをしよりまする」

物乞いと言われても、世間では流人とされた身。家財などほとんど没収され、ごく一部の用ある

物しか携えず、童にやるものすらない。銭も代官から渡されるのを待つ身なのだと思うていると、

「ちがうっちゃ！」

よく通る甲高い声が童の口から飛び出した。

「この爺さまを、今日、おらところに泊めろと、だいかん様にいわれたんが」

配処のある国仲へは峠を越えなければならぬ。翌朝まで体を休めるために、供人の六左衛門共々の宿を、地元の代官が手配することになっていると聞いた。

「とすると、おまえは、海人《あま》の宿の倅か。初めから、そう言えばいいものを、この小童は。良いから、とにかくその手を離せ」

「良いのです。私らを案内してくれると言うのだから。……のう、坊の名は何という」と、腰を屈めて問えば、少し怖がったようにうぶな顎先《あごさき》を引きながら、やはりじっと黒い眼で見据えてくる。

翁《おきな》といえども流人は流人。人を殺《あや》めたかも知れず、あるいは付け火で都を焼いたのかも知れず。怖がるのも無理はなかろうが、もしや私の袴をしっかりと握っているのは、海人の主である親御に、罪人を捕まえ引き連れてきた、ということを示したいのかも知れない。そう思うと、けなげで、その鳥毛立ったような髪の頭を撫でたくもなる。

「私の名は、世阿弥と申します。世阿で良い。いや、世阿爺《じい》でようございます」

「世阿……爺……」と、童は梅の花のような唇を動かして、潮風に掻き消えるほどの小さな声でつぶやいた。

「……おれは……たつ丸」

「たつ丸、か。海人の子となれば、龍のたつ、であろう。良き名でございます、たつ丸殿」

そう言うて、潮に焼けたざんばら髪を撫でてやると、にわかに背筋を伸ばして、大人びた顔をして見せる。青洟の乾いた痕《あと》や頬についた土汚れが、よけいにおかしい。さっきまで声を荒らげていた役人まで、眉尻を下げ、口元に苦笑を浮かべていた。

屈託のない、純真な童の出迎えだけで、先ほどまで抱えていた未知なる島への怖気《おじけ》が、清らな風に払われるようにも思える。

童とは不思議なものだ。いまだ黄泉《よみ》への扉をなにげに開け閉めできそうで、神力の降りやすい穢《けが》れなさゆえに脆《もろ》くもあろうが、刹那刹那ごとに命の力をつけていく。ぐんぐんと伸びる筍《たけのこ》のごとく、その息吹に世の時間が追いつかぬほどだ。

「六左衛門。とりあえず、この子の……いや、たつ丸殿の顔を拭うてやれ。せっかくの愛敬が、青っ洟で台無しじゃ」

慌ててたつ丸が鼻を小さな手の甲でこするのを見て、周りの荷役や水主らも思わず笑い声を上げて肩を揺らす。六左衛門が水を絞《しぼ》った手ぬぐいを持つと、たつ丸がようやく私の袴をつかんでいた手を離し、「俺はいいっちゃ！」と声を上げて浜の砂を蹴散らして逃げ始めた。

「ほれ、たつ丸とやら！　坊！　待ちなされ」

すばしこく浜や人の間を逃げ回るたつ丸を、まだ船酔いの残るおぼつかない足取りの六左衛門が追う。

そんな二人を見ていて、裸で走り回るまだ幼い頃の元雅と、その体を拭こうと妻の寿椿《じゅちん》が追いかけていたのを思い出す。

もう三十五、六年ほど前になるのか。山科《やましな》一条竹鼻《たけはな》で三日間の勧進申楽をやった頃であろうか。

いや、『風姿花伝』の第三あたりを書いた頃……。寿椿もまだ達者で、童らを育て、座の者らの世話までようしてくれていたものだが。その老いた寿椿を都に残し、遠島となった我が身のさだめ。何ぴとにも知られぬように、海に流し去ったはずの悔しさと苦渋が、また胸の底からせり上がってくるようだ。

寿椿よ、なんとか無事に、北海の島、佐渡に着いた。どうか悲しんでくれるな。これは我が能のための旅と思うてくれ。けして、島流しというものではないのだ。己れには咎なぞ微塵もなく、ただ諸国一見の僧のごとく、旅を思い立っただけのこと……。

「この戯《たわ》けらが！」

いきなり怒鳴り声が聞こえてきて我に返り、砂浜からその声の主を見やった。浜の方に下りる坂に、太刀を腰に帯びた直垂姿の役人が三人。たつ丸と六左衛門の騒動を見て、恐ろしき剣幕で目を剝《む》いていた。

「流罪となった咎人の引き渡しの場で、何を騒いでおる！」

真ん中に立つ、まだ三十を越えたほどの若い役人が、折烏《おり》帽子が揺れるほどに声を張り上げて、手元の扇を宙に突き刺している。

「世阿弥殿、あれは惣領《そうりよう》本間信濃守《しなののかみ》の家臣らでございます。代官ではなく、国仲まで案内する小役人でございますな」と、同船してきた役人が小さく耳打ちしてきた。

いつのまにか、たつ丸が私の後ろに回り、また袴にしがみつくようにして守護代の家来たちをうかがっている。

「咎人世阿弥！　観世三郎元清はおらぬか！」

「……私でございます」と腰を屈め、眼差しを浜の砂に埋もれた自らの草鞋《わらじ》に落とした。

「そこの者か」

折烏帽子の下の目を一瞬見開き、牽制するようににらんでくると、指していた扇を帯に納めて浜の坂を下りてくる。

声を張り上げた役人はそれでも体に芯の通った歩みで下りてくるが、後ろの二人は砂に足を取られるのか、操りの人形のごとき動きに見えた。滑稽とも不憫《ふびん》とも思うことさえ、この身では許されないのであろうが、その糸の有りようを知らぬままにいるお役人らの姿が、難儀にも見える。いや、ただお勤めのままか。

「観世三郎元清、此方《こなた》は雑太城主本間信濃守泰重《やすしげ》家臣、溝口朔之進兼平《かねひら》と申す。都にて名うての能役者であったと聞くが、今や大樹義教公への不敬による咎人に変わりなく、配処までの引っ立て、我らが仕《つかまつ》り申す」

役人の威を張る声に深々と頭を下げながらも、袴をひしとつかむたつ丸の震える手に、咎人とやらの老翁の手を重ねた。

二

はるか越後国の方は、漆黒の夜空に千々の星が瞬き、漁火の灯《ひ》もまた蛍火が滲んでいるかのように見える。

日中よりも波もずいぶん穏やかになり、静かに夜の浜に寄せる音が、長い船旅に疲れた体を慰めてもくれた。月明かりのせいで、墨のごとき海に、白く輝く一点が現れたかと思うと、それが横へ伸びてあたかも白蛇が走るかのように見える。波頭の泡立ちが生まれるたびに、何匹もの神の使いである白蛇が泳いでは、また端の方から闇に溶けていくのである。

遠く日蓮上人や佐渡で命を全うした順徳上皇も、同じように夜の海を眺めたことであろうか。おそらくは今のように漁火もなく、船宿の入り口の松明《たいまつ》も、艀《はしけ》をとめる堤もなかったに違いないであろうが、まぎれもなくこの佐渡の地に下り、春夏秋冬を暮らしたのである。この海の波や星々の輝きに変わりはなかろうが……。

夜の湿《し》気《け》た潮風がわずかに小袖《こそで》にまとわりつくが、素足を柔らかに包む浜砂が心地よい。足裏のすぐ下は冷たいのに、踏ん張ってめり込ませると、昼の温かさが残っていて湯のようでもある。

馬にまたがるように両の足を割って、腰をゆるりと沈める。柔らかくしっとりとした浜砂に、足のめり込むかげんが心地良い。

幼い頃に父観阿弥から養いの術《すべ》を教わってから、欠かしたことがなかった。肩回し。首回し。また腰を上げながら、両の手を思いきり頭上へと突き上げる。その繰り返しをやるだけでも、じわりと額に汗がにじみ出てくるのだ。次につくばうて、両の膝を割り、にじり歩く膝行《しっこう》。あたかも蛙《かわず》か蜘蛛《くも》が這《は》うかの動きに似ているが、上体をぶらさぬように、片膝をつきながら、右左交互に膝を繰り出して進む。

「いやいや、これは……」

思わず声が漏れてしまうほどであるが、砂が足の枷《かせ》となって重しのようにもなった。老いた体には中々の力を要してすぐに息が上がる。それももっともなこと。あらがうことなく、静かに、静かに老いていくのが良い。ただ、昨日できたことが、今日できぬわけがない、の間断なき繰り返しでやってきただけなのだ。

兼好法師のものしたように、「死は前よりしも来たらず、かねて後《うしろ》に迫れり」。さもあらん。身構えて、よくよく気をつけていても、背後から忍び寄る。されど、前を見ているなどということが、いまだ若き名残とはいえまいか。能は前にも、後ろにも、死がある。死の只中の、錐《きり》の一点で生きるのが、舞ではないか。

「沖の干潟《ひかた》遥かなれども、磯より潮の満つるが如《ごと》し……」

然《しか》り。また、磯の潮の満つるを日々感じるからこそ、沖の干潟が昔日であることも、また彼岸《ひがん》であることもあり、それを夢見ることもある。

息を細く吐き、ともにその息の根を丹田《たんでん》に下ろしながら、右膝をおもむろに砂地についた。結界の躙《にじ》り口《ぐち》に座するかのように、心身を澄ませる。扇を右手にして、体のいずこにも力を入れず、ゆっくりと天空から吊られるように立ち上がる。

構え。

ただ、佇《たたず》むこと。

初めて訪れた佐渡島、大田の浦。その夜の浜辺に、ただ立つこと。

だが、闇の中でも試される。まして、未知なる地、佐渡で己れの存在が万象と釣り合うのか、あるいは弾き返されてしまうのか。浜の波風のはるかむこう、沖の波を聴き、砂丘に露を噴いた浜防風の揺れる音を聴き、松ヶ崎の松籟《しょうらい》を聴く。自らが遠のいて空無となりながらも、星々や砂浜や海の一つ一つに引っ張られ、その拮抗の中にようやく我がまた生まれる。

立っている。立っている。立っている……。

左足が自ずから前に出始めて、砂地に乗るようにハコビを進め、右手の扇を何ものかに吊られるごとく上げていく。それもまた、天からも地からも海からも引かれ、生かされてのサシコミ。

己れはこの地に許されているのであろうか……。

恐ろしいほどの引力で、この身を地霊が試している。

三足下がりながら両腕を広げ、三千世界を抱え込むヒラキ。

佐渡の気は、中々両腕を下ろさせてくれない。開かれた己《おの》が身をあまたの方位から見尽くし、ねぶり、押しては引き、ようやく両腕を下ろすのを許してくれる。

扇を差した右手を薙《な》いで、一足下がりながら、天空の星々を集めるように上から扇を回して、サシ。そのまま、右足からのハコビ……。

その時、ふと、誰かがいる、と思うた。

同じように右足からのハコビ、ヒラキ。さらに、左手を掲げながら左へ一足、体の芯に溜めた流れを右に転じて右手を静かに掲げて一足の、左右。

誰かが、合わせている気配……。

この地にさまよう霊か、それとも気のせいか。回り、腕を掲げ、ハコビをやり、わずかにうつむいた時、月明かりに照らされて、己れの影が浜砂の起伏にゆがんでいる。

この痩せて縮んだ影法師を、己れは佐渡に棲《す》む霊と感じたのであろうか。いや、すぐ傍《そば》で同じように舞う気配を取りたがえるわけはないのだが……。

月の光に照らされた銀砂の上で、舞えることのありがたさ。それだけでも十分というに、添うて舞うてくれるどなたかがおられるか。

ワキの諸国一見の僧であれば、その姿を拝むことができようものを。

修行が足りぬゆえであろう。七十路《ななそじ》を越えて、磯より潮の満つるのを知っているつもりでも、彼岸の干潟をいまだ知らず。それは良きことでもあろうか。老いの行く末は、意外にも長きこともあるのかも知れぬと思い、嘆いていいのか、喜んでいいのか、己れにも分からぬ乾いた笑いが口から漏れもする。

ただ、この一差し、一差しを舞う己れ。それすらをも忘れるほどにならねば、月にひっそりと映える花の美しさにもなれぬ。この地に沈む霊の数々にたむける花に、老いた私はなれるのであろうか。

三

朝の海のきらめきが、船宿の廂《ひさし》にまで映って揺れていた。

開け放たれた広間にも朝の光と潮風が入って、朝餉《あさげ》の味噌汁の湯気をなびかせている。

配流とはいえども、食が出るのはこの宿のご厚意なのであろうか。飛魚のすりみの入った味噌汁は、都でも口にしたことがなく、胃の腑に沁《し》み渡るほどのうまさだった。他の配処の御赦免《ごしやめん》料理よりも、良いのではないかと思われるほどである。

「皆、はよう食うて、峠越えに備えろ。都に戻る者らは、泰重殿からの公方様への貢物、しかとお運び願いたい」

朔之進という本間家家臣が広間の縁側から声を張り上げている。六左衛門はあわてて粟飯をかき込んでいるが、都からの追っ立ての役人は慣れたものか、飯をさらに所望して、ゆるりといごねりとかいう海藻の食物《じきもつ》に箸を伸ばしている。

「元々は、鎌倉北条一門の大仏氏《おさらぎ》……鎌倉の大仏をご存じでいらっしゃいますか。世阿弥殿の故郷大和の盧舎那仏《るしゃなぶつ》にはとても及びませぬが、鎌倉の大仏なる地にも、それは立派な大きな尊像がございますそうで。そこに館をかまえていた大仏氏が、鎌倉幕府の折の佐渡守護職でございます。その家臣である相模国の海老名《えびな》氏の一族、本間氏が佐渡守護代として渡ってきたというわけです。まあ、あの朔之進という小役人も、おそらく相模国あたりの、東国の無粋な輩《やから》でありましょうが……」

昨夜《ゆうべ》、そう小声で教えてくれたが、島での知行にまつわる話も耳にした。北条氏が滅び、南北朝の乱での北朝と南朝との分裂は、佐渡にまで及んでいるのだとも。

都での争乱がこの北海の妙なる島にまで影響する武家の有りよう。己れら芸道の者にも、また島で暮らす者にも、まったく責めがないにもかかわらず、翻弄されるのはつまるところ民となる。都の一本の草の揺れが、佐渡の波を変えてしまうこともあるのであろう。

島内の本間一族も北朝と南朝に分かれて、佐渡の各所に配置した庶子家《しょしけ》がそれぞれに力を持ってきており、惣領本間氏が傾き始めているともいうのである。家臣らがいやに苛立《いらだ》つように見えるのは、そのせいかも知れぬと役人は教えてもくれた。

「月澄みわたるー、うーみづーらにー」

甲高い声を張り上げ、足を踏み鳴らしながら広間に入ってきたのは、たつ丸だった。

手には昨夜《ゆうべ》私が詞章をしたためてあげた懐紙を持っている。まだ文字も読めるわけもないのに、紙を掲げるようにして、つぶらな瞳を動かしては声に抑揚をつけてもいる。

「なみかぜしきりに鳴動ぉしーてー」

たつ丸にせがまれて、その名と佐渡の海をからめた詞章を即興で作り、筆を走らせたら、ことのほか喜んで目を輝かせたのだ。「おれの名ら、おれの名ら」と墨もかわかぬうちの懐紙を振ってははしゃぐのを見て、私も六左衛門も思わずその無邪気さに笑うてしまった。

「下界のー、龍神、現れたーあありー」

ついでに、その詞章に節をつけて口ずさんでやったら、たつ丸は覚えようと何度も何度もねだってきたのだ。違う棟《むね》にいる本間氏の家臣らに謡を聞かれてはまずかろうと、小声で口ずさんでいたが、たつ丸は驚くほどに上げ下げや拍の取り方の覚えが早かった。

大田の夜の海に皓々《こうこう》とした月が澄み渡るところに、何ものかの霊力によって波風がとぐろを巻くように鳴動し始め、突然海面が盛り上がったかと思うと、金の鱗を光らせた龍神が激しい飛沫を上げ、天空へと躍り出る。

この佐渡の地と国土万民を守るために現れたのだとも伝えると、たつ丸は小さな唇を半開きにして、すでに夜の海から天へと昇る龍の姿を思い描いているようだった。

「世阿爺、このりうじんは、たつ丸のことなんらよね！」

そう叫んで、私の座する膝元に飛び込んできたたつ丸は、すでに皺の寄った懐紙を広げて、墨文字と私の顔を交互に見る。荷役や船人らにも聞こえるような声で聞いてくる幼心が、またいたいけで、思わず顔がほころんでくる。

「そうだ。たつ丸殿は龍神様の化身でござろうから、強うござる。朝餉はもう食うたのかな。たんと食べて、大きうならんとなりません」

「そうらな！」と膝元から跳ねるように起き上がると、また「月澄みわたるー」と声を張り上げながら、庫裡《くり》の方に向かう。母御であろう、その叱る声よりも、さらに大きく通る声で、「なみかぜしきりに」とやっているのが聞こえた。

「童というのは、良いものでございますな」と、六左衛門が白湯を飲みながら、庫裡の方にやっていた目を細める。

「それにしても、あのたつ丸と申す童、海人の倅とはいえ、覚えが早うございます。拍の取り方など、中々のもので、某《それがし》など思わず笛を吹きとうなりました」

これからの峠越えの苦労を紛らわすために、六左衛門が徒言《あだごと》でも言うているのかと思うたが、真面目な面持ちでこちらを見ていた。いや、己れもまたそうも思うていたのだ。

節回しの抑揚などは稽古でいかようにもなる。だが、拍だけは詰まるところ教えてどうなるものでもなく、生来のものなのだ。葉先から水滴が落ちるように。しなった竹が葉をざわめかせて戻るように。たつ丸の心の臓の刻みのせいなのか、あるいは、この佐渡の浦に打ち寄せる波が育てたものか。一座で笛方を長年やっている六左衛門も、同じことをたつ丸に感じていたのであろう。

「ほう、六左衛門、いかに笛を入れる」

「はい」と六左衛門は欠け茶碗を床に置いて姿勢を正すと、杉箸を笛に見立てて口元にあてがう。

息を静かに吸い込むと――。

「月澄みわたヒウールイー、うーみづーヒヒョーイウリー」

「これは、たつ丸殿の方が、一枚上手よ」

杉の箸をあてた六左衛門のべしみのような唇や、こめかみに血筋をふくらませている真剣な面差しに、我にもなく戯言《ざれごと》を言っていた。長い船旅でも感じたことのないおかしさが込み上げてきて、自ずと笑いを漏らしている己れがいる。都にいても笑うなどということを忘れていた己れが、遠島の見知らぬ地で腹を震わせているのも、あのたつ丸という童のおかげなのでもあろう。

「世阿様、さように申されるのであれば、笛を出しましょうぞ」

六左衛門が真顔で申しているのがさらにおかしく、片手で制しながら広間の隅に置いた箱笈《はこおい》二つを見やった。自分たちの荷はただそれだけ。それなりの酌量が加えられたものの、都にいる間にすべて装束も面も財も没収の憂き目に遭うたのである。

箱笈とはいえ、仏像や経文が入っているわけではない。古びた召し物と墨硯《すみすずり》、紙、扇、少々の薬種、それと秘蔵のお守りを収めた箱が入っているのみである。六左衛門は他に一節切《ひとよぎり》の尺八と能管を持ってきていた。

出立《しゆつたつ》の知らせが入って、京から添うてくれた役人に礼を言って外に出た。護送をつとめる役人は、また船の長旅で都に戻るのだ。嵐や座礁、船上での諍《いさか》いなど、よほど島に渡る者らよりも、危うきこと多く難儀なことであろうとも思われる。

「世阿弥殿、お達者で。赦免状が出された折には、必ず某が迎えにまいりまする。私にも、良い土産ができました。月澄み渡るー、うーみづーらーに、でございましたな」

「これはこれは。都にても口ずさんでやってくだされ。お世話になり申しました」

大田の浦にきらめく日の光がまぶしく、眼の中で踊る様々な金銀の模様に惑いそうにもなる。都のにぎやかでせわしい景色が、なんであったかとすでに思うてしまうのも余生短き齢のせいか……。歴代の大樹様との交じらいや、一座の隆盛と名誉を求めて、明けても暮れても邁進《まいしん》した日々が、別の世のことのように感じられる。まったく都とは裏表の鄙《ひな》の風景に、畏《おそ》れに近いものも覚えてはいるが、それよりもあふれるような風月の景色が、すでに我が身に沁みとおってくるのである。

「世阿爺！」

甲高い声が宿の方からつんざいて、たつ丸が裸足のまま駆けて来た。後ろからは海人の親御夫婦であろう。まだ三十路前の若さに見えるが、実直そうな面差しに笑みをたたえて、腰を屈めては役人や荷役の者らにも頭を下げている。

「おう、たつ丸殿。世話になり申した」

「世阿爺は、万福寺《まんぷくじ》にいくんろ？　おれは、ながもやわかめを、おっかーと持って行ったことがあるっちゃ」

佐渡での配処先が新保《しんぼ》という地にある万福寺だと、船の中でも聞いていたが、童やおなごの足でも行けるところなのか。船から見た佐渡島はあまりに広大で、ひとつの大陸のごときに見えるが、まるで道の程がつかめない。

「ならば、たつ丸殿とは、また会えますな」

「会えるけど……」と小さくつぶやいたかと思うたら、たつ丸がまた私の腰元にしがみついてきた。

「……世阿爺は行かなければいい。ここに住めばいい」

「これ、たつ丸」

煮しめたような手ぬぐいを首に巻いた父御が、たつ丸の襟元を引っ張って日に焼けた顔を申し訳なさそうに伏せた。漁人や海士を、自分は「融《とおる》」や「忠度《ただのり》」などの曲に登場させた。

――げにや漁《いさ》りの海人小舟《をぶね》、藻塩の煙松の風……。

まだ若いとはいえ、節くれた指や顔に刻まれた深い皺に、漁りを糧《かて》とする日々の暮らしの重ねが表われて、これがまたのちのち枯れた風情ともなる。我らの道中のために握飯をたくさんこさえて、竹皮に包んでくれた母御も同じこと。たつ丸のつぶらな瞳は、この優しげな母御によう似ているとも思う。

「お役人様も、世阿弥様も、どうぞお気をつけなさって」と深々と腰を折り、べそをかき始めたたつ丸の小さな肩を押さえている。

「たつ丸殿、洟《はな》じゃ、洟。龍神様は洟をたらさぬ」

そう言うと、またあわてて手の甲で拭って、頬に髥を作った。

四

役人が連れて来た二頭の小ぶりの馬には、同行の者らの荷と私が乗ることになり、噎《む》せるほど新緑の深い山道を登り始めた。

まだ三十路に入ったばかりの六左衛門はむろんだが、能をやる者は、老いていても日々の稽古のおかげでそれなりの体力は保っているものだ。馬が上り下りできるほどの、急峻なところのない峠の坂らしいから馬無用と申し上げたのだが、「そうはいかぬ」と逆に一喝された。

「老いた身の罪人が、軽々しきことを言うではない。馬に乗せるは、そなたのためにはあらぬぞ。配処まで無事届け申すのが、われらがつとめ。流人が配処に着かぬうちにどうにかなっては、こちらの責。従うて乗れ」

「では、途中、立ち替わりてお乗りくださいと、頭を下げた。

巌《いわお》のごとき木肌を見せた樹齢何百年ともあろう杉の古木が立ち並び、時に瘤《こぶ》だらけのいかつい橡《とち》の木が蔦《つた》をからめて、我らを覆うように頑健な枝を張っている。露わになった蛸足《たこあし》のような根に苔が蒸し、洞《ほら》の隧道《すいどう》ができた巨大な杉もあった。

山道を外れて、原始のままの森にさまようたら、樹木の吐く尖った気が酸のように体を溶かしていくのではないかと思われるほど、鬱蒼《うっそう》としている。その間の曲がりくねった細道を上がっていくうちにも、わずかに樹々の空いたところから、すでに大田の潮風とは違う、緑陰を通った涼やかな風が抜けてきて、樹々の葉をざわめかせた。

「あれは檜《ひのき》、ですかな」と、六左衛門が目を細めて山の中腹を見やってつぶやくと、「当檜よ」と役人の一人が答えた。

「アテビ……」

初めて聞く樹の名に呆《ほう》けたような色を浮かべた六左衛門に、役人は面倒そうな面差しで説く。

「檜と同じような木ではあるが、材としてはむしろアテビの方が良いのじゃ。佐渡では、みな、アテビや杉を屋敷の材に使うがな」

「また竹も多うございますな」

山のあちこちに竹林の葉群れが噴煙のように柔らかく揺れ、しなやかで澄んだ幹の林立が辺りに静謐《せいひつ》を醸《かも》してもいる。

「竹、だと?」と役人が返すと、他の者らもいっせいに肩を揺すって笑う。

「この島は竹だらけよ。おぬし、源頼政殿の鵺《ぬえ》退治を知っておろうが。その退治に使った矢は、佐渡の矢島の竹だわ」

源三位頼政《げんざんみ》……。

「黙っとれ！　よけいなことを言うでない」

いきなり朔之進殿が手下の役人に声を張り上げた。そして、こちらに一瞬視線を投げてきたと思うと、すぐに目を泳がせるようにして、睫毛《まつげ》を伏せる。その時に、朔之進という男は、もしや能を知っているのではないかとの想いがよぎる。六左衛門も、私も、『平家物語』にある頼政の鵺退治を知らぬわけがない。なにしろ、己れ自身が「頼政」という曲を書いているからだ。

宇治の里を通りかかった僧を、一人の老翁が平等院に導き、源平合戦の古跡を見せる。その日がちょうど昔日の合戦の日。そこで自刃した頼政の回向《えこう》を頼んで翁は消えるが、やがて霊となった頼政が現れ、宇治川の合戦の修羅地獄を見せたのち、僧に供養を頼んで消えゆくという話である。そして、後《のち》ジテの頼政に辞世の句を歌わせたのだ。

――埋もれ木の、花咲くことも、なかりしに、身のなる果ては、あはれなりけり
埋もれ木が花を咲かせることもないように、我が身の生涯も華やぐことすらなく、最期もまたあはれなものよ。

その頼政の鵺退治に使っていた矢が、この島の矢島という地の竹だったというのは初めて知ったが、朔之進殿はおそらく私に「頼政」どころか、都での能の追憶さえも許さぬつもりであるのかも知れぬ。

どうであれ、すでに一罪人。義教公からの多少の酌量はあるとはいえ、もはや醍醐《だいご》寺《じ》清瀧宮の楽《がく》頭職《とうしょく》でも、観世座棟梁《とうりょう》でもない、老いぼれた、ただの流人ということか。だが、あの朔之進殿の眼差しの揺れが何か引っかかるのだ。

そんなことを胸中思うているうち、峠らしきところに辿り着き、朔之進殿の「駒を休めい」との

声がかかった。

何層もの萌黄《もえぎ》色に茂れる青楓《あおかえで》の葉の合間から、紺青《こんじょう》の海が見えた。山の尾根に隠れるように昨夜《ゆうべ》礒枕した大田の浦が見え、はるか前方には越後国の山並みが霞みながら浮かんでいる。

皐月の風に揺れる青楓が目の奥を慰撫《いぶ》するようで、秋ともなればどんなにか見事な紅葉になって、この道を行く人の袖を照らすことか。この景色はまるで……。

と、馬をとめたすぐ脇の、風月に晒《さら》された石しるべを何気なく見て、息を呑んだ。目がくらみもし、よろめきそうになったところを、また何者かに両肩を支えられたかのような心持ちがして、姿勢を保つ。

——笠取峠。

六左衛門を見る。六左衛門もまた石しるべに刻まれた文字を見て、目を見開いていた。

これは都の紅葉の名所、笠取の山と、同じ名ではないか。しかも、私と元雅が楽頭職をつとめていた醍醐寺清瀧宮の山……。

先ほどまで宇治の頼政のことを思うていたというのに、その宇治の笠取山と同じ名の峠で、青楓を見ることになるとは、なんという奇縁なのか。おのずと、「雨降れど露ももらじを笠取の山はいかでか紅葉そめけむ」という在原元方《ありわらのもとかた》の歌が脳裏をよぎりもする。雨が降っても笠を取り持つ山であるから、露も漏らさぬというのに、いかにしてかように見事に紅葉したのか……。

「……これは……」

「……でございますな」と、六左衛門も震える声を漏らしている。

——時雨《しぐれ》するいなりの山のもみじ葉はあをかりしより思ひそめてき

時雨の降る稲荷山のもみじ葉は、葉が青い頃より紅葉することを想うていますが、雨に降られたあなたが私の襖《あお》を借りた折から、あなたを慕うておるのですよ。

――雨降れば笠取山のもみじ葉は……

次から次へと、和泉式部や壬生忠岑《みぶのただみね》らの歌が心の中を去来する。

幼き頃まだ鬼夜叉と呼ばれていた自分に、藤若という幼名を下さった関白であり、連歌の師であった二条良基《よしもと》様が教えてくれた歌の数々……。

己れのような大和申楽の、いわば賤《いや》しい身分の童に、連歌や蹴鞠《けまり》、礼法を教えてくださった良基様の穏やかなお顔とともに、多くの歌が浮かんでくる。まして過分なほど可愛がってくださった、大樹義満様の笑みを浮かべた面影は……。

「ああ……」と声を漏らしそうになるのを堪《こら》えて、聞こえぬように息を細く吐き出した。

見えるのは風に優美に揺れる佐渡の峠の青楓なのに、すぐそこに醍醐寺清瀧宮の柿葺《こけらぶ》きの大屋根があるようで。また、七日間の勧進能を父観阿弥と醍醐寺で興行した十歳の頃も蘇ってくる。あれから、我らの結崎《ゆうざき》座の能が都に広まることになり、大樹義満様のご厚誼《こうぎ》をいただくことにもなったのだ。

もう六十年も前のことが眼前にあるようで、だが、気づけば佐渡の笠取峠の青楓とそのむこうに広がる紺青の北海がある。それとも、私は今、室町御所か一座の座敷の間で夢を見ていて、大樹様から聞いた北にある佐渡という島を想うている少年なのかも知れない。いや、そんな夢を昔本当に見たことがあるかも知れぬと、にわかに真実味を帯びてきて、頭の中がぐらりと揺れた。

「世阿様……世阿様……」

誰か。寿椿か、大樹様か。声の主を確かめようとして、うつつの佐渡の地に戻される。見れば、六左衛門が烏帽子の下の薄い眉根を寄せて、心配げな顔で声をかけてくる。

「出立のようでございます」

「ああ……ああ」と、自らもおぼつかない返事を漏らしていて、溝口朔之進殿の方を見やれば、しばらくこちらを表情のない顔で見つめていたが、何も言わずまた目を伏せ、下りの小道へと歩き始めていた。

――山路を分け登りて、笠とりと云峠《いふ》に着きて駒を休めたりここは都にても聞きし名所《などころ》なれば、山はいかでか紅葉しぬらんと、夏山楓の病葉《わくらは》までも、心ある様に思ひ染めてき……。

懐紙を取り出し、急ぎ、筆を走らせて書き留める。都の紅葉の名所と同じ名を持つ地、さらにはこの青楓。いかほどに美しう染まるのかと想いを馳《は》せれば、そこの病葉までも、己れの都への心持ちが分かるのではなかろうか。

そして、ひのき山なるところを過ぎ、日が傾くままに緩やかな細道を下りいった時――。心なしか朔之進殿の足取りが緩やかになった気がして、ようやく里に下りたのかと思うたら、もはや、奇縁というだけでは済まされぬ、仏の導きとしか思えぬ古刹と観音堂が道沿いに現れたのである。

長谷寺。

「世阿様！」

六左衛門の方が先に声を上げ、私もすでに馬のあぶみから足を外して下りていた。またも、という言い草はすでに許されないのであろう。この寺がわが故郷大和の長谷寺と同じ名であることに、何の不思議があろうかと思わせる縁の糸が、この世に命を受けてより始まっていたと考えることこそ自然《じねん》。

「おい、おぬしら、何をしている。急がんか。もう日も暮れるわ」

私らの様子を見てそう声を荒らげてきたのは、朔之進殿ではなく他の役人の一人だった。馬の轡《くつわ》を無理に引こうと近寄ってくる役人に、朔之進殿の方が声をかける。

「重持《しげもち》、馬を休めてやれ。水も与えてやらねばならぬわ」

朔之進殿の言葉に顔を向けると、すでに袈裟《けさ》懸《が》けにした包みの背中を見せていて、竹筒の水を呷《あお》っているようだ。

私と六左衛門は短い休らいのうちに、杉壁の白く古びた観音堂の方へと一歩二歩と歩み寄った。

堂の中のものに確かな想いがある。大和長谷寺の観世音菩薩に結崎座の加護を祈念して新しい一座の名前をつけたゆえに、観世座となったのだ。父観阿弥と幼い私が心を込めて祈った本尊は、十一面観音菩薩。そして、私と六左衛門が佐渡の長谷寺で拝むのも――。

十一面観音菩薩立像。

堂の前に立った刹那に、そのお目が我が身を貫いてきて息を呑んだ。

素朴な刻みではあるが、内から強い慈悲の想いを込めているお顔の観音菩薩がまぎれもなく立っていた。

思わず手を合わせ、祈り、また拝顔する。どこか稽古をつけていた時の若い頃の父観阿弥の顔に似ているようにも思えて、またさらに手を合わせる。頭上に並んだ化仏《けぶつ》は顔が摩耗しているのか、それとも彫らぬままだったのか、堂の薄暗さでよく分からない。

二尺七、八寸ばかりであろうか、小ぶりの十一面観音ではあるが、流れるような条帛《じょうはく》や天衣が優しく、右手を静かに垂らし、左手はほそりとした花瓶を持って、佇んでおられた。おそらく平安の末頃の観音か。そのお体から緩やかに波紋が広がるように、慈悲や戒めの想いが我が身を包み込んでくるのを感じる。

六左衛門にも言わなかったが、着船する折に松ヶ崎の話を聞き、さらに浦の名が大田であると聞いた時に、これは何かある、と思うたのだ。たまさかの事に過ぎぬにもかかわらず、生まれ故郷近くの大田という村を思い起こしていて、それを口にしたら、あまりに情けなき話であろう。老いた流人が藁《わら》にもすがる想いで、同じ名の土地に救いを見ているかのようだ。

だが、それに続けて、笠取、長谷とつながる不思議な縁には、たまさかなどということ自体に罰があたる。ただ、その導きが浄土へなのか、地獄へなのかは、已れ自身の余生にかかるということか。

私は、この島に、試されている――。

「……こちらの観音様は、錫杖《しやくじよう》をお持ちではありませんな」

大和長谷観音の方が十一面観音の中でも極めて稀《まれ》なのであろう。右手に錫杖を持っているのである。たいてい、右手には数珠《じゆず》を垂らしているものが多い。この像も長い風月で数珠も失せてしまったのであろうか、何も持っていない。

「それが、むしろ、私にはありがたいことにも思える」

「……よう、分かります」

「あの右手には、扇をお持ちであったかな」

そう軽口をたたいたつもりだったが、六左衛門は神妙な面持ちで受け止めたようだ。

「ああ、そうかも知れませぬ。……なにやら、世阿様のお父上の、観阿弥様に見えてまいります……」

夕刻の迫る長谷の観音堂前で、しばらく合掌し続けた。馬のひずめの音が境内に響いて、計らいの休みが終わったのであろう。

——そのまゝ山路を降り下れば、長谷と申《まうし》て観音の霊地わたらせ給《たまふ》。故郷にても聞きし名仏にてわたらせ給へば、ねんごろに礼拝《らいはい》して、その夜は雑太の郡、新保と云《いふ》ところに着きぬ。国の守《かみ》の代官受け取りて、万福寺と申《まうす》小院に宿せさせたり。

第二章 埋もれ木

一

世阿弥殿と供人の六左衛門を、万福寺に送り届けたのは日が暮れてからだった。夕七つに着く予定より一刻ほど過ぎたことになる。本堂の石段の暗がりで苛立ちながら待っていた国人《くにびと》本間源之丞《げんのじょう》殿の第一声は、「遅い！」だった。

「朔之進！　今、まさに信濃守殿からうかがいの文が入ったわ。急ぎ、無事到着の由、雑太城へお知らせ申せ！」

私は下の者に目配せして促すと、また片膝をついたまま低頭した。世阿弥殿も六左衛門も、律儀に両膝を地について頭《こうべ》を垂れている。

「道中、何ぞあったか。丸山から小倉峠は、通りやすうなったと聞いたぞ」

大田から国仲までの道の二本あるうち、東の峠道の方を言っているのだ。笠取峠の道の方が確かに刻がかかるのは、分かっていたが。

「いえ、我らは、笠取峠からひのき山へと抜けてまいりました」

「笠取峠だと？　待て、何、小倉峠の方に、久知《くじ》本間か、河原田《かわはらだ》本間か、彼奴《きやつ》らの気配があったと申すか！」

雑太惣領本間家に抵抗し始めた庶子家に不穏な動きがあるのを、守護代も国人も日に日に気を揉んでいるのは承知。それは家臣の我とて同じことだ。だが、道筋を急きょ変えたのは、さような理由からではない。

「いえ、さようなことはござりませぬ。駒二頭と、流人の者がかなりの年寄ゆえ、用心を持って安らかな道を選んだまででござります」

「安らかいうても、朔之進、たいして変わらぬで……」

「これはこれは、お着きになりましたか」と、堂の奥から蠟燭《ろうそく》の炎をかざしながら、住職の劫全《ごうぜん》和尚が出てきた。源之丞殿の執拗な責めがはぐれて、ひそかに息をつく。

蠟燭の明かりで気づいたが、源之丞殿は本間家家紋の十六目結《めゆい》が入った直垂をお召しになってられたか。腹の底から小さな笑いの泡粒が一つ浮かんできたが、それをなんとか抑え込んだ。

世阿弥殿は流人とはいえ、大樹義満公の時より室町公方との関係が深きお方。義教公の勘気を受けたものの丁重に迎えよとの旨《むね》は、我らにも伝えられていたが、おそらく赦免されて世阿弥殿が都に戻ってからのことを案じておられるのであろう。世阿弥殿の佐渡暮らしの様によって、雑太惣領の地にさらなる安堵状《あんどじょう》が出されるか出されぬか、響くというもの。

「世阿弥様。都よりの遥々の長旅、ようご無事でございました。ささ、お上がりくださいませ」

「これはありがたきお言葉、お世話になり申します」

世阿弥殿が緩やかに頭を下げる。

痩せた小柄の翁にもかかわらず、その背筋のつゆとも曲がらぬ辞儀。肩の力を抜きつつわずかに肘を張り、丹田を定めたまま頭を下げる挨拶に、まるで武芸者の立ち合い前の気が漲《みなぎ》っているようなのだ。

己れも鎌倉寿福寺の念阿弥慈恩《じおん》から始まった念流を修めた身とはいえ、いざ、この翁を斬れるかと言われても、世阿弥殿には立ち入る隙がない。柄《つか》を握るとしても、何か手が金縛《かなしば》りに遭うような、それ自体を封じられている想いにさせられる。

在って、無きような、無くて、在るかのような、刹那刹那に生と滅が連なり続けているごとくに感じられる。一体、この翁のいずこを斬れば良いというのだ……。

「朔之進様も、道中、大変お世話になり申しました」

斬られた、と思った。

今、まさに世阿弥殿の座礼する姿を凝視していたというのに、不意を突くように、すっと、細く枯れた右手の先を膝元の地につけている。そして、また静かに目を伏せて烏帽子の頭を下げていた。

「……いや、今日だけの話ではない。この地では、某がそなたをあずかることになる。流人として、この島での心構え、深く肝に銘ぜよ」

「さ、朔之進ッ」と、源之丞殿が眉間に皺を寄せ、口角を下げて、諫《いさ》めるような声先で言ってきた。

「はっ」とは答え、頭を下げたものの、つとめはつとめ。都のやんごとなき流人であろうが、賤しき悪人であろうが、あしらいを変えるわけにはまいらぬ。それこそ佐渡国の雑太惣領本間家が、都に舐《な》められようぞ。

ただ……。

この七十を越える老翁の、これからの生き様に面白さを覚えている己れがいた。


宿所に戻って、妻のぬいの位牌に手を合わせると、しばらくの間、線香の儚《はかな》げな煙の綾を見ながら放心していた。朝から気を張っての峠越えのせいで、身も心も今にも崩れ落ちそうなほど疲れていた。

ぬいが生きていたら、三里に上手に灸を入れて、凝《こ》った肩でも揉んでくれようものを、二年前の冬の始めに、労咳《ろうがい》であえなく身罷《みまか》ってしまった。越後国新発田《しばた》の出で、古き歌や文の好きなおとなしう女だったが……。

二十二で逝く者もあれば、七十二で佐渡に流されてくる翁もある。世のさだめなき様に、一時は怒り狂うほどに荒《すさ》み、念流の太刀を振り回したこともあったが、もはや三十路に入って己れの不様さに心底呆《あき》れ果てた。いずれ死ぬるまでのこと。

――散る花をなにかうらみむ世の中に我が身もともにあらむものかは

よみ人知らずの『古今』の歌を、ぬいも病の床で時に口にしていた。この世に散らぬ花などありません。散ったとて、恨みに思うわけもありますまい。我が身とて生き永らえるわけではないのですから……。

溜息を漏らして床板に寝転がると、昨夜《ゆうべ》見た月下の舞が浮かんでくる。海人宿の蔀戸《しとみど》の隙間から見た、はるか先の闇の舞――。

痩せて小柄の翁の影が、銀の浜に佇む。ただ、それだけであった。突っ立っているだけであるのに、何か天地をつなぐような強さがあった。静止の中に、恐ろしいほどに万物の気が流れ、翁がいる、と思う刹那に、また、翁が新しくいる。視線も離さず見ているはずが、こちらの見る念の速さよりも速く、翁が立っているといえば良いのか。

あれが都で一と名を馳せた能役者なるものか。

と、気づかぬうちに宙を浮かんで滑るように前に出て、右の手の扇が上がった。思わず、遠い海人宿にいる自分まで引っ張られるかのようで、月光を受けた扇の返りは、何か大きな人魂《ひとだま》をかざしているようにも見えた。

後退する。回る。扇で天空を掻く。その動きが草花の風になびくさまのようで、すべて連なって途切れることがない。あれは自分で動いているのであろうか。自らが舞おうとして、舞っているのであるか。

見ているうちに、翁の影の大きさが分からぬようになり、そのうち大田の漆黒の海や月光を受けて白銀に輝いた浜が舞うているから、その翁の鋳型の影が動いていると感じられてきて惑乱した。

陰陽師に幻を見せられる時というのは、このようなものか。己れはあの世阿弥という老翁の舞に、操られるのではないか。恐ろしさに脂汗《あぶらあせ》が滲み出てきて、慌てて蔀戸を閉じたのだ。

だが、その時に、あらかじめ決めていた小倉峠の道ではなく、笠取峠の方を通ることに決めたのも確かだった。

二

七十二になる年寄が都よりはるばる佐渡に流されるなど、ためしも聞かず、私は前もって事のいきさつを調べていた。

なにゆえ都一、いや日の本一と言われる能役者が、大樹義教公の勘気を被《こうむ》ってしまったのか。都よりの便りや人の話すところによれば、観世大夫嗣立《だゆうしりつ》にかかわるのではないか、ということがまずあった。

世阿弥の甥である三郎元重《もとしげ》なる男、のちに義教将軍が特別に贔屓にする音阿弥元重という能役者がいるらしい。元々、世阿弥は音阿弥を養子にして観世座を任せたはずが、自らに元雅という男子が生まれて、急遽《きゅうきょ》、音阿弥を遠ざけて元雅に座の大夫を継がせたというのだ。

義教は音阿弥の舞いを愛し、また世阿弥よりもはるかに厚遇していたものだから、突然の大夫嗣立の混乱に良い想いはしなかったであろう。しかも、世阿弥が養子時代の音阿弥に、一書も芸の秘伝書を渡していないとなれば、音阿弥自身が義教に頼み、将軍から世阿弥に伝書を出せとの命が出たやも知れず。それを頑《かたく》なに拒んだとすれば、もはや天魔といわれた将軍の勘気を蒙っても仕方があるまい。

だが、果たして、それだけか……。

将軍義教はこれ見よがしに、仙洞御所で催されるはずであった世阿弥と元雅父子の舞台を突然中止させもし、世阿弥の醍醐寺清瀧宮の楽頭職を奪うなどしたあげく、日を改めて贔屓の音阿弥元重に舞わさせるわ、楽頭につけたりするわしている。

もはや、これだけでも十分な仕打ちとも思われるが、さらに涙の底に世阿弥を突き落とす出来事があったという。興行中の息男元雅が、伊勢で客死したというのである。

この世において、これほどの悲しみがあろうか。妻や親の死さえ、立ち直れぬほどの深い傷を負うというのに、座のすべてを任せ、頼んだ愛息を喪《うしな》うなど、逆縁の悲しみに狂い死ぬほどだったに違いない。

そんなことを小浜からの長い船旅の後においても、つゆとも感じさせなかった世阿弥翁の心とは、いかなるものであるのか……。

義教は悲嘆の底にある世阿弥をさらに無下に扱い、音阿弥元重を観世大夫にして、しかも糺河原《ただすがわら》で勧進申楽を三日間興行させたという。老いた世阿弥の、もはや襤褸《ぼろ》のごとき心のありさまは、察しても余りある。

もう十分ではないか。世阿弥憎しといえども、大樹義教もすでにとくと気が済もうというもの。だが、それでも流した。遠き北海の佐渡の島に、七十二になる老いたる者を流したのだ。

この皐月に七十二の年寄が流されてくるという報を聞いた時には、いかほどの重罪を犯した年寄やら、と思うだけであった。だが、信濃守殿、源之丞殿ご両人から、私がその流人観世三郎元清なる者をあずかる役と承《うけたまわ》って、初めてその身元を調べてはみたが、佐渡にいる身ではそこまでしか分からなかった。

そのような時、今から三月前の如月《きさらぎ》、荒波の北海を珠洲から渡って松ヶ崎に辿り着いた商船があり、そこに乗っていた都の乾物問屋から聞いた、ある話が引っ掛かった。

荷物改めが終わって、都の春はいかがか、などと世間話をしていた時のことだ。その乾物問屋が、

「この月初めに、室町殿に若公《わかぎみ》がお生まれになった報《しら》せは、こちら佐渡国にも届いてますやろか」

と話し始めたのだ。

「義勝《よしかつ》公のことであろう。わが本間家でも、お祝いを献上する手はずとなっているはずだ」

「お祝い……でございますか。いや、それは……。と、言いますのもなあ、めでたい話には違いありませんが、これがまあ、都じゅう、お祭りや、となる話のはずが、とんでもありまへんがな、皆、戦々恐々のありさまになっているのでございます……」

そんな妙な話があるのもまた風の便りで届いてはいた。

若公がお生まれになったにもかかわらず、父である大樹義教様が突如として乱心に陥ったという噂が、こちらにもあった。信濃守殿は南朝側が言いふらした戯言であろうと気にも留めぬ風であったらしく、また我々も皆そう思ってはいたが。

「それはただの噂話であろう」

「いやいや、お役人様、ほんまのほんま、えらいことになっておるのです。上得意の佐渡国様やさかい、お話ししますんですが、都は震え上がっております。まずは、こうですねん。若公がお生まれになって、それはもう、お公卿様やらお武家様、各寺のご住職様、皆、うち揃うて、室町殿にお祝いに訪れますがな」

「当たり前の話ではないか。祝賀に参らぬ者の方が無礼であろうが」

「そうです。何も悪いことあらしまへん。ですが、その後ですねん。皆また、その列に加わりまして、今度は町の民までぞろぞろついて、日野義資様《よしすけ》邸へと向かったのですわ」

「日野義資殿……？　裏松《うらまつ》中納言日野義資殿のことであるか」

大樹義教公の側室、日野重子《しげこ》様の兄君が日野義資。祝賀に訪れて何もおかしいことはあるまい。

「そうです。お公家様、お武家様、えらい坊様に、あたしらみたいな商人やら町人、民、申楽、白拍子、百姓……皆が、お祝い申し上げて、歌やら踊りやらで寿《ことほ》いだのでございます。私は遠巻きに見ていただけですねんけど、まあ、それは見事な声で謡い上げる者もおりましてん。……お代官様、自分で言うのも何やろが、私、こう見えましても、けっこうな申楽の見巧者ですねん。太子クセ舞いうのがあるんですが、ええ、聖徳太子様のお誕生をお祝いし、曲にしためでたい謡があるんでございますが、それを室町殿の若公生誕に置き換えまして、朗々と謡う者がおりましてん。人が多うて、私からはよう見えませなんだんですが、あれは、日野様の耳にも届いて、さぞかしお喜びになったのではないかと思いますわ」

「それで……そなたの言うてる意味が分からぬが。むしろ、良き話ではないか」

「それでございますがな。じつは、その日野義資様、なんや知らん、少し前に室町殿のお怒りを受けて、ここの間も籠居《ろうきょ》中の身だったんですわ」

「……籠居中……。さような所へ、皆で祝賀に参ったということか」

「さようでんねん。まあ、人の数が数ですやん。それが、籠居させていた日野様の所へやんやと浮かれて参ったのですから、それを知った義教様が怒り狂うてしもうて、参賀に出向いた者をひっ捕まえ、死罪に流罪、所領没収に拷問と、まあ、地獄の沙汰となりましてん。大勢の使いの者らまで出して、いまだ都じゅう、日野邸に祝賀に参った者らを血眼になって探し出しては、斬り捨てております……」

私は乾物問屋の話を聞いて、その日のうちに事の次第を急ぎ上の者らに伝え申した。若公ご生誕の祝儀について、くれぐれも細心の留意をせねばならぬことを意見したのである。

今、思い返せば、日野義資邸に祝賀に訪れた者らに混じっていたという申楽者とは、もしや……。

そして、太子クセ舞の文言を変えて謡っていた者こそ、世阿弥翁。

観世座太夫に大樹贔屓の音阿弥がなり、息男元雅を亡くしていたにもかかわらず、世阿弥という能役者は義教殿の若公がお生まれになったことを祝おうと参ったに過ぎぬ。いや、その祝賀に参ることによって、観世座の新たな再興を図ろうとしたことも考えられるが、それが裏目に出たのか。

疑心暗鬼の天魔の義教にすれば、次の将軍殿や側近の者らに取り入る謀《たばか》りとも見えたのやも知れぬ。

まして世阿弥翁は、民の者らをその幽玄といわれる舞で魅了する芸道の呪力を持っている。昔日に、ここに流されたという日蓮の、鎌倉での辻説法の威力。順徳院の幕府転覆の謀《はかりごと》。それに匹敵する世阿弥の芸の力が、人心を惑わし、室町殿の政を損ずると危惧したのではあるまいか。

それを恐れて、都から追った。この遠く離れた北海の佐渡島に――。

面白い、と思うた。

世阿弥なる者がいかほどの男か、とくと見てやりたいと。

室町殿が遠島にするほど厄介な男……。

大田の浦に上がった世阿弥なる男は、拍子抜けするほど小柄で痩せた翁であった。海人の子と戯れて笑んでいる、いずこにもいる好々爺のようにも見えた。

だが、対面し、頭を下げた時――。

周りの気を刹那に変えてしまうような居ずまいの静けさと、それを支える丹田の据わり。若き頃はさぞかし美しかったのであろう、老いてもまだ涼しげな眼差しが、凜とした風情を醸していた。

そして、月夜の舞……。

手下の重持らが反対するのを、笠取峠の道筋へと急遽変えたのは、あの底知れぬ翁が峠に立ち、いかなる面差しをするかを見てみたかったからだ。笠取峠が都の名の通った歌枕の地と同名で、また秋には紅葉で一面照るほどの峠であるゆえに。

妻のぬいから、よく都の笠取山にまつわる歌を聞いたものだ。「佐渡の笠取峠から、都にもその名が伝わって、宇治の笠取山となったのでしょうか」などと、戯けたことを言うて、微笑んでいたのを思い出す。

――雨ふればかさとり山のもみぢばは行きかふ人の袖さへぞてる
雨が降って笠取山の紅葉が燃えるかのように赤くなり、行きかう人の袖をまで照らしている。壬生忠岑の歌。

――雨ふれど露ももらじを笠取の山はいかでかもみぢそめけん
笠を取り持つ山だから雨露もあたらないのに、なぜにかように美しく紅葉するのであろう。在原元方。

――かきくもり雨ふることもまだ知らぬ笠とり山にまどはるゝかな
雨がまだ降らぬというのに、私の目は涙で曇り、あなたがいるかも知れぬ紅葉の笠取山を惑い、さまようていることであるよ。紀貫之。

……それらの歌をぬいが幾度も諳んじていたものだから、己れも自然と覚えてしまった。

世阿弥翁にとっては楽頭職をつとめていた醍醐寺の山。その名を同じにする笠取峠を通って、少しでもこの地を近しく感じてくれるか、それとも嘆いて泣き伏せるか。確かめてみたいと思うたのだ。捉えようによっては、酷《むご》い話でもあろう。というのに、重持が源三位頼政の話などを持ち出して、しまった、と唇を噛んだ。

能をやる者、しかも都一といわれた名うての役者が、『平家物語』の頼政を知らぬわけがない。ましてや、辞世の句は老いた流人にとっては、心をえぐるようなものだろう。

——埋もれ木の、花咲くことも、なかりしに、身のなるはては、あはれなりけり

花も咲かぬ埋もれ木となった我が身の果て、あはれさのみが残るというもの。

己れとて、三十路に入ったばかりに過ぎぬが、埋もれ木には変わらぬ。もしも、これから花なんぞというものを咲かせることができたとしても、もう誰も見る者もおらぬ。

——秋山の黄葉《もみじ》を茂み迷ひぬる妹《いも》を求めむ山道知らずも

笠取峠で、ぬいが教えてくれた『万葉集』の柿本人麻呂の歌が、浮かびもした。秋の山の紅葉の美しさに導かれて、森の奥へと迷い消えてしまった妻よ。探しに出ても、山の中の道が分からぬ。それは黄泉の森なのだから……。

さような歌を想うている己れにも嫌気が差して、自ずと、重持に声を荒らげることをしてしまったが、世阿弥殿はそんな自分を「おや」という、何か想うたような顔をして見ていた。

笠取峠では、むしろ、六左衛門と申す供人が峠の名を知って声を上げていたが、世阿弥翁は静か

な息遣いのまま遠い眼差しをして、茂れる青楓の景色を眺めていたようだった。あの痩せた年寄の胸の中を、どれほどの想いが去来したのか。

無理やり埋もれ木にさせられた翁と、自ずと埋もれ木になる佐渡の一侍が、笠取峠から青楓を通して北海を眺めるなど、酔狂であったかも知れぬと苦いものさえこみ上げた。ただ、せめて少しでも、この地を近しう感じて安堵してくれないかと、柄にもなく思うている自分がいたのだ。

あの端然とした居ずまい。流罪となって、見知らぬ北海の地に放り出されたというのに、つゆとも動じぬ面持ち。それが年寄ゆえの覚悟なるものか。

いや、それとも……。

月光に照らされて静かに浜辺で舞う姿が、脳裏をよぎる。

あの翁……、埋もれ木に、花を咲かそうとでもいうのか。この佐渡の地で、老い木に花を咲かそうとでも。

床板から勢いよく半身起き上がると、ぬいの小さな位牌を見つめる。

「いかに思う、ぬい……」

庭の闇に何かよぎったように思えて眼をやると、まだ季節には早い蛍火が一筋揺らめいた。

第三章　配処

一

昨夜《ゆうべ》の深更にふと鳴き出した時鳥の声を、我が子元雅の呼びかけではないか、と思うてしもうた己れに、眠りが浅うなった。あまりに、もろい。

朧《おぼろ》に夢の中で醍醐寺のことを見たようで、その影を引いたまま、まだ朝早い寺の東司《とうす》のある裏に回る。

と、あまりに見事な老松《おいまつ》が、巌の上から龍の天空へと昇るかのように太い幹をくねらせ、そびえ立っているのが見えた。幾星霜を経たのであろう、万福寺の来し方、いや、それよりも昔日から頑強な根を巌に張り、太古の島の歴を息吹いてきたかに見える。

老松の葉の緑に、夢の滓《おり》がそそがれるようで、深く息を吸う。まだ眠りから覚めたばかりの樹々の香と清らな水のにおいがして、見れば、木陰にある遣水《やりみず》が水晶のような光を滑らせて蒸した苔に染《し》み入り、年を経た岩垣を濡らしながら雫《しずく》を震わせている。

この風、この気……。

まだ皐月だというのに、庭の梢を優しく揺らす風が、何か秋すらも誘いそうな風情で、しみじみと心にまで届く。

「これは、世阿弥様、よう眠られましたかの」

縁側を歩いてきたご住職の劫全様が、数珠をかけた手を合わせて微笑んでおられた。昨夜《ゆうべ》は蠟燭の灯に映る僧のお顔に、我が身と歳も近かろうかと思うていたが、朝の光を受けて見たところでは、五、六は下であろうか。

「あらためてお世話になり申します。昨夜は気づきませぬことで、このお寺の……なんとも見事なお庭の景色、心の底まで沁み入り、み仏のお慈悲をいただくようでございます」

ご住職が衣の袂《たもと》を揺らして後ろ手に組むと、にこやかな面差しで庭に目を流す。

「ここの本尊の、薬師如来様のご加護でございましょうや」

「薬師様でございましたか」

「このあたりは、薬師十二坊いうて、薬師信仰が深い地でございますゆえの」

それを聞いて、この古刹や庭に静かに手を合わせ、目を閉じる。

我が子元雅も、この景色をいかに思うであろうか。

この佐渡新保の万福寺が、己れの終《つい》の地になるとも思え、昨夜は一人、元雅の扇の入った位牌仕立ての竹筒に、手を合わせていたのだ。

黒骨紅無《いろなし》の扇は、元雅が伊勢で最後まで大事にしていたもの。黒骨に観世十郎元雅の名が刻んであった。その名が見えるように、扇入れの竹筒に小さな四角い狭間《はざま》を切って、位牌仕立てにしてひそかに佐渡の地にも持ってきたのだ。所持を許された守《まもり》は他にもあるが、その元雅の扇については六左衛門さえ知らぬはずだ。

六左衛門はしばらくして都に戻ることになっているから、与えられた房がなく、昨夜は庫裡近くの房で過ごしていたはずだが、己れ一人の房でようやく元雅の霊を拝むことができたのだ。まさか、我が子も父親が室町殿の勘気を受けて、北海の佐渡島に流されるとは、夢にも思わなかったであろう。

許せ、元雅……。ふがいなき父と思うておろう。

闇の空を見上げれば、雲居の都をも照らしているであろう月が出ていた。己れを少しでも慰めようとしてくれていたのか、皓々と澄んだ光を放っていたが。

「……罪なくて、配処の月をみる事は、古人の望みなるものを、身にも心のあるやらん、身にも心のあるやらん……」

心ともなく口ずさんでいて、世俗を離れて何も想わず、古人が望んだようにただ配処の月を見るさだめと得心しようと、さらに月に見入れば——。

あまりにもの光の澄み方に、己れの心の奥が映るようだった。

生前の元雅の舞や結崎座の者ら、都の景色がにわかによみがえってきて、胸が張り裂けそうになるのを堪えては、また合掌の手に力を込めたのだ。その時、唐突にも、闇夜に通る時鳥の声が一つ、二つ。元雅の、父を憐《あわ》れむ声と聞こえて、心が震えた。

「昨夜《ゆうべ》は……、この巌松《がんしょう》の梢でございましょうか、時鳥が鳴いておりました」

「時鳥……。ああ、ようこの季節になりますと、あっちで、きょきょきょきょ、こっちで、きょきょきょきょ、と鳴きよります」

住職の時鳥の声を真似て唇を尖らせるさまに、こちらも笑みがこぼれる。

「名に聞く八幡《やはた》というところは、時鳥は、まことに鳴かぬのでございましょうか」

私が佐渡の「八幡」と地元の名を口にしたのを、劫全住職はふと眉を開いて不思議そうな顔をして見せた。だが、すぐにも合点がいったのか、皺ばんだ口角を緩める。

「京極為兼殿……でございますな」

永仁六年（一二九八）に佐渡国に流された、鎌倉時代後期の公卿でもあり、歌人でもある。

私は『風姿花伝』に「能をせん程の者の、和才あらば、申楽を作らん事、易《やす》かるべし。これ、此《この》道の命也《なり》」と書いた。一座の者らに、能以外のことはしてはならぬ、集中しなさい、ただし和歌だけは存分に嗜《たしな》んで良し、と言い続けていたのも、和歌を学べば、能の物語を書くことが自在となるほどに、そこには芸の源があると伝えたかったのだ。歌は天地を動かし、目に見えぬ鬼神をもあはれと思わせる。男女の仲をやわらげ、猛《たけ》きもののふの心をも慰めるのだ。

その歌の世に新しき風を入れたのが、為兼卿。まして、卿の氏神様は、大和申楽四座が能を奉納し続けている中でも、最も大事な春日社であった。京極為兼卿の名を知らぬ能役者などおらぬであろう。

――鳴けば聞く聞けば都の恋しきに、この里過ぎよ山ほととぎす
京極為兼卿が佐渡の配処、八幡の地で口ずさんだとされる歌は、讃岐の地に配流された時の崇徳上皇の作と言われる。流された者の悶えるような歌の極まりは、まだ都にいた私にとっては遠いものであった。ただ、どんなにか胸引き裂かれる心持ちで歌ったのかと、想いを馳せるくらいであったのに、その自分が同じ佐渡国に流されるとは……。

八幡の地に鳴く時鳥の声を聞いて、「都を思い出してつらくなるから、どうかこの里を過ぎてく

れ」、と崇徳上皇の歌を為兼卿が想いを重ねて声にしたら、それ以来、八幡の里に時鳥が鳴かなくなったという伝説が残っているらしいのだ。のちに願いかなって、為兼卿は帰洛《きらく》している。

「鳴けば聞く……」

「……聞けば都の恋しきに」

「この里過ぎよ山ほととぎす……」

劫全住職が一拍おいて私を見ると、かすかにうなずき、また遠い目を庭のむこうにやる。

「鳴くも、鳴かぬも……、聞く者の心ごころでありましょうや、世阿弥様……」

「……心ごころ……」

そうつぶやいた時に、廊下を小走りにやってくる六左衛門の足音が聞こえた。

「世阿様、世阿様ー、ああ、これはご住職様、失礼いたします」と、六左衛門が足を止めて、首元にかけていた手ぬぐいをあわてて取って頭を下げる。

「六左衛門、そなた、何を騒がしうして、ご住職様に無礼であろうが」

「大変、申し訳ありませぬ。いえ、それが、私が庫裡にて朝餉を作っておりましたら、突然、妙なおなごがあらわれまして。まあ、これが、それこそ騒がしう、うるそうて、あれやこれや駄目、そないな焼き方では駄目やと、世阿様の朝餉を作り直しております」

早口でまくし立てる六左衛門は、よほどに狼狽しているのか、都訛りが端々に覗いてもいた。

「六左衛門、落ち着け。おなごだと?」

「はい。流人に許される水汲み女なる者は、我らには用はないので、お引き取りを、と申したのですが、まあ、聞く耳を持たぬのです」

遠き地に追いやられた咎人が、おなごへの乱暴狼藉《ろうぜき》などさらなる面倒を起こさぬように、水汲み女だの飯炊き女だのという、ずいぶん気の毒な呼ばれ方をするおなごがいて、流人の世話をするというのを聞いたことがある。むろん、己れらに必要あろうはずがない。

「六左衛門様、それは、おとよでございましょう」と住職が目尻に皺を寄せて笑い、口元に老いた味噌っ歯を覗かせた。

「おとよは、私が頼んだおなごで、万福寺の檀家、百姓の娘です。都からえらいお人がいらっしゃるから、しばし茶飯《さはん》を手伝うてくれ、と。儂《わし》一人では、とても世阿弥様にお出しできるようなものはのう」

「さようなお心遣い、とんでもございませぬ。誠に申し訳のうございます」と住職に頭を下げる。

「されど、ありがたいことに私は供人を許された身。しばらくはこちらでの暮らしが整うまで、六左衛門が作務《さむ》でも何でもやりますゆえ、お気遣いなさらず……」

「ほら、朝餉ができたっちゃ。和尚さんも、はよ、せーばいいが」

廊下の端から、頭を白布で桂巻にした、若いおなごの顔が現れた。十八、九ほどか。ふっくらした頬がほの赤く、どこか茶目っ気のある目元が、いかにも鄙の郎女《いらつめ》といった感じである。小袖の腰に巻いたかけ湯巻の花葉色の派手さが、朝の目にはちときついが、それも愛嬌であろうか。

「おとよ、その喋り方はなんとかならんかのう。ほんに口がのう」

「和尚さん、そんげこと言うてるうちに、朝餉がさめるっちゃ」

地の訛りなのか、おとよというおなごの口ぶりが、大田の海人宿にいたたつ丸という童に似ていて面白く、自ずから笑いを漏らしていた。昨夜《ゆうべ》見た都の夢の重苦しさが晴れるようでもある。

六左衛門の方を見やると、顔をしかめて今にも舌打ちしそうな表情で、それもまたおかしく、笑いを誘う。配処での初めての朝とも思えぬ、ありがたいのどかさであった。

二

麦と米を混ぜた粥《かゆ》に、脂ののった肉厚の鯵《あじ》焼き、地の菜の煮ものに、大根のつけもの、ながもの入ったあさりの味噌汁……。

まったく想いもしなかった滋味のある朝餉は、おそらくこの島ならではの豊かさがあってのことか。海のものにも山のものにも恵まれた証ともいえるが、そもそも流人にうまい飯など望むべくもない。

本来であれば、一日一勺《いっしゃく》の塩と一升の米しか与えられないはず。もしも、年をまたいで生き延びられたならば、狭い土地と種を与えられ、それを耕すのが、流人の暮らしと聞いていた。あとは工夫してその地で細々と働き、食うていくしかないのだ。それを、おとよさんと申す娘のこさえてくれたうまい朝餉を食すことができるなど、想いもよらなかった。

それは六左衛門も同じ想いであったろう。おとよさんの愚痴を零《こぼ》しながらも、味噌汁の替わりをしていたのは、六左衛門だ。寡男《やもめ》の自由な身だからと、何も都からはるか遠い佐渡島まで、結崎座の元棟梁のためについてこなくてもよかろうものを。

「寿椿様や禅竹《ぜんちく》様よりの御願い、この六左衛門、命を懸けてお守り申し上げます」と大袈裟《おおげさ》なことを言うておったが、妻の寿椿や娘婿《むすめむこ》の禅竹にとっては返す返すもありがたき六左衛門の申し出であったろう。まして、己れにとっては言葉もない。それを察したのか、「いやいや、私、六左衛門とて、ただの阿呆ではありませぬ。都に戻るまでに、世阿様の技を、すべて盗んでみせまする」と申して、まぶしそうな顔で笑うてくれた。

「世阿弥！　世阿弥元清はおるか！」

朝餉ののち、房で文台《ぶんだい》の上の草子や筆などを整えていると、境内の方から太い芯のある声が聞こえてきて、すぐにも昨日の朔之進殿だと分かった。急いで房を出て、渡殿《わたどの》の廊下をゆくと、本堂前に立つ溝口朔之進兼平殿の姿が目に入る。

「朔之進様。このたびは、かようなもったいなき宿所を、私ごときにお与えいただき、誠にありがとうございます」

本堂の階下に下りて、左膝のわずかな痛みをこらえながら跪《ひざまず》く。とっさに坂や階《きざはし》を下るなどすると、膝の奥や腰が痛むようになったが、これも寄る年波のこと、致し方あるまい。

「世阿弥元清、宿所のそなたの房を改める」

荷の方は、洛中、小浜、佐渡大田の浦で、幾度か取り調べられているが、念には念を入れてということであろう。見上げると、侍烏帽子をかぶった朔之進殿は、下に跪く私のことなど見ていない。ただ、まっすぐに本堂の方に眼差しを据えている。

一見、傲岸《ごうがん》に思える居ずまいなのであるが、つゆとも隙を見せぬようにとの心がけが覗いている気もする。隙というても、私に対してではない。朔之進殿ご自身が己が身を懸命に律しているようで、それがこの役人の抱える陰にも思える。

「それでは、こちらへ」

「六左衛門と申す供人も改めるゆえ、そのように伝えよ」

渡殿を通って奥の房に入ると、朔之進殿はいったん鴨居や天井の梁《はり》などに目を走らせ、障子戸近くの文台の上から確かめ始める。

筆、硯、数帖の草子、忘れぬようにと、少し文字をしたためた半紙……。

朔之進殿はそれに目を止め、右手に握っていた扇を帯に挟むと、紙を広げている。

――順風時至りしかば、纜《ともづな》を解き船に乗り移り、海上に浮かむ。さるにても佐渡の島までは、いかほどの海路やらんと……。

朔之進殿は眼を素早く上下させて字を追っていたが、また何事もなげに文台の上に戻した。小浜から船出した時のことを記したものだ。衣桁《いこう》にかけた粗末ともいえる衣や手ぬぐい、薬の入った包み……。

「世阿弥……あの箱は何であるか」と、朔之進殿が房の隅に置いた黒漆《くろうるし》塗りの箱を目で示した。

「……私のお守りが入っております」

「お守りと……？　手の者らは、大田の船着き場で検分したか……。今一度、改める」

部屋の隅へといくと、朔之進殿は膝をついて年季の入った漆箱の蓋を両手でおもむろに開けた。蓋を取ったその手が一瞬止まったが、朔之進殿の横顔に動揺は少しもない。じっと箱の中に収めてある黒褐色の面《おもて》を凝視しているようだった。

「鬼神面でございます。能のものと申しますよりも、陰陽面でございます」

面は、ねじり上げた眉根に深い皺が刻まれ、大振りの鼻の穴を広げて瞋恚《しんに》の眼を見開いている古いもので、大べしみにも思えようか。大きく結んだ口や凹凸《だくぼく》の肉感は、吽形《うんぎょう》の金剛力士像の面差しのように見えなくもない。

「私の能の面や装束は、すべて都で取り上げられております。これは、能には用いぬ古き鬼神面ゆえ、許されたのでございます」

見ているだけで神霊の力を発するようなその面は、結崎座の役者ならごく一部の者が見たことがあるかも知れぬが、わが父観阿弥が、若い頃に使っていたものと知るのは、己れしかいない。大事な形見の面であった。

「鬼神……面、か。……して、これは……」と、朔之進殿が箱の中に手を差し入れて、乾いたような音を転がすと、今度は目を見開いてすぐに手を引いた。

「……これは、失礼致した」

亡き元雅の扇の入った竹筒に触れたのであろう。位牌仕立てにしてあるのに気づいての朔之進殿の言葉だったが、初めてそんな口ぶりを耳にして意外だった。わずかに目の端でこちらに目礼したかにも見える。

この朔之進という男、京からの追っ立て役人が話してくれたような者とは、少し違うのではないか。さような気もする。あらかじめ通るはずであった道筋を変えて笠取峠の道を選んだというのも、気にかかっていた。上の役人にたしなめられて、二頭の駒や私の老いを口実にしてはいたが、私に宇治醍醐寺のある笠取山と同じ名の峠を通らせ、試していたのではあるまいか。

「所持する品は、これまでか。他にはあらぬか」

「これだけにてございます」

「うむ」と、朔之進殿は短くうなずくと、鋭い眼差しで見据えてくる。

武芸に秀でているのか、正座する丹田も据わっており、息遣いが落ち着いていた。直垂の肩がつゆとも動かぬのも、おそらく密息《みっそく》を自然に身につけているのであろう。能でも同じであるが、息差しが外に覗いてはならぬ。吸うても吐いても、身の内のいずこも震えることがない。

「世阿弥元清。すでに存じておろうが、この地に来たとあれば、生きるも死ぬるも、そなた次第。わが雑太本間家のあずかりとはいえ、こなたは何もせぬ。いずれの流人においても、それは同じ」

「いえいえ、朔之進様。かようなお寺が配処というだけでも、もったいのうございます。また、昨日の笠取峠の道筋、ありがたき幸せでございました」

そう返すと、わずかに朔之進殿の眼差しが揺らいだようにも見えた。

「都醍醐寺の山と同じう、美しい青楓が茂っておりました。まして、長谷の観音菩薩を拝むことができるとは……。重ね重ね過分なお心尽くしをいただきました」

朔之進殿はそれには答えず、ただまた短くうなずいただけであった。

間違いなく、あえて選んだ道。醍醐寺の山と同じ、というだけで話が通じているのである。長谷も然り。

「朔之進様……、八幡という地はここから近うございますか」

「八幡……?」と、朔之進殿の片眉が上がった。だが、すぐにも、「京極為兼卿か」と言い添えてきた。

佐渡の地では、やんごとなき流人たちにまつわる話は、誰もが知っておるのであろうが、やはり朔之進殿は和才の力も嗜んでおられるのであろう。すぐに歌詠みの名が出てきた。

「はい、それもございますが、八幡といえば足利様の祖神ゆえに、その地にございますお社《やしろ》に参拝しとう思いまして」

「ここから西へ一里ほどのところにある。……世阿弥、いずれ知ることになろうが、さらに近う、隣の泉なる地には、順徳院の御陵がある」

承久の変で佐渡に流され、自ら命を絶ったといわれる順徳院の御陵……。

順徳上皇の名を聞いて、ふと浮かんだのが、やはり同じように遠島されたその父後鳥羽上皇の歌であった。

「かぎりあれば……かやが軒ばの月も見つ……」

「……しらぬは人の行末の空……」と朔之進殿が続けて、だが、すぐにも小さく舌打ちするかのように唇をゆがめた。

「世阿弥……、されど、この歌は、順徳院の父君、後鳥羽上皇が隠岐で詠んだ歌。当地のものではない」

あえて私は後鳥羽上皇の歌を口にしていた。

ここまで朔之進殿が反応するとは……。と同時に、この朔之進なるお方は、私の敵となるようなお人ではないのではないか、とも思うた。

「さようでございました。後鳥羽上皇の歌でございました。して、佐渡は……隠岐とは、違うと？」

無礼かとは思うたがそう聞いてみると、朔之進殿は何も答えず、じっと冷えたような眼差しでこちらを見ているばかりであった。だが、私には十分すぎる。

限りある命と時とはいえ、こうして粗末な萱《かや》の軒端《のきば》から月を眺めていることになるとは、ますます人の行く末とは分からぬものだと身に沁みる。

そう後鳥羽上皇は詠ったが、朔之進殿はこの老いぼれ流人と重ねることのむごさを知っておられるのであろう。私もまた、心から頭を下げるだけだった。

「六左衛門の房は、いずこにかある。案内いたせ」

また眼差しをまっすぐに戻し、武張った声で言い放つ朔之進殿であったが、私は束の間、胸の奥が温こうなっていたのであった。

三

杉林の合間から遠くなだらかな佐渡の山並みが覗いている。

昨日はいずこの峠を越えて来たのかと、山の端を追って目を細めていると、朱鷺《とき》の四羽、五羽と薄紅の羽根を羽ばたかせ、よく晴れた空をよぎっていく。大和の里でも、遠く山々を杉林の幹の間から眺めたものだが……と幼き頃のことを思い返した刹那、ふと時と処《ところ》を惑いそうになっている己れがいた。

ここは、大和でも、都でもない。

遠く離れた北海の島、佐渡国。

大和の杉木立に佇んでいた幼い己れが、一気に歳を取って見知らぬ土地にさまよい出たかのようで、小さな眩暈《めまい》を覚え、近くの杉の幹に手をついた。

「なかなかの、良い杉でありますなあ、世阿様。佐渡杉とご住職はおっしゃっておりましたが……」

六左衛門は私が杉の幹肌を確かめているとでも思うたのであろう。万福寺の周りを少し歩いてくると言うたら、「道に迷うたら困りますゆえ」と六左衛門もついてきたが、いや、道に迷うのではなく、己れそのものに迷いそうである。

己れは何者か。己れの齢は。なにゆえ、今、この地にいて、こうしているのか……。

分からのうなり、惑わされ、何か標《しるべ》を見つけたくてさまよい歩く。そのうち、まったく見知らぬ山中の只中ではたと気づき、ぽつねんと佇んでいる己れ自身と出食わすこともあるのであろう。日々、見知らぬ自分に逢うのが、老いというものか。

「佐渡は、杉も飯も思いのほか良いのですが、何ですか、あのおとよと申すおなごと、朔之進という横柄な役人は……まったく腹が立ちまする」

「そうであるかの」と、振り返って六左衛門を見ると、萎《もみ》烏帽子の下の顔をさも不愉快そうにしかめていた。

「どうにも好きませぬ」

と、いずこからか、囃子《はやし》のような音が聞こえたような気がして、空耳かと思うていると、六左衛門も気づいたのか首を傾けてつぶやいている。

「なんの囃子ですかな……。世阿様、こちらからのようでございます」

耳をそばだて、一歩二歩と足を進める六左衛門が、山側とは逆の杉林のむこうに目を凝らしている。

「ああ、田んぼでございます、世阿様。田植え歌のようで……それにしても、あの龍笛《りゅうてき》の音はまた……」

「田植え歌、か」

「こちらでございます。どれ、一つ、覗いてやりましょうぞ」

田へと抜ける道を見つけて、杉林の間を行くと、一面水を張った広大な田んぼが目の前に開けた。空に浮かぶ片雲が田んぼの水に映って、あたかも我が身が宙にあるかのような心地にさせられるが、時々吹く風に田んぼの雲がさざ波を立てて、現《うつつ》に戻す。

「いやあ、これは早乙女《さおとめ》らが、二十人、いや、三十人はおりまする」

一列に並んだ菅笠《すげがさ》の下から、白い細腕が伸びては苗を植える姿が見える。紺の単《ひとえ》に赤襷《あかだすき》をかけたそれぞれの娘らが、一心に柳のような腰を折って、手にした若葉色の苗を田の神に捧げているのだ。

――やーれやーれ、やーれそーれ、こがねの穂波に朱鷺の舞う

畔道《あぜみち》で歌う者らに合わせて、龍笛と鼓《つづみ》と、あれは何か、樽《たる》であろうか、能の般若が持つ撞木《しゅもく》のような撥《ばち》で叩いて音を鳴らしている。

――たからの船もようようと、おら田のやしろにもうでたか、やーれやーれ

あぜ道の男が歌う時に、早乙女らはいっせいに腰を伸ばして、手甲《てっこう》で汗を拭うたり、新しい苗を受けたりし、老いた女が歌い出すと、また腰を屈め赤襦袢《あかじゅばん》から白い脛《はぎ》を覗かせて苗を植える。その動きに合わせて囃子の音が景気づけていた。

「あの囃子は、お百姓の素人《しろうと》衆でございましょうから、話になりませぬが、早乙女らは美しうございますなあ」

「いや、囃子もまた、なかなかに土っぽいところが良いのではないか。あの味のある音であるからこそ、早乙女らも息が継げよう。あのひょろひょろと風に揺れる龍笛も良い」

「さようでございましょうか。どうにも埃臭《ほこりくさ》い音に、私には聞こえまするが」と、笛方の六左衛門

としては納得しかねるのであろう。

花鳥風月の事態《ことわざ》、いかにも〳〵細かに似すべし、と私は昔、『風姿花伝』に記した。詩歌や管絃などの風雅を細かに学ぶべきと。「田夫《でんぷ》、野人の事に至りては、さのみに細《こまか》に卑《いや》しげなる態をば似すべからず」とも書いて、百姓や田舎者の卑しさを、そのまま事細かに真似る必要はない、と「物学《ものまね》条々」に添えたのである。

なんと未熟なことを軽々しくものしたことであろうか。むろん、それらの風情と心をつかみ取って、姿の幽玄を醸すようにという意ではあったが。

美だけにとらわれて、やたらに尖っていた若き頃には、まるで俗なるものの豊かさや深みなど分からずにいた。俗を切り捨て、鄙臭《ひなくさ》さを忌避《きひ》し、能を見る目のない見所をも馬鹿にしていたものだが、愚かなのは、その美や技につかまり、がんじがらめになっていた己れの方である。己れこそが、世の美には障礙《しょうげ》なのだ。

――その人の品々は変るとも、美しの花やと見んことは、皆同じ花なるべし。

六十近うなって、『花鏡』を書く頃になって、ようやく生きとし生けるもの、すべてに宿る美の心に気づき始めたと言えようか。

あの畔で嗄《しわが》れた声で歌う老女も、若き頃の早乙女であった昔の心を偲《しの》ぶゆえに、今の早乙女らの心にも届いて花を咲かせているように思える。

「それにしても、よう、あないにも綺麗に並べ、植えるものでございますなあ」

田んぼに次々と植えられていく苗は、今は頼りなげに見えるが、すぐにも伸びて立派な穂をつけるのであろう。素足でぬかるみの中に浸かり、苗を植える早乙女らの細い指先を眺めていると、田の中に何やら不思議な力を持った気を刺しているかのようだ。田んぼの水も土も早乙女らの一滴の雫で色を変えて、温かな熱を持つのか。豊饒《ほうじょう》の種が植えられていく。

「やッ、あれは……!」

突然、六左衛門が声を上げて、何かと見れば、大飛出《おおとびで》の面のように目を見開いて口をあんぐりと開けている。その間の抜けた眼差しの先を見ると、いっせいに背を伸ばして、つかの間休んでいる早乙女たちの中に、朝餉を作ってくれたおとよさんの姿があった。

「……おとよさん、ではないか」

菅笠の下の白手ぬぐいの端を唇で挟んで、茶目っ気のある目に田んぼに返る日の光を眩《まぶ》しげに溜めている。

「かような所でも、見ようとは……」

「働き者ではないか。ご住職が檀家の百姓の娘と言うておったが、田主の娘であるのだな」

「………」

小袖の肩をすくめて憮然《ぶぜん》としている六左衛門を見て、思わず笑いが零れてしもうたが、この地でも田を選ばず、村の若い娘らが総出で力を合わせ、苗を植えると見える。

いっせいに伸びた稲が風に揺れ、緑の波を打っている田に、想いを馳せる。ここで取れる米を、己れは秋に食することができるのであろうか。こればかりは分からぬのが、世の常……。

目を細めると、田んぼに照り返った光がきらめいて踊る。光とは、ほんに不思議なものだ。あれは、調べであるか。歌でもあろうか。光のさざめきの中で、早乙女たちが舞うている。

四

小さな炎が灯る火皿を近くに置いて、黒漆塗の箱の蓋を開けた。

己れには見慣れたものであるのに、今宵は箱の暗がりの中で、大振りの蛇がとぐろを巻いているかのように見える。呪力のうねりが息を潜ませ、うずくまっているのを、起こさぬように静かに両手で取り出している己れがいた。面の眉間や頬の盛り上がりに、わずかな灯りが届いて表情がにわかに動き出す。

「……父上……」

猿楽の名手だった父観阿弥が、若き頃に使っていた鬼神面……。

猿楽から幽玄無上の風体《ふうてい》へと能を高めて、貴賤を問わずいかなる見所の心をも動かした人……。すでに父が亡くなってから五十年が経とうというのに、私はいまだに追いついていないのではあるまいか。しかも罰当たりにも、佐渡島に流罪となったこの身を、浄土からいかように眺めておられることか。

亡くなった至徳元年五月、駿河浅間《せんげん》の御前にて法楽した父観阿弥の能の見事さ……。

――花やかにて、見物の上下、一同に褒美《ほうび》せしなり。凡《およそ》その頃、物数をばはや初心に譲りて、やすき所を少な〳〵と色えてせしかども、花はいや増しに見えしなり。これ、まことに得たりし花なるがゆへに、能は、枝葉も少なく、老木《おいき》になるまで、花は散らで残《のこり》しなり。これ、眼のあたり、老骨に残りし花の証拠なり。

私はそう『風姿花伝』に、父の最後の能を綴ったものだ。数々の曲はすでに私に譲り、技も工夫も枝葉を落としてよけいなものが一切なく、飾りのない能であるのに、見たこともないような素晴らしい花を咲かせたのである。枯れて枯れて枯れた末の、何もしないところにこそ残る花……。

今でもあの時の父観阿弥の美しい舞が蘇ってくる。火皿の小さな灯りをたよりに、両手で鬼神面を掲げ、その憤怒《ふんぬ》にも似た面差しを見つめる。このお顔は単に怒っているのではなく、邪気や悪霊を退散させるために、全身全霊の気を込めたもの。私の唯一の御守《おまもり》。

都で己れの使った能面や装束はすべて没収されてしまったが、この父の形見の面を許されたのはありがたいことであった。そして、私がこの面をかけるとすれば……。

悲しうて、寂しうて、どうにもならず、年甲斐もなく涙を流してしまうのを隠すためのものだ。

朔之進兼平殿は私に続けて後鳥羽上皇の歌を口ずさんだ時に、はたと顔をしかめておられた。「しらぬは人の行末の空」との句が、老いさらばえた私を悲しみの底にさらに突き落とす、と覚えたゆえんであろう。然り。涙を流せと言われれば、いつでも袖をしとどに濡らすこともできようものを。

だが、それだけは人様に見せるわけにはゆくまい。大樹義教様に佐渡配流を言い渡された折に、真っ先に思い浮かんだのが、元雅の作った「俊寛」であった。この世にすでに元雅はおらぬが、おまえの作った物語のシテになってしもうたと。元雅すらも、さようなことはつゆとも思うてもいなかったことであろうに。

平家撲滅の謀りが露わとなり、鬼界島《きかいがしま》に流罪に処せられた俊寛僧都、丹波少将成経《なりつね》、平判官康頼《やすより》。はるか遠き鬼界島の地で、故郷を思い出しては悲嘆にくれていたが、ある時、赦免状を持った使者が島に来る。その赦免状には成経、康頼の両人の罪は許すが、俊寛のみは許さじ、とあった。いくたび赦免状を見ても我が名がない俊寛は、許された二人の乗る船にすがりつき、慟哭《どうこく》するが、一人島に取り残され、離れていく船を見つめるばかりという物語である。

確か、私は元雅が「俊寛」を完成させて持ってきた時に、俊寛僧都は船にすがりつくであろうか、かような姿を見せるであろうか、と意見した覚えがある。元雅は頑なに「それすらも眼中にないほどの、俊寛の悲しさなのです」と返してきた。

私ならば、むしろ赦免状に自らの名がないところで、浜辺に膝を折らせる。ただ、そのままに放っておいて、船が沖に出てから俊寛の眼差しを上げさせると伝えたのだ。

そんな己れが、佐渡島に流されて、悲嘆の涙を人に見られることがあってはならぬ。もはやどうしようもなく都や妻の寿椿が想われて、いかんともしがたく涙が流れそうな時は、この鬼神面をかけて我が身を隠すのだ。面の中だけで雨を降らせようぞ。

面を静かに箱の中に収めていると、また闇の奥で時鳥が鳴いた。

——鳴けば聞く聞けば都の恋しきに、この里過ぎよ山ほととぎす……

近いうちに、京極為兼卿の配処であった八幡社に詣《もう》でてみようと思うた。

五

西の方を見れば、入海《いりうみ》の浪。白砂雪を帯びて、みな白妙《しろたえ》に見える中に、緑濃い松林が一むら見える。やはり今は雪降る初春ではなく、六月の景色である。

「いやあ、ほんに砂浜が白うて、一面雪のようでございますなあ」

六左衛門も眩しげに目を細め、雪と見まごう白い砂浜と松の葉群れの勢いを見やっていた。

このむこうに八幡宮勧請《かんじょう》の霊祠《れいし》、八幡の社頭がある。京極為兼の配処が佐渡国にあったのは、都にいた時から聞いてはいたが、かような美しい地にあったとは。それでも、やはり都への想いは日に日に募るばかりであったのであろう。その為兼は願いかなって、やがて都へと戻ることになったが、この七十を過ぎた老翁の我が身は分からぬ。

「ここが、世阿様がおっしゃっていた、時鳥の歌の社でございますな」

無造作に鳥居の下で頭を下げ、境内に入る六左衛門の後ろ姿を見て、この男もすぐに都に帰る身、為兼卿や崇徳上皇の悲痛な歌を聞いたとて、はらわたが震えるほどの苦しみや寂しさなど分かろうはずもない。また、分からなくて良いのであろう。

康治元年の勧請といわれる八幡宮本殿であるから、今から三百年も前となるのか。これも佐渡に生育するアテビという木で建てられたものか。海に近いせいで潮枯れして古く白けた本殿に、柏手を打ち丁重に参詣する。間違いなく、ここで京極為兼も手を合わせ、また時鳥の歌を想うたのである。

「六左衛門、この地では、事実、時鳥は鳴かぬのかの」

「いや、それは歌でのこと。鳥でも、虫でも、変わらず鳴きましょう」と、六左衛門は事もなげにいうて、竹筒の水を呷る。

「おまえは、またさような事を……。花に鳴く鶯も、水に棲む蛙とて、歌を詠むというではないか。ならば、時鳥とて同じこと。為兼卿の悲しみを想う心もあろうが」

「さようなものでありましょうか。時鳥が心を……」

六左衛門の若さでは、草木虫魚の声を聞くには精気が邪魔をするということもあるのかも知れぬ。

言の葉を持たぬ幼き者や、もはや彼岸に近づいて言の葉の外へとさまよい出た者だけが、聞き取れる自然《じねん》の声というものがあるとも思える。

「六左衛門は、『蟻通《ありどおし》』の曲の笛を吹いたことがあったか」

「ありまする、ありまする。……ああ、あれは、歌の徳を讃える曲でございました」

紀伊路に向かう歌人紀貫之が、和泉国に入ると大雨が降りだし、乗っている馬がぴくとも動かなくなった。あたりも暗く、貫之が困り果てていると、灯火《ともしび》を持った宮人が現れ、ここは蟻通明神の神域、下馬もせずに通ろうとするゆえ神がお怒りになったのだと言う。このまま通っておれば命はなかったであろうという宮人の言葉に、貫之は「雨雲の立ち重なれる夜半なれば、ありとほしとも思ふべきかは」と歌を作って明神に献じ、その場を通るのを許されるという話である。

「雨雲が垂れこめて重なる夜ゆえに、ここが蟻通明神の御前だとは気づかなかった、という貫之の歌でございました。世阿様がずいぶん前に作られた曲かと」

「さよう。歌は、いずれにせよ、大事ぞ」

「はあ……」と、六左衛門が栓を締めた竹筒を腰帯に下げている。

「あの貫之の歌は、じつに素朴なものであるが、であるからこそ、蟻通明神は許された。歌も能も、己れが出すぎるのが最も悪しきものであるな。少な少な、が肝要」

「……少な少な、でございますな」

六左衛門は額に汗を光らせながら、神妙な面持ちで聞いているようだが、どこまで分かっているのやら。

観世座の笛方でもかなりの腕を持つが、その才が前に出すぎるきらいがあった。天地を引き裂く六左衛門のヒシギの音は、森羅万象が目を覚ますかのごときもので見事と言えよう。ただ、曲の半ばに入ってのシテの謡を、笛の音で殺すところがあった。いずれ場数をさらに踏んで、つかんでいけるもの。はよう都に戻って、舞台に出たいと思うているのは、六左衛門本人であろう。

また、万福寺のある東の新保へと歩みを進めていくうち、田植えの囃子が遠くから聞こえてくる。すでに何反《たん》の田植えを済ませたのか、水の張られた田んぼに、猫の髭のような可愛げな緑の苗が並んで、風に揺れていた。

遠く早乙女たちの列が小さく見えるが、またおとよさんも手伝うているのであろうか。あのお転婆にも見えるおなごも、この年の豊作を祈りながら心をこめて苗を植えているのだ。

私に白色尉《はくしきじょう》の翁面があれば……。

とふと思うて、頭を振る。

何を身の程知らずなことを、心によぎらせたものか。小鼓方三人、太鼓方、地謡が揃うていれば、笛方は名うての六左衛門がいる。「翁《おきな》」を演能して、この地の五穀豊穣、天下泰平、国土安穏を祝禱することができたら、と思うている己れがいたのであるから。

「いやぁ、また、あの笛かあ。この六左衛門、万福寺へひとっ走りして、能管を持ってまいりましょうか」

「これ、六左衛門。少な少な、と言うたばかりではないか」

「ヲヒャーヒューイ、ヒヒョーイウリー、オヒャーラー……」

能管を吹く手つきを見せつつ、田んぼの脇道を軽く跳《は》ねていく六左衛門は、この老人を慰めようとしてお道化ているのである。八幡社で京極為兼卿を想うて、しばし無言になった己れこそ未熟であった。

「……六左衛門……」

腰帯にぶらさげた竹筒が踊り、中の水が小鼓のような音も立てる。田んぼのむこうの山の端から真白き雲が浮き立ちて、そこを二羽の朱鷺がゆっくりと飛んでいくのが見えた。

この景色……、この時……。

そして、遠くから聞こえる田植え歌の、素朴なお囃子……。

以前にも、まったく同じ事の様《さま》を見たことがあると思い、いや、夢か、とも。たいがいそのような妙な追想が起こる時は、己れの心が弱っている時なのだ。俊寛のように取り乱してはならぬ。流人ではなく、あくまで諸国一見の僧として佐渡にまいったのだと、そう自らに言い聞かせているのに、心の奥底では、悲しみに悶《もだ》えるもう一人の己れが、父観阿弥の形見である鬼神面をかけたがっているのか。この四十も歳の離れた六左衛門にまで悟られ、気を遣わせてしもうている己れが、恥ずかしうてならない。

「……つき、すみわたるー、うーみづーらにー……」

そよ風に紛れての空耳か、と思うているうちに、また甲高い声がかすかに聞こえてくる。

「なみかぜしきりに、めいどうしーてー……」

田んぼの早乙女らの列から、小道に視線を戻すと――。

「あれは……、世阿様。あのたつ丸という、海人の倅ではありますまいか」

六左衛門も笛を吹く真似をやめて、道の先に目を凝らしている。

「げかいのー、りーうじーん、あらわれたーああーりー……。世阿爺ー！　世阿爺ー！」

そう叫んで、二つの影の小さな方が一心に手を振りながら、こちらに駆けてくる。

「もう一人は、たつ丸の父御のようでございますな」

何もあんなに一生懸命走らぬとも良いものを、短い小袖の裾がはだけて、赤い褌《ふんどし》まで見えているではないか。

「おうおう、たつ丸殿ではないか」

息を切らしたたつ丸が、きららかな目を見開いて飛びついてきた。あやうく後ろに倒れそうなほどの勢いである。

「おう、たつ丸殿、先日は世話になり申したな。今日はまた、かような遠い所までいかがした」

「ぜんぜん遠くないっちゃ。こんげのすぐ、来られる」

また乾いた洟が頬に髭を作っていたが、無邪気に輝いた顔を見るだけで、こちらの胸の中にも爽やかな風が抜けていくようだ。

「世阿爺にお願いがあって、来たんだわや」と言って、後ろを小走りにやってくる父御を振り返っている。袈裟懸けしている重そうな荷には、大田の海で獲れたものでも入っているのか、新保での商いのためのものであろう。

「私に、願いとな？　それにしても、たつ丸殿は、見事に龍神の歌を覚えましたな」

「毎日、おれの歌をうたうてるっけ、とうちゃんにもかあちゃんにも笑われてるれや」

そう言って少し照れた色を見せるのが、またいじらしい。隣にいた六左衛門も苦笑しながらしゃがんで、たつ丸のはだけた裾を手で払っている。

「これはこれは世阿弥様、ほんにこげな小汚い餓鬼を……、ほれッ、たつ丸ッ、行儀ようせえ。ほんに、すみませんです」

たつ丸の父御が恐縮して、何度も萎烏帽子の頭を下げ、煮染めたような手ぬぐいで、たつ丸の顔やら小袖やらを拭うている。

「これは磯松屋の主殿、その節はお世話になり申しました」

「少しでも、佐渡の地に慣れてもらえますと、俺らも……いえ、こんげなことを、都の偉いお方に言うては、罰が当たりますて」と、よく日に焼けた頑丈な手で、体の前にやった手ぬぐいを何度も何度も揉みしだいている。誠実な海人の心がありがたかった。

「今日は、この村に行商にでも参られましたか」

「あ、いや、これは、万福寺様にお持ちしたものですけ、どうぞ、世阿弥様も、お供の方も召し上がってください。大田の浦で獲れたもんらろも」

袈裟懸けにした大きな籠を下に置くと、主は覆いを取る。すぐに目を射たのは、鮮やかな茜色をした百合のような花だった。

「おや、この花は……?」

「かんぞうだっちゃ、世阿爺」と、たつ丸。

「はい、萱草でございます。大佐渡の東端、大野亀《おおのがめ》いうところでは、群生して一面、茜色に輝きますて」

萱草……忘れ草……。

「見事な花ですな。心が温こうなり、元気になるようでございますな」

磯松屋の主はその花と下の包みを取り出すと、「ほれ」とたつ丸に渡す。そして、傾けて見せてくれた籠の中には、飛魚や岩牡蠣《いわがき》、栄螺《さざえ》、若布《わかめ》などがみっしりと収まっていた。

「いや、これは凄《すご》い！　世阿様、都でも、ちょっと食べられぬ馳走でございますぞ」

六左衛門が籠の中を覗き込んでは、声を上げている。

「このように、たんとお持ちいただき、あの峠を越えてくるのは大変でございましたでしょう」

「いやいや、そんげの、俺らにとっては、たやすいことでございます。万福寺様には、しょっちゅう持って来ますさけ。のう、たつ丸」

父御になのか、私らになのか、たつ丸は誇らしげな顔をして胸を張る。

「おれなんか、日に二回、あの山を越えたことがあるっちゃ」

「ほう。たつ丸殿は、体も強いのであるな。立派立派」と、たつ丸の乱れた頭を撫でた。

「して、たつ丸殿が言うておったが、私に願いと？」

そう聞くと、磯松屋の主が恐縮したように、さらに手ぬぐいを絞りながら腰を折る。

「……はい……。いえ、あの、私ら漁師は、何もできねえ無学な輩ばかりで、ほんに恥ずかしい話でごぜえますが……あの、このたつ丸に、読み書きを教えていただけないでしょうか」

「読み書き、をか」

「はい。都の偉い人にこんげなことをお願いするのは、ほんに申し訳なく、とんでもねえことらと分かっておりますろも、この、たつ丸が世阿弥様から教わった歌……謡……いうんでしょうか、まあ、朝から晩まで謡いどおしで……。よっぽど気に入ったんでしょうか……これは、読み書きをやらせてもいいんではないかと、嬶《かか》とも話しまして」

まばらに不精髭の生えた口元を申し訳なさそうにゆがめながら、首を何度も突き出している。たつ丸を見ると、目を見開いてじっと懇願するように息を詰め、見上げていた。

「私で良ければ、いくらでも教えようものを……だが、万福寺まで通うてくるのは難儀ではないか……」

父御とたつ丸が目を合わせて、なんとも嬉しげな面差しで見つめ合っている姿に、こちらまで心が温こうなる。

「はい……そんで、あのう、不躾な話でございますが……住み込みで、世阿弥様と万福寺さんの手伝いをしながら、お願いできないものかと思うた次第でございますて。……え、いえ、あの、万福寺さんのご住職さんは、前から、たつ丸を寺の小僧で手伝うてくれやと、はい……」

となると、たつ丸の手に持つ萱草の花の下の包みには、たつ丸の着替えなどが入っているのであろう。六左衛門も包みの中身に察しがついたのか、苦笑した唇の脇を指で掻いている。

「世阿爺！　おれは、なんでも手伝いできるろー。そうじでも、洗いでも……、そうら、舟もこげるろ。ね、ね、世阿爺、世阿爺！」

淡い眉間にうぶな皺を入れて見上げ、地団駄を踏んでいる。幼子とはかように可愛いものであったか。それとも、己れが歳を取ったせいか。

自らの息子すらも子供とも思わず、「家、家にあらず、継ぐを以て家とす」と、能の芸道の継承のみで考えていたのだ。しっかりと観世の能を継いでいける者かどうか、それだけが肝要であり、家の者。また、それしか相手にしていなかった己れであった。

「これは、世阿様。取りあえずは、ご住職にうかごうてみてからでございますな」

六左衛門が眉尻を下げつつ、たつ丸親子と私を見てはうなずいていた。

六

半刻ほどの坐禅で自らを澄ます。

若かった頃に、大和の補巌寺《ふがんじ》で禅の修行をして以来、ほぼ欠かしたことのない只管打坐《しかんたざ》である。数息観《すそくかん》の息差しのみに集中して、その集中している己れすらも捨てる。また捨てる己れすらも無い。

結跏趺坐をしていた足をほぐしながら、火皿の弱い灯りに照らされた花入れの中の萱草を見る。本堂の薬師如来様の方にも、たつ丸親子が持ってきてくれた萱草が供えられたが、住職が分けてくださった。

そのたつ丸も、今は庫裡脇の房で六左衛門の近くで寝入っているのであろう。住職は二つ返事で引き受けてくださり、「おとよも、少しは楽になりましょう」と笑っておられたが。

萱草……忘れ草……。

――わすれ草わが紐に付く香具山の古《ふ》りにし里を忘れむがため

大友旅人が太宰府で詠んだ歌……。

萱草の花を着物の紐につけているのは、香具山の見える故郷を想うてつらいから、忘れるためにであるよ。

佐渡の地で咲く萱草の花が、人の憂《うれ》いを忘れさせてくれるという言い伝えのある花だと、磯松屋の主は知っていたのであろうか。

いずれにしても　その心持ちがありがたく、静かに手を合わせた。その花入れの横に立てた竹筒の元雅も、茜色の萱草の美しさを手向けてくれた佐渡の人の心を喜んでくれているであろう。

一日の覚えをしたためてから、横になり、寝入るか寝入らぬかの狭間……。

結崎座の稽古場が朧に浮かんできて、装束のいくつかかかっている隅の暗がりに、小さな影のうつむいているのが見えた。幼い頃の元雅である。しくしくと泣いて、正座した袴の上を点々と涙で濡らしている。

「……元雅、どないした……」と思わず優しく声をかけようとしている自分がいて、そのこと自体に驚き、打ち消すようにあえて憤怒の形相を作って元雅をにらみつけた。

己れはそんな優しさなど、息子に持ったことがないではないか。だから、元雅は、「稽古は強かれ、情識は無かれ」と何度も何度も同じ舞の稽古をさせられて、未熟さや頑なさを許さぬ私の厳しさに、涙を流しているのだ。

ああ、かような時に、その小さな肩でも抱きしめてやればいいものを、と自ら分かっているのに、できぬ。父子の愛情よりも、能の芸道を絶やさぬ方が大事。あまりに酷い父であるのは、己れが最も分かっておろうが。

「元雅、おまえ、なにゆえ泣いている」

そう諌《いさ》めるような声で聞いている己れがいたが、幼い元雅はうつむいているだけで、何も答えず、洟をすすって泣いているばかりなのだ。

と、ふと思い当たる。ああ、そうであったか……元雅はもう死んでしもうて、この世にはおらんのだ、と。だから、言葉を発することができぬのだ。

可哀そうな元雅よ……。

そう思うて、ようやくこの世の者ではない元雅に手を伸ばして抱きしめようとすると、私は褸《つづれ》の水衣《みずごろも》を着ていて、広袖を悲しく垂らしているのである。

これは……元雅の作った物狂《ものぐるい》「隅田川」の狂女ではないか。

あまりにも切なく、胸を引き裂かれるがごとしの物語……。

都から梅若丸なる我が子を探して、はるばる武蔵の隅田川のほとりにまでやってきた女。子供がいのうなってしまった悲しみに狂女となってしもうていたが、隅田川の渡し守は、船に乗るには何か面白いことを見せてもらわねばならぬとからかう。女は『伊勢物語』にある在原業平の「都鳥」の歌を引き合いに出し、渡し守を驚かせて船に乗るのだが、そこで川の向こう岸から大念仏が聞こえてきた。

あれは何かと問えば、渡し守が、「ちょうど一年前の今日、人商人にさらわれた都の少年があの川のほとりで亡くなったのよ。それを弔《とむろ》うての大念仏だ」と答える。話を聞いた女は、それこそ我が子梅若丸と、さめざめと泣き崩れてしまう。ならば、人々とともに供養をすればよいと渡し守に案内され、鉦鼓《しょうこ》を鳴らし念仏を唱えていると、塚の中から子供の声が聞こえてくる。そして、我が子梅若丸の霊が塚の中から現れた。母である狂女、抱きしめようと腕を伸ばしても、子の霊はすり抜ける。何度やってもすり抜ける。やがて、空が白んできて、見れば草に覆われた塚がひっそりと残っているばかりであった。

「隅田川」の狂女のように、私は泣いているおまえを、抱き寄せることはできぬのか。おまえは私の腕からすり抜けて、いつになっても未来永劫、抱き合えることがないのであろうか……。

この水衣を脱がなければ、この水衣を……と、もがいていると、くたびれた薄い布団が老いさらばえた腕にからまっている。

ああ、夢か、と一つ深い息をついた時――。

まだ、幼い元雅のしくしくと泣く声が耳の奥で聞こえて、ふと横を見ると、暗がりの中でちんまりと座り込んでいる元雅の姿が朧に浮かんでいた。

「……元……雅……」

ようやく絞り出した、声にもならぬかすれ声に、小さな頭の影が動く。

「……世阿爺……」

「………？」

闇に目を凝らせば、寝巻を着たたつ丸が正座をして、泣いている姿が見えた。

「た、たつ丸か」

「世阿爺ぃぃぃ……」

一体、何があったのか、たつ丸がそう声を上げて、夜具の内で半身起こした己れにしがみついてきた。

「おう、たつ丸殿、たつ丸殿、いかがした？」

涙で濡れた顔の熱が、寝巻を通しても伝わってくる。「いかがしたのじゃ。腹でも痛うなったか」と、たつ丸の頭や小さな肩を撫でさすった。しゃくり上げているせいで、なかなかうまく言葉が出て来ず、私の胸で呻《うめ》くばかりである。

「……たつ丸殿、落ち着いて、この爺に話してみい。大丈夫じゃ」

自らを「爺」と呼んでいることに、我ながら不思議な気持ちになりながらも、たつ丸の顔を上げさせる。暗がりでよくは見えぬが、うぶな唇が引きつるようにゆがんでもいた。

「大丈夫じゃ」

「……かあ……かあちゃんの……かあちゃんの、ところに……帰りたい……」

その途切れ途切れの言葉を聞いて、なるほどそういうことかと、思わず笑いが漏れそうになる。

「そうか、たつ丸殿、家に帰りたいのだな」

「……ああ」と、泣いた口で返事をするものであるから、また呻いたような声になる。幼い子の飾らぬ素直さが愛《いと》おしうて、もう一度抱き寄せると、小さな背中をあやすように軽く叩いた。

己れがかようなことをするとは……。

元雅に一度もしてやらなかったことだ。そう思うた時、たつ丸と私を何か温かく柔らかなもので包むかのように覆われた気がして、闇の中に目をさまよわせる。

大田の浦で独り舞うた時にも感じた気配――。

まだ夢の中にでもいるせいであろうか。残る夢の影が、闇の中にたなびいて出てきそうでもある。元雅が「隅田川」という佳品を仕上げて、私のもとに持ってきた時にも、確か言い合いになったのだった。

梅若丸の霊に、子方を使うと元雅は言い、己れは己れで子方は必要ないと断じた。狂女の母だけに子の霊が見える方が良い、と。そして、抱き寄せようとする腕の仕草だけの方が、より観る者たちには伝わる、と言うた。だが、元雅は頑なに子方に演じさせた方がいい、と言い張ったが……。

「大丈夫じゃ。たつ丸殿は、家の外で泊まるのは、初めてであったか」

「……ううん……ふ、舟の中に……泊まった、ことはある……」

「ほう、それは凄いのう。海の上で寝たということか。たいしたものじゃ」

「うん……その時は、とうちゃんがいたすけ……。でも、舟の上で泊まったっちゃ」

少しずつたつ丸の言葉がしっかりしてくる。

「それはたいしたものじゃ。夜の海の上で泊まるなど、爺が子供だったら、大泣きして、わめいておる」

「世阿爺も泣いた？　よそん家に泊まって、泣いたけ？」

「泣いた、泣いた。たつ丸殿とは、大違いで、涙で池ができたわ」

「涙で池！」

たつ丸が頭を反らして声を上げ、華奢な体を弾ませるようにして笑った。

「内緒ですぞ、たつ丸殿」

初めて大樹義満公の夜御座《よるのおまし》に呼ばれた時は、まだ十二、三の頃であった。泣くなどできようはずもない。ただただ息を止めるようにして苦痛に耐え、それでも結崎座を世に出すための父観阿弥の頼みに報いようと必死であった。

大樹の熱くせわしない指、小夜衣《さよごろも》の冷たく柔らかな絹の肌触りや白檀《びゃくだん》の香の揺らめき、屠蘇《とそ》の酔い……。

もはや大樹義満様も亡うなって、それを夢とも幻とも思わぬようになって久しい。そして、今は年老いて遠き佐渡島に流され、涙を隠すために、父の形見である鬼神面を持っているのだ。

「世阿爺も、ないしょらぞ」

「ああ、分かり申した。朝になったら、たつ丸殿は、家に帰っても良し、ここにおっても良しじゃ。……どれ、月明かりは出ているかの」

起き上がって障子戸を開くと、漆黒の庭のあちこちで蛍が光の息差しを膨《ふく》らませていた。たつ丸はまだ涙の残る目を蛍火に光らせていたが、安心したのであろう、穏やかな顔で見上げていた。

七

「とうちゃんの捕ったさざえらすけ、うんめんだっちゃ！」

「何いうてるや、火の案配がいいすけらこてね！」

何を言い合っているのか分からぬが、おとよさんとたつ丸の訛りの強いやり取りで、賑わしい朝餉となった。

たつ丸はすでに、昨夜《ゆうべ》のことなど忘れたかのようにはしゃいでいるようだが、感心にも朝早くから水汲みや本堂の拭き掃除を済ませたらしい。磯松屋の宿でも、日々手伝うているに違いない。

「たつ丸殿、いかがする」

「まだいい」

そんな話をすると、六左衛門は不思議そうな顔をして見ていたが、これはたつ丸殿とだけの秘《ひそ》かな約束事、話すわけにはまいらぬ。

朝餉を済ませ房に戻ると、文台の上を整えつつ、夕べしたためた文を確かめた。

――折を得たりや、時の鳥、都鳥にも聞くなれば、声もなつかしほととぎす、たゞ鳴けや〳〵老《なけ》いの身、われにも故郷を泣くものを、われにも故郷を泣くものを。

京極為兼卿とは違い、己れは時鳥に鳴かないでくれとは思わない。都を懐かしいと思う気持ちに偽りはなく、それを思い出させようと時鳥が鳴くのならば、好きなだけ鳴くがいい。自らもどれだけでも泣いてやろうものを。

そう思うて書いて横になったところに、たつ丸が家恋しさに泣きにきて、己れは父の形見である鬼神面をかけることもなく済んだのである。

救われたのは、私の方であったか……。

そう思うて、唇の端に笑みを浮かべていると、廊下の方から、「げかいのーりーうじん」と、恩人であるたつ丸の弾けるような声が聞こえてきた。たった一度、磯松屋で教えただけであるのに、拍の取り方も節のウキの加減も覚えている。幼き童の物覚えの良さは、大人の比ではない。

「あーらーわーれーたーあーあーりーぃ」

「おう、たつ丸殿、あらわれたりー、であるな」

たつ丸が文台の横に座り、淡い眉間に力を込めながら私のしたためた墨文字の紙を見つめる。六左衛門かおとよさんが、綺麗にしてあげたのであろう、今朝は洟を垂らしていないようである。

「たつ丸殿。家に帰らんでいいのか」

「今日はまだがまんする」と小さくつぶやきつつも、眼差しは墨書の文字に見入っていて、思い出したように小袖の懐から皺くちゃになった半紙を取り出した。

私がたつ丸に詞章を書いてあげた半紙であった。それを広げ、文字を比べ、「たり」「に」「の」と、真剣な眼差しを行き来させて声に出している。昨夜書いた文の仮名と、たつ丸のための詞章を書いた仮名と、同じものを探して、声にしているのだった。

「たつ丸殿。良いか。これから少しずつ文字いうものを教えてやろう。こうやって、喋っている言葉も、すべて文字で書けるようになる」

「え⁉」と、目玉が飛び出るのではないかと思うほどに目を見開いて、たつ丸が声を上げる。

「そ、そんなことができるんか！　できるようになるんか！」

「さよう」

「こうやって、おれがしゃべってる言葉が、紙の上でぜんぶ書けるってことらか！　じゃ、うぐいすの、鳴いてる、ほーほけきょは？　波の音のざっぱーんは？　おてんとさまの、ちりちり、まぶしいのは？」

「全部、そのまま書けるようになる」

なんとしたか、たつ丸はいきなり立ち上がって、頭を両手で叩きながら足踏《あしぶみ》して二回、三回とその場を興奮して回っている。よほどに嬉しいのであろう。

言の葉の不思議……。

覚えれば、考えることができるようになる。表わすこともできるようになる。だが、森羅万象の深奥にある真如《しんにょ》からは遠ざかる。美しさの真《まこと》を書こうと思うて、どれほどの物数を尽くしても、必ず真実からは隔たるのだ。言の葉という膜が障礙となる。言葉を覚える以前の童のごとくに、風になり、花になって、美そのものになっている方が、どんなにか幸せであるか。それでも、人は言の葉の宿業から逃れることはできぬのだ。

「たつ丸殿は、いろは歌というのを、聞いたことがあるか」

「……いろ、は、に、ほへと……？」と、心もとなげにつぶやいてくる。

「ちりぬるを。それじゃ。いいか」

半紙を取り出して、筆先をゆるりと運ばせながら、片仮名を一文字ずつ書いていく。

イロハニホヘト、チリヌルヲ、ワカヨタレソ……。

たつ丸が筆先に顔を近づけて食い入るように見つめている姿が、愛おしい。皆、いずこの童も物を知ることに飢えているに違いなく、人生の苗とも言える時期にたっぷりと水や光を得ることが、いかほどに大事なことか。

「これで、全部じゃ。これさえ、覚えれば、なんでも書ける」

「かあちゃん、いっつも、ありがと、も？」

「かあ、ちゃ、ん」とまだ墨の濡れた文字の上を指先で示していくと、またたつ丸が勢いよく立ち上がり、今度は自らの頬を両手で叩きながら足踏みして回った。

「それでな、たつ丸殿。これに節をつけて、覚えるといい。いいか」

色はにほへど散りぬるを、我が世たれぞ常ならむ、有為の奥山今日越えて、浅き夢見じ酔《ゑ》ひもせず……。

いろは歌には仏教の無常観が込められているが、覚えやすいように童歌の節にして歌うてみる。所々謡のウキや落としを入れてもみた。

「いーろはにおえどー、ちーりぃぬるをー」

たつ丸が一生懸命私の口元を見詰めながら、うぶな唇を動かして細く声を漏らしてついてくる。また墨文字の一字一字を示しながら、何度か歌って見せた。上のウキや微妙な中落としなどの謡独特の節回しを、それでもたつ丸はうまく真似てついてくる。なにより、ほんの刹那遅らせたり、早めたりする拍の取り方が、中々にうまく、面白いくらいである。

「たつ丸殿の、その歌い方だが、謡なんぞ聞いたこともなかろう？」

「うたい？　なんだそれ。そんげの知らんっちゃ」

「その、歌い出しやら、伸はすところやら、なにゆえ、おまえはさように歌うのじゃ」

「うーん、うーん」と眉根をよじらせ、唇を尖らせて小首をかしげている。

「まあ、良い。たつ丸殿がうまいから、びっくりしたまでじゃ。ではの、この紙を持っての、外の砂の上で書いて、何度も練習するといい。後で、爺も参ろう」

筆を持たせて、白い紙に書かせたい想いは山々であったが、手持ちの紙にも数に限りがある。この島で紙や筆を求めることができるのかも分からぬ。六左衛門にいずれ調べてもらわねばならぬであろう。

たつ丸が伸ばした両手に手本を大事そうに掲げ、房を出ていく。言の葉の妖力でも手に入れた心地なのであろうか。神への祈りにもなり、人を幸せにもすれば、また、地獄へと落とすこともあるのだ。いずれ、たつ丸もこの佐渡の季節を描き、親御へのありがたき想いを綴ることもあろう。

己れはその頃、都に戻っているのであろうか。まだこの地におるのだろうか。いや、それとも……。

「……色はにほへど散りぬるを……我が世たれぞ……常ならむ……」

万福寺の境内にしゃがみこんで、いろは歌を口ずさみながら木ぎれで一心に地面に書いては練習する、たつ丸の姿があった。それを遠くから、薪割《まきわり》の斧の手を休めて、六左衛門が見ている。佐渡杉の梢のむこうには、白金の峯雲《みねぐも》が沸き出でていて、夏のような日差しであった。

本堂の階に腰掛け、たつ丸の小さな背中を眺めていると、六左衛門が手ぬぐいで汗を拭きながらやって来る。

「たつ丸は熱心でございますな」

「ほんにのう」

境内の地面に木ぎれで引っ掻いて書いた片仮名が広がって、何やら経文のようにも見えた。

「それにしても、六左衛門。あのたつ丸の歌……、いかに思う」

「それでございます」と、六左衛門も何かに気づいていたのか、すぐに応じてきた。

「世阿様がたつ丸に作っておあげになった、龍神の詞章の時にも思ったのでございますが、あの子の拍の取り方……、中々、できております。る」

六左衛門の言うことに、あえて私は口を挟まず黙って聞いていた。

「遅すぎもせず、早すぎもせず、溜めがちょうどいい頃合いのところに来て、拍を取っております。なべて素人も初心の者も、安っぽい鹿威《ししおど》しのごとくに早うなるものですが……」

鹿威しとは、六左衛門も面白いことを言う。水が溜まって、いよいよいっぱいとなり、傾き、水を滑らせて、戻っては音を響かせる。その戻る機《き》のことである。出来の悪い鹿威しは、拍子が抜けて早い。あるいは、いつまで経ってものらりくらりとして中々鳴らぬ鹿威しもある。

「いかにして、自ずと身につけたのか。世阿様のおっしゃる一調二機三声、私ら囃子方にとっては、拍となりましょう。一は稽古や修錬で、それでもできるようになりましょうが、二と三はこれ、難しうございます」

心と体を研ぎ澄まして、謡の声の高さや節、うねりや緩急をすべてとらえつつ、息を十分に溜め、ここしかないという機で声を発する。

――調子をば機が持つなり。吹物の調子を音取りて、機に合はせすまして、目をふさぎて、息を内へ引きて、さて声を出せば、声先、調子の中より出づるなり。調子ばかりを音取りて、機にも合はずして声を出だせば、声先調子に合ふ事、左右なく無し。調子をば機に籠《こ》めて出すがゆへに、一調・二機・三声をば定むる也。

私が『音曲声出口伝《おんぎょくこわだしくでん》』や『花鏡』で書いた一調二機三声は、一刹那の内にはらまれる、能の舞台すべてのことである。その一刹那が連なって、一つの曲となるのだ。そして、

――音曲の拍子の事。曲の命なり。「声を忘れて調子を知れ。調子を忘れて曲を知れ。曲を忘れて拍子を知れ」と云《いへ》り。

「それで思うたのですが、たつ丸においては、この佐渡の海のおかげ、ではないかと」

「佐渡の海、とな」

「はい。大田の浦や、八幡で海を眺めておりました時に、あの波のあり方……。つくづくと波を見たのは、初めてやも知れませぬ。波が生まれよう時の盛り上がりと、溜め。曲全体が海としますれば、波はその一調べの一つとなり、ふくらみ、力を溜めて、もはやこの機でなければという際まで耐えた時に、砕けまする。しかも、その飛沫といい、波濤《はとう》の音といい、我々の決めの拍と同じように、わずかに、ごくわずかに、遅れます」

「ヨー、ポン、ではのうて、ヨー、ンポンであるな」

「はい。波打ち際の幼き波は、逆に早うございます。せわしく、泡立ちて、戯れる賑やかさがありまする。……たつ丸は、それらを赤子の頃より、当たり前に見て、感じておりますから、それゆえ……」

六左衛門の話にうなずいて、たつ丸の口ずさむいろは歌に耳を傾ける。

あの抑揚、節、拍の中に、佐渡の海が生きている……。

山川草木の息遣いを体で感じ取り、自らのものにするのは、童の方がはるかにたけていよう。

と、たつ丸が半紙の四隅に置いていた小石を払って、慌てたように紙を懐に隠した。何かと思うて、山門の方を見れば人影がある。六左衛門まで小さく舌打ちしたようであったが、私は目の霞みも入ってはっきりと見えなかった。

「いやな奴が来よりましたわい」

たつ丸も地から立ち上がって、本堂の階に座る私の横に駆け寄ってきた。目を凝らせば、直垂姿の朔之進殿が落ち着いた物腰で参道の敷石を歩いてくる。

「たつ丸殿、いかにした。大丈夫じゃぞ」

大田の浦で怒られたのがよほど怖かったのか、私の後ろに回って背中越しに朔之進殿の動きを警戒しているようであった。

じっと前を見据えて近づいてきた朔之進殿が、唐破風《からはふ》の屋根の影のあたりで少し歩みを緩めて止まった。

「世阿弥元清、都からの書状が届いておる。差出人は、金春《こんぱる》禅竹殿。そなたの娘婿に違いないな」

「ああ、禅竹様から早速に」と六左衛門がいきなり目を輝かせて私を見、またすぐにも朔之進殿が懐から取り出している白い封に目を移している。

「中は改めさせてもろうた。支障はない」

「そりゃそうでございます。禅竹様が何を無礼なことを書きましょうやら」

六左衛門が皮肉めいたことを言いながら、私の代わりに前に出て、頭を下げながら朔之進殿から書状を受け取った。封の表の墨文字が紛れもなく禅竹のもので、それを懐かしいと思うている己れにいささか惑うて、小さく息を漏らす。

「うん？」と、朔之進殿が短い声を上げ、私の後ろに強い眼差しを投げてきた。

「……おまえは……大田の磯松屋の倅ではないか？　なにゆえ、かような所におる」

たつ丸が私の小袖の背中の布地を強く握ったのを感じ、振り返って目の端に笑みを作った。

「さようでございますが、たつ丸殿は昨日より私の供人となりましてございます」

「たつ丸殿、だと……？　供人は、そなたには六左衛門がおるではないか」

朔之進殿はからかわれているとでも思ったのか、一気に面差しに不快な色を浮かべ、右の眉尻をつり上げた。

「お役人様、私めも、朝から水汲み、飯炊き、掃除、このとおり薪割と、忙しう身で、体が一つでは持ちませぬ」

そう六左衛門が明らかに挑むかのような口ぶりで言うのを聞いて、朔之進殿が即座に右足を地に摺《す》らせて前に出る。腰の太刀に手をかけんばかりであった。六左衛門は首をすくめ、腰が引けて尻もちをつきそうになる。

「これッ、六左衛門ッ、口がすぎるわ。……朔之進様、ご無礼の段、誠に申し訳ございませぬ。じつは、たつ丸殿の親御様に頼まれたのでございます。これはご住職も許されてのお話でございます」

「劫全住職がか……」と、朔之進殿の気迫に満ちた構えから、少し力が抜ける。万福寺は雑太城主とは昔から深い縁があるのだろう。さもなければ、己れがここに逗留《とうりゅう》できようはずもないのだ。何処ぞのあばら家で、すでにひもじい想いをしているのかも知れぬ。

「それは……寺の小僧ということか」

「それもありまするが、たつ丸殿の親御様に、読み書きを教えてほしいと頼まれたのでございます」

「読み書き、をか？　海人の倅がか」

「はい。海人の倅であればこそでございます」

朔之進殿の侍烏帽子の下の眉根が、わずかに開いたのが分かった。

「この子はきっと、読み書きを覚え、歌を詠むことになりましょう。この佐渡の美《うるわ》しう自然を、歌にしてみせましょうぞ」

「……歌……を、か」

朔之進殿の眼差しが小さく揺れ動いて、己れの背後に隠れるたつ丸に視線を流す。密息のせいで息の音は聞こえぬが、一度大きく息を吐き出したのであろう、腰の太刀の柄頭《つかがしら》がかすかに上がった。

「……いずれにせよ、ご住職の許しが出ているのであれば、某らはかまわぬが、その子に渡す米、塩については、雑太惣領家としては与《あずか》り知らぬ。勝手に致せ」

六左衛門が破顔して後ろのたつ丸の肩を揺すると、たつ丸が声も出さぬまましきりにうなずいているのが動きで伝わってきた。

「書状の返事を送るのであれば、某を通せ。検分後、都に手配する。では、ご住職に用あるゆえ」

そう朔之進殿は言い放って、本堂の裏の方に回っていった。

八

娘婿の金春禅竹からの文は、篤実《とくじつ》な心のこもったものであった。

佐渡島のいずこに逗留かもまだ分からぬゆえ、守護代あてに文を出す以外に手はなけれど、どうかこの文が義父に届くことを願いつつ、座や義母へのご心配は無用、ご安心ください、との言葉が連ねてあった。

老妻の寿椿は禅竹大婦から扶持《ふち》を受け、共に暮らしているようで息災とのこと。重ね重ねありがたいことである。さらには、配処が分かり次第、己れにまで扶持を送るとの知らせ。万福寺に世話になるばかりで、心苦しう想いでいたので、その申し出は願ってもないことであった。

禅竹の優しい心配りに満ちた書状であったが、ただ一つ、気になることが記してもあって、しばし、思い沈みもする。都での能のことであった。

若きシテらが荒い鬼の能をやることが多くなり、それが見所にもおおいに受け始めて、いずこの座でも心揺らいで力動《りきどう》の能になびいていると。しかも、禅竹がそれに動揺して、観世座も取り入れるべきかと、書いていることに少しく苛立ちを覚えている己れがいた。

時世とともに芸道が変わりゆくのは致し方なきこと。しかも、寺社や大名らの猿楽を催すつとめの者らが、皆、歳若うなりて、また使いやすき若きシテに舞わせるものであるから、能が次第次第に細く、荒くなりて、秘かなる花を忘れていく。

それに動揺している禅竹には、流行《はや》りの力動ばかりの鬼の能など、他流のことと知ってもらわねばならぬが……。父観阿弥も鬼の能を得意としていたが、それは力動ではなく、砕動なるもの。

――形は鬼なれ共、心は人なるがゆへに、身に力をさのみ持たずして立《たち》ふるまへば、はたらき細やかに砕くる也。心身に力を入《いれ》ずして、身の軽くなる所、則砕動之人体也。

それに比して、力動の鬼の能は、品もなく、面白さもない。一見すれば目を驚かし、心を動かす一興ありといえるが、二度と同じ手を使うべきではない邪道に近きものであろう。鬼は荒々しい動きや姿にあるのではなく、その執心の源である人の心こそが表われるようでないと、花にも美にもならないのである。

かようなことを想い、少しく息を荒くしている己れこそ、はしたないことであろうか。我に返れば、都からはるかに離れた佐渡の、古刹の房に独り座る埋もれ木の老翁。闇夜の蛍を見て、眠れぬ夜を過ごしているのだ。

「動十分心、動七分身……」

心は十分に動かして、身は七分ほどに動かす。これは禅竹にも、観世座の者たちにも、必ず守ってもらいたいもの。父観阿弥のいう、その土地その土地の人々の心や好みに合わせて演じる「所の風儀を一大事にかけて芸をせしなり」も肝要であろう。また、「衆人愛敬《しゆにんあいぎよう》」も己れが心がけていたことであるが、能の幽玄の花を咲かせるために、どうしても譲れないこともある。

いずこに、かようなことをほざいている翁がいるであろうか。大樹義教様の、「世阿弥、おまえは、すでに終わった身よ」という声が聞こえてきそうである。だが、己れは己れで、「大樹様、よう、私めを能を極める旅に出させてくださりました」と申し上げるべきか。

闇の一点に目を凝らしていると、光の尾を曳《ひ》いて宙を泳ぐ蛍火が、いくつもの人魂のようにも見える。この地に生まれて全うし亡くなった者もおれば、流されて無念にも亡くなった者もいる。

中でも、順徳上皇、日野資朝権中納言……いずれも幕府の権力と横暴に抗したがゆえに、佐渡に流され、この地で葬られた。その魂らが己れに、書け、書け、とでもせがむように、漆黒の闇の中をさまよい出て来たということもあるか……。

「……世阿爺……」

かすかな声が聞こえてきた気がして、ふと暗がりの奥の方を見やれば――。縁側の廊下の端に、また寝巻姿の小さな人影がひっそりと立っていた。

「……おぅ、たつ丸殿か。眠れぬのか」

人影はこくりとうなずくと、廊下を小走りにやってきて、私の首元に抱きついてきた。夕べと同じように家恋しさに泣いていたのであろう。寝巻の甘酸っぱい汗のにおいが鼻先をかすめる。たつ丸の小さな背中をあやしながら、「爺も、眠れんのじゃ」と言うてやった。

「……世阿爺も、家に帰りてんか？」

涙目に蛍の光を溜めて見上げてくる顔が、あまりに素直で、こちらも笑みが零れるというもの。

「そうじゃのう……」

「世阿爺、さっき、おっかね顔してたれや」

「おっかね……？　そうか、怖い顔をしていたか。……おう、そうだ、今日、たつ丸殿が熱心にイロハの練習をしておったろう。六左衛門が褒《ほ》めておったぞ」

急にたつ丸の目の色が変わって、目が大きく見開かれる。

「おれ、カアチヤン、トウチヤンと、書けるようになったっちゃ！」

「やあ、それでは、もうたつ丸殿は、親御に文が書けるではないか。その歳で、文が書ける者は中々おらんぞ」

「いーろはにおえどー、ちーりぃぬるをー」

深更にはちと大きな声過ぎたが、かまわぬ。たつ丸が家恋しさに寂しい想いをするより、はるかに良い。

「わーがーよ、たーれぞ、つーねーならむ」

一緒に口ずさんでいる己れがいて、また、幼い頃の元雅とこのような心安き気持ちで、共に歌うなどなかったことを想う。あの古作「鷺《さぎ》」の仕舞の稽古でも……。

「そうじゃ、たつ丸。鷺、という鳥を知っておるか」

自ずと、たつ丸を呼び捨てにしていた。すでに孫のように思い、たつ丸も己れを爺と思うてくれているのだ。

「サギか？　トキじゃねえて、白いサギの方らろ？　こんなして」

いきなり立ち上がり、たつ丸が縁側を一歩一歩抜き足差し足のように運び、首を左右に振って真似る。そして、片足で立ったまま背筋を伸ばして仰向くと、両手を羽ばたかせて見せた。

……！

「たつ丸、今度は、それを、逆の足でやってみい」

また逆の足で立つと、今度は膝を屈伸させながら上下に体を動かすのに合わせて首を伸ばし、また羽ばたいて見せた。

まったく揺れがない。重心を崩して、傾き、上げている足を床に着きそうなものなのに、つゆとも危ういところがなく、たつ丸はすっくと立っているのだ。

「ややややややあ」

思わず驚きの声を上げると、たつ丸が「ややややあ」と真似て、おかしさに体を折って笑いながらも、まだ片足だけで当たり前に立っている。これはいかなること……。

「じゃあ、これは、できるか、たつ丸」と、己れも腰を上げていて、抜き足をやって見せた。

右膝を上げ、また足が着地する寸前に、今度は左膝を上げ、それを繰り返す。刹那、両足が宙に浮くのである。だが、これもたつ丸はこともなげにやって、息を弾ませている。その繰り返しの間、上半身が動かず、頭の上を一本の糸に吊られてでもいるかのように安らかになっているのだ。

「ややあ、ややややあ」

また私が発した声を面白がって、たつ丸が噴き出して笑い転げる。すでに、家恋しさなどいずこに飛んでいってしまうようだ。だが、この私こそ都への憂《う》さが消えてしまっている。

たつ丸の体の使い方……なにゆえ……。

と思うた時に、はたと気づいた。

確か、たつ丸は舟にも乗ると言うていたではないか。幼いとはいえ父御の漁の舟に乗って、波で揺れ動く板子の上に立ち、網を引くのを手伝うたり、櫓《ろ》を漕ぐ真似事もやるかも知れぬ。右に左に、あるいは上に下にと、次から次へと乱れ寄せる波の力をさばくのを体が自ずと覚え、それが地にあると、重心の揺るがぬ体となるのではないか。

「たつ丸、ここでは狭い。境内に出ようぞ。静かにの、静かーにじゃ」

夜半であるにもかかわらず、心たかぶる翁の様というのも、はしたない。だが、いかにしてもたつ丸に、「鷺」の仕舞を教えてみたかった。

皓々とした月明かりのもと、森閑とした境内に出て、二人して素足のまま土の上に立つ。参道の敷石横には、たつ丸が昼にイロハの練習をした文字がひしめいていて、松の葉が敷かれているかのように見える。そこを避けて、向かい合って立ち、構えた。

元雅にも幼い頃、同じようにして教えたのだ。己れが少し手を入れた曲とはいえ、父の時代からある「鷺」という演目。この舞は、元服前の少年か、還暦過ぎの老翁しかやってはいけないきまりになっているものである。

『源平盛衰記』の中の「蔵人《くらんど》、鷺を取る事」から作られた曲で、きわめて簡素な物語であるが、舞は清らなものである。

神泉苑で帝《みかど》が夕涼みをしている折、池の洲崎にいた白鷺の美しさを見て、「あれを捕まえよ」と下の者らに命じる。蔵人は策を講じて鷺を捕まえようとするが、うまくいかず、ついには飛んで逃げ去るのだ。だが、「勅諚《ちよくじよう》ぞ」と空の鷺に声を投げると、不思議なことに鷺が舞い戻ってきて、殊勝にも蔵人と一緒に帝の前に出る。それに喜んだ帝は、蔵人と鷺にそれぞれ五位の位を授け、鷺も嬉しく美しい舞を披露して、空へと飛び去っていく、という物語である。

「かしこき恵《めぐみ》は君朝《くんてう》のー、畏《かしこ》き恵は君朝のー、四海に翔《かけ》る翅《つばさ》まで……」

詞章を謡いながら、サシコミ、ヒラキ、サシマワシなどをゆっくりやってみせると、たつ丸もおぼつかない動きながら、真似をしてついてくる。

「歩くのを、能では、ハコビ、言うのだ。膝を軽く曲げて、摺り足での」

丹田に意を沈めると言うても、まだたつ丸の幼さでは分からぬであろう。上体を動かさぬように、だが、肩の力は抜いて歩くハコビを見せながら、たつ丸の動きを確かめる。

「そうそう、滑るように」

「……」

たつ丸は一生懸命真似ようとしていて、声も発しない。

「ほう、鷺みたいになってきたぞ。たつ丸は、龍神にも、鷺にもなれるのう」

スミトリの動きを示して、両腕を開くと、たつ丸も寝着の袖を広げる。

「おう、上手じゃ、上手じゃ」

白鷺になっているつもりなのか、澄ました顔が月明かりに照らされて、右に羽ばたき、左に羽ばたく腕の動きのけなげさに切なくなるほどだ。どんなにか装束の白無垢《しろむく》を着たら、美しく映えることか。

「神妙神妙放せや放せと、重ねて宣旨《せんじ》を……」

幼い元雅にこの「鷺」を教えた時に、「上手」の一言も、「さよう」の一言も声をかけず、何度も何度も同じ舞をやらせて、そのたびに泣かせてしもうたのだ。態の研ぎ澄ましばかりに走る己れの未熟さゆえに、鷺の邪気のない羽ばたきの乱れを許さなかったというのは、返す返すも師としても父としても誤りであった。

「おう、うまいぞ、たつ丸。そう」

——自然と出だす事に、得たる風体あるべし。舞・はたらきの間、音曲、若《も》しくは怒れる事などにてもあれ、風度《ふと》し出《い》ださんかゝりを、うちまかせて、心のまゝにせさすべし。

子供が自然とやりだすところに生来の長所が出るもの。舞、はたらき、謡でも、あるいは鬼のごとき強い動きが出たとしても、そのまま童の心のままにやらせておくのがよい。そう私は『風姿花伝』の「年来稽古条々」の最初に記しているというのに、我が子においてはそれができなかったのだ。

「おう、たつ丸。うまい、うまい。鷺が飛んだ、鷺が飛んだ」……。

九

井戸の横で顔を洗うていると、六左衛門が手ぬぐいを小袖の肩にかけてやってくる。

「世阿様、今日もよい天気になりそうで、暑うなりますなあ」

つるべの縄を手繰《たぐ》り寄《よ》せながら、白み始めた佐渡の山並みの端を、目をしばたたかせて眺めている。六左衛門もよう眠れなかったのか、瞼が腫《は》れているようにも見えた。

「あ、これでは、水が足りん」とつぶやいて古い盥《たらい》に水を空け、またつるべの縄を引っ張っている。

「六左衛門、この地の水のうまさな、格別だとは思わぬか。この井戸の水にしても、湧き水にしても……」

盥につるべの水を傾けながら、「さようでございますなあ」と六左衛門は手の盆に掬《すく》った水に唇をとがらせ、音を立てて啜《すす》っている。

「都の水も、ほんに美味《うも》うございますが、こちらは冬に降る雪のせいでありましょうか。確かに、澄んだ良い味がいたします」

舌先で唇を舐め、分かったような顔をしてうなずいている。

「霊峰といわれる北山からの水がの、この地を通っているのかも知れぬが……、六左衛門、そなたは佐渡の地について、何か感じぬか」

「佐渡の……地で、ございますか」

「この土、じゃ」と、草鞋で軽く地を踏んで、音を立たせてみせた。

「……土、でございますか」

六左衛門は呆気《あつけ》にでも取られた顔をして、腫れぼったい目をしばたたかせている。

「歩いても思うてはいたが、足踏をすると、よう分かる。巌の上で足踏するかのごときで、跳ね返りが強い。して、響きも吸い込まれるかのように思われる」

「足踏……でございますか」と、六左衛門は草鞋の足を地面に幾度か踏み込んでいる。

「そうおっしゃられれば、確かに、そのような気も致しまするが……」

「六左衛門、そなたは、『今昔物語』なる書を読んだことがあるか。あの中にの、能登国の鉄を掘る者について書かれたところがある。その鋳物師らが、『佐渡の国にこそ、金の花の栄《さかえ》たる所は有《あり》しか』と話をしておって、それを聞いた国の守が、この地に山師を送って砂金を取ったという話がある」

「砂金、でございますか。……そう言えば、世阿様の佐渡行がお決まりになった時に、都で佐渡国にまつわるさような話を聞いたことがあるような……。ならば、この地の下に、ということでございまするか」

「……さようなこともあるやも知れぬと。この水のうまさといい、足踏した時の音といい……なにより、この地に立つと、森羅万象の神が己れを包み、また八方から引かれるような、不思議な力を覚える」

「ありがたいことでございまするな」

「金《こがね》の島ぞ、妙なる……」

自ずとそうつぶやいていて、私も六左衛門も日輪が輝き出した佐渡の山並みに向かって、静かに合掌していた。老いて皺ばんだ瞼にも、日の暖かさが沁みるようである。

「そうじゃ、たつ丸はいかがした」

合掌を解いて六左衛門に聞くと、息を漏らして笑い、手ぬぐいを盥の水に浸している。

「まだ、よう眠っとります。さぞかし、夕べは良い稽古をされたのだと思いまする」

「……稽古……？」と、今度はこちらが虚を突かれ、六左衛門の微笑んでいる顔を見るばかりである。

「ええ。それは、それは、素晴らしいお稽古でございます。一昨日もそうでしたが、夕べも夜半に、たつ丸が厠《かわや》に立ったかと思うておりましたところ、中々戻ってまいりませんのです。さて、いかがしたか、と心配になってまいりまして、探しに起きたのでございます」

己れも盥の水から手ぬぐいを取りだすと、固く絞って首元などを拭うた。

「そうしましたら、世阿様まで房にいらっしゃらないではありませぬか。これは大変だと、あちこち探しましたのでございます。なんと、まあ、月明かりに照らされた清らな境内で、白鷺の孫子《まご》と老翁が、美しう舞うておりました」

小袖の痩せた胸元まで汗を拭うて、苦笑いして聞いているしかあるまい。

「なんとも、お二人して、睦《むつ》まじうお姿で……」と、六左衛門は目を細めて深更の境内を思い出しているようだったが、ふと、真顔に戻った。

「そうそう、世阿様。世阿様方の他に、もうお一方……、寄り添うて、それは見事に白鷺を舞うておいでの方は、どなたでございますか。それを聞こうと思うておったのでした」

「……もう一人……?」

「よう見ようと、本堂の方に近づきましたら、その影がいのうなりましたが」

六左衛門の腫ればったい左右の目を確かめてみると、戯言を言っているような面差しではなかったが、おそらく寝ぼけ眼であったたか。

「おまえはまた、夢でも見ておったのであろう」

「……いえ、はて……」と、唇をとがらせ首をひねっている。

「それはそうと、六左衛門。たつ丸がまだ寝ているのであれば、好都合じゃ。私は今日、近くにあるという順徳院のご配所に行ってこようと思う」

「されば、私も参ります。さようにお一人で」

また、京極為兼卿配処の八幡に行った時のように、六左衛門に気を遣わせたくなかった。それに、六左衛門がついてくるとなれば、たつ丸が独りとなり寂しがるであろう。

「いや、今日は一人で詣でたいのだ。たつ丸の面倒を見てやれ。おとよさんは、もう飯の支度《したく》でもしてるかの?」

「ああ、あのおなごでしたら、早うから、がちゃがちゃとんとん、うるそうございます」

六左衛門のまた浮かべた苦い表情に笑うて、「握飯でも作ってもらうかの」と手ぬぐいの皺を伸ばした。

井戸の古い木枠の上を小さな蟻が一匹、せわしなく動いては止まり、止まっては動いている。もう夏もすぐにやってくるのであろう。北海の島とはいえ、夏は盆地の都とは違う、海に囲まれた地ならではの暑さがあると聞いた。
朝日を受けて、南の峯雲の隆々とした瘤が金色に輝いている。

第四章 炎旱《えんかん》

一

——西の山本《もと》を見れば、人家甍《いらか》を並べ都と見ゑたり、泉と申《まうす》ところなり。これはいにしへ順徳院の御配処也。

順徳院の配処である泉の里は、新保の万福寺から歩いても四半刻（三十分）ほどの所で、意外にも近かった。

新保よりも人家が多く見えて、黒い甍が日の光を受け、みな、濡れたように光っている。その家並みの加減が何か都を思わせる感じであるが、二百年ほど前に順徳院が流された頃は、いかなる地であったか。

家々を離れ、山の麓のわずかな勾配を上っていくと、鬱蒼とした佐渡杉の森からひんやりとした風が滑り下りてくる。緑陰の涼しい気というよりも、何か直垂の襟元から括袴《くくりばかま》の脛巾《はばき》まで、総身を舐めるようにまとわりついてくる霧のようで、途中で立ち止まると、懇《ねんご》ろに手を合わせた。森の内より順徳院の霊が吐息をからめてきて、同じ都から流されてきた一人の老翁を試しているかのように思えたからである。

「……ノウマク　サンマンダ　バーザラダンセンダ　マーカロシャーダー　ソワタヤ　ウンタラタカンマン……」

不動明王真言を小さく唱えながら、洞のようになった森の這入《はい》りを行くと、奥の方に苔むした岩塚とかなり古い桜の木が見えた。かような誰も訪れぬような、ひっそりとした森の奥に、かつて都の春を謳歌していた帝が生きていたという事実が結びつかぬほどである。

静けさの中、草の茂る道脇でわんわんと蚊柱が一つ立っていて、それがこちらに動いてくるのを手で払い、さらに奥に進んだ。ふと、また順徳院の父である後鳥羽上皇の歌が脳裏をよぎる。

——限りあれば萱が軒端の月も見つ知らぬは人の行末の空

命にも限りがあれば、また時にも限りがある。萱の荒れて茂る軒端に覗く月を見れば、まったく人の行末は分からないものとしみじみ思う。

遠き昔に鎌倉幕府に抗して佐渡に流された帝もいれば、今の世に室町殿の勘気を受けて流された能役者の翁もいる。朔之進殿が、この歌の下の句を続けた時の面差しまで浮かんできた。

——世阿弥……、されど、この歌は、順徳院の父君、後鳥羽上皇が隠岐で詠んだ歌。当地のものではない。

「……当地のものではない、か。朔之進殿……」

三代目将軍実朝が甥の公暁《くぎよう》に暗殺され、源氏の衰亡を確信した後鳥羽上皇が息子順徳院とともに、倒幕というとてつもない戦いを試みた承久の変。北条義時の大軍に敗れ、後鳥羽上皇は隠岐へ。そして、順徳院は佐渡へ——。

むろん、私は血気盛んな順徳院よりも、有職故実《ゆうそくこじつ》について著した『禁秘抄《きんぴしょう》』の学識としての院、藤原定家とも才を争った歌作りの院の方こそに関心があった。

『順徳院御集《ぎょしゅう》』『内裏《だいり》名所百首』『四十番歌合《しじゅうばんうたあわせ》』『八雲御抄《やくもみしょう》』……。

佐渡に流される二十五歳までにものした歌道の書を、私は能の糧にしようと、幾度も都で繰ったものであった。

だが、この地の、この配所に独り立つ時、胸に迫ってくるのは、次々に院を見舞ったという悲しみのことである。佐渡の泉の地で暮らしていても、それは元帝である、都の話は届いてくるであろう。後堀河天皇が退位した後、順徳院の五子である忠成王が天皇を継ぐ話があったのを、鎌倉方は許さず、また、院の四子であった仲恭《ちゅうきょう》廃帝も世を去る。

さような話が、佐渡の順徳院の耳にも届く中、あれだけ院の歌を称賛していた定家が、鎌倉方を慮《おもんぱか》って『新勅撰和歌集』に院の歌を一首も入れぬ。さらには父後鳥羽上皇の隠岐での死……。

わずかにでも、日々毎夜毎夜、都に戻れるかも知れぬと一縷《いちる》の望みを持ち続けた順徳院であったが、はらわたを絞るほどの苦しみに悶えた果てに、もはや諦めるしかなく、食を断ち、焼き石を頭にのせて自ら尽きたのだという。

佐渡の地で二十一年……。

周りに茫々と乱れ茂る草も、薄暗き影を作る古杉も、みな、この土に染み込んだ順徳院の血涙を吸っているのであろう。そう思いつつ、苔が斑のごとくこびりついた塚や、やはり苔筵《こけむしろ》をまとうたような老桜を見つめていると、いくつもの歌が頭の中に浮かんでくる。いかにしたことか、その歌らがやがて重なって響いてきた。

……しきみつむ山路の露にぬれにけりあかつきおきの墨染めの袖……下くる水に秋こそ通ふなれむすぶいづみの手さへすずしき……たきぎこるとを山人《やまびと》は帰るなり里までおくれ秋の三日月……言ふならく奈落の底に入りぬれば刹利《せつり》も首陀《しゅだ》もかはらざりけり……。

低き声、高き声、また震える声の重なりに、己れの頭蓋が割れんばかりになってきて、脈が乱れる。

順徳院の歌か、中務《なかつかさ》の歌か、小侍従か、高岳《たかおか》親王か……。

血の気が顔から引くのが分かり、頭を二度、三度と振る。傾いた烏帽子を震える手で直して、そのまま一心に手を合わせて祈った。だが、大きく振り回されるような眩暈に、思わず片膝を地につく。

暑気のせいかも知れぬ、と腰にぶら下げた竹筒をおぼつかない手でつかむと、貪《むさぼ》るようにして傾けた。水が口から溢れて、首筋へと流れるのもかまわずに飲む。今朝、金の水と思うた清らな水が、血のようにぬるく、目を閉じると、瞼の裏におびただしう三角やら菊やらの文様が踊っている。

両膝をつき、しばらく肩で息をしていた。やはり、新保から近い所とはいえ、六左衛門に伴うてもらうべきであったか。この暑さと老いを甘く見ていたせいもあったが、己れには、さようなことよりも、この地にあった順徳院が何かを伝えようとしているようにしか思えぬ。

……光の蔭《かげ》の憂き世をば……君とても逃れ給はめや……さてこそ……。

天皇であられたお方でも、かような憂き世を逃れることができなかった。つまりは、私ごとき者が都を思うて悲しんでいるなど、身分不相応とでもおっしゃりたいか。それをお怒りになるか。

……奈落の底に、入りぬれば……かはらざりけり……。

されぱこそ、この沙弥《しゃみ》善芳《ぜんぽう》世阿弥、老いてなお生きて、生きて、生きて……枯れて、寂びて、朽ちましょうぞ。栄華も、位も、都にも縁のないところで、いかに己れの老木の花を咲かせるか。それがこの地に流されたゆえんではありますまいか。

「君の苦しみは、濁らぬ心の一途さゆえ……」

風月に晒された御所跡を見つめ、息を丹田の底に沈めながら脈を整える。片膝立ちし背筋を伸ばして、ゆるりとしめやかに礼拝した。そのまま後ろに膝行で下がり、御所の口にまでいくと、もう一度想いを込めて合掌する。

「泉の水も君住まば、涼しき道となりぬべし、涼しき道となりぬべし……」

一陣の風が吹いてくる。いつのまにか眩暈も遠のき、悪い汗も嘘のように引いていた。

一体、今のは何事であったのか。単なる暑熱と眠りの浅さゆえか。己れは能の曲で、この世に未練のある霊をたびたび出しては、無念の恨みを喋らせ、ワキの僧に弔うてもらう物語を書いてきた。順徳院もまた、私に何か言おうとしていたのかも知れぬ。

森の奥に一礼し、おもむろに立ち上がる。もうふらつきもない。踵《きびす》を返せば、鬱蒼とした森の這入りが隧道の出口のように見えて、そのむこうには、目を射るほどに眩しい光が広がっている。

二

新保に近づくにつれ、風に乗って聞き覚えのある笛の音がきれぎれに届いてきた。

はるかむこうで、最後の田植えをやっているのが見えて、あそこからであろうか。田のむこうには大佐渡の紫色の山並みがのどかに横たわり、その山の端から真白き峯雲が沸き出ている。手ぬぐいで額の汗を拭いながら歩いていけば、早乙女らを励ます囃子らの中に、六左衛門の笛を吹く姿が見えた。

「……六左衛門……」

そして、笛の音に合わせて、畦道《あぜみち》を片足で跳《と》んだり、両腕を広げたりする小さな人影も見える。

「たつ丸もか」

夕べ教えた「鷺」の舞の、サシコミやヒラキ、抜き足など、たつ丸なりに工夫しているのであろう。白無垢の装束を着せ、鷺のかぶりものをつけたら、さぞや愛くろしげな鷺になって、帝でなくとも五位でも四位でも叙《じょ》したくなるであろう。

囃子の村人たちもそれでも六左衛門の笛に合わせて、小鼓や樽で拍を取って賑やかにやっている。若き頃には、祇園祭の囃子でさえ調べや拍のわずかな乱れがあるのを聞くと、耳を塞《ふさ》いでいたものであるが、私は何を思いまごうていたのか。

民草《たみくさ》の中だけで生まれ、磨かれる音や舞の面白さに気づくまでに、ずいぶんと刻をかけてしもうた。父観阿弥が、いかなる見所においても、感興をもたらさねばならぬと言うていたのも、都人《みやこびと》であろうが鄙人《ひなびと》であろうが低く見てはならぬということである。むしろ、見る者たちは、すべて分かっていると覚悟した方が良いのだ。

「あ！　世阿爺！」

甲高い声が聞こえてきて、たつ丸が畦道をすばしこく走ってくる。六左衛門も笛を吹くのを止めて、村人の囃子連に何か言ってこちらに歩いてくる。

「おうおう、たつ丸。綺麗な白鷺が、田んぼの畔で舞うていたかと思うたわ」

「ほんとらか」と息を弾ませ、目を輝かせて見上げて来た。今日も殊勝にも鼻をかんだのか、洟は出ていない。

「トキ、じゃなくて、サギらよ?」

「そうじゃ、白い綺麗な鷺じゃった。でも、朱鷺も可愛かろう?」

たつ丸は私の直垂の袖をつかんで、一心に引きながら田植えをする村人の方へと導こうとする。

「トキもきれいらけど、田植えの時は、だめなんよー。せっかく植えたなえを、ふみつけてしもうすけ」

田に棲む虫や田螺《たにし》をついばむ朱鷺は、足に水かきがあるという。それでせっかくの苗を踏みつけてしまうわけか。百姓たちは朱鷺を嫌うと聞いたことがあるが、そのせいであろうと得心する。

「世阿様、いかがでした。順徳院の御配処は」と、烏帽子の下の額に汗の玉を光らせて、六左衛門が笑顔を浮かべている。手にはやはり舞台で使う能管を握っていた。

「六左衛門、そなたは、しかし……」と言いかけたものの、六左衛門も暇を持て余しておるのであろう。

「順徳院の御配処には、懇ろに参らせてもろうた」

「それは、ようございました。今日は一段と暑うございますから、六左衛門、心配しておりました」

順徳院の配処で我が身を襲うた妙な出来事については、胸にしもうておいた方が良いであろう。軽い暑気あたりにしても、あるいは、順徳院の魂が何かを言いかけて来たにしても、人に話すことではない。

「心配してくれたにしては、楽しそうであるのう、六左衛門。そなた、村人の邪魔をしておるのではなかろうの」

「世阿様、何をおっしゃいます。まあ、あまりに百姓の笛が下手で、教えとったのでございます」

六左衛門にかわって篠笛《しのぶえ》を吹き始めた村人の囃子が、波を打つように田んぼに流れる。小鼓の拍も、笛の調べも、能とはまったく違う、少しお道化た跳ねる感じが加わっている。

「あんな音では、せっかくの苗が萎《しお》れてしまいまする」と、六左衛門が口をゆがめて漏らした時、田んぼのぬかるみから白い足を抜いては差してやってくる早乙女の姿があった。

「おう、おとよさん。大ご苦労でございますな。今朝は、握飯を作ってもらい、かたじけのうございました」

笠の下で白い歯がこぼれ、手甲で顎の汗を押さえている。土で濡れた手の小指が跳ねて、よけいに袖口から覗いた肌の白さが若々しい。

「世阿様ぁ。聞いてくださいてー。この六左が……うーん、笛の音はいいんらろも、なんかこっちの調子が狂うて、疲れるっちゃ」

「おとよ、六左とは何だ、慣れ慣れしい。調子が狂うとは、何を言うか」と、六左衛門がいきなり声を張り上げ、首筋を立てて口から唾を飛ばした。

「何言うてるかじゃねえっちゃ」

おとよも負けていない。と、たつ丸が笛を口にあてがった真似をしつつ、片足ずつ飛び上がった。

「ヲヒャーラー、イホーウホウヒー、ヲヒャーラー……」

およそ六左衛門が村人の笛方に教えたのであろう、たつ丸は能管の唱歌《しょうが》を真似ているのである。能管を吹く時に心の中で唄う唱歌は、童にしたら面白き呪文にも聞こえるであろう。

「だすけ、音はいいけど、苗を植える時には、合わねんだて。あの丑松《うしまつ》の笛の方が、よっぽどいい」

「丑松さんは私のことを、師匠いうて、真面目に教わっていたわ。それを、おまえは……」

二人の言い合いや、たつ丸の唱歌を謡いつつ跳ねる様子がおかしうて、ついつい笑いがこみ上げてくる。

己れが稲苗《いねなえ》の風にそよぐ広い田の傍《かたわ》らで、心から笑うなどということがあるとは、想像もしなかった。都や大和でも、さような己れがいたとはとても思えぬ。二百年前に佐渡に流された順徳院は、おそらく一度も心から笑うことなどなかったのではなかろうか。そんな思いがかすめて、我が身のこの刻だけでもありがたいことであると、胸の奥が温こうなる。

「いやいや、これはおとよさんの言うとおりぞ、六左衛門。とくと、丑松さんとやらの笛を聞いてみるが良かろう」

「世阿様までさような……。聞いてだめだと思いましたので、私が吹いてみたまででございます」

「六左、おめえ、そのだめ、いうのは、どっから言うてるんだやら。おめさんの笛らと、ほんに気が張ってしもて、みんなが苗植え合わせるのに、難儀らこてさ。今年は水が少ないさけ、苗を差すのも大変なんだっちゃ」

畦道で囃す笛や小鼓の音は、確かに六左衛門の言うとおり素朴で音が外れ、拍も一定に保ってはいない。だが、その分、聞く者を張り詰めた想いにさせないまま、融通を利《き》かせるための遊びを作っている。

「六左衛門、聞いてみなされ。……トロヒャーラーラー、ヒトヒャトヒャー、ヒリフヒャラヒャラ、ヒリフヒヒフヒフ……」

私が篠笛の唱歌を口ずさむと、激昂《げっこう》していた六左衛門も一度深く息を吸って自らを落ち着かせようとしているようだ。神妙な面持ちになって、丑松という村人の笛と私の唱歌を聞き始めた。眼差しをわずかに斜め下にやり、耳を研ぎ澄まして笛の音に集中しているのが分かる。

情識は無かれ。

六左衛門も、くれぐれも慢心してはならぬ、の言葉で育った観世座の笛方である。

初心忘るべからず。

しばらく六左衛門はじっと聞き入っているようであったが、「さようなことが……」とつぶやいて、真剣な面差しで私とおとよさんを交互に見つめる。

「拍が……表になったり、裏になったりしておりまする」

「確かに」

「しかも、でたらめかと思うておりましたら、決まりがあるようでございます」

「なかなか」

六左衛門が持っていた能管を両手でかざし、丁寧に唇にそえる。そして、丑松の笛に合わせるように吹き始めた。音も調べもはるかに鄙人のものをしのぐのは当然であるが、かなり抑えるように吹いている。しばらく吹き鳴らしているうちに、二つの笛の音色が絡み合い、一つになって、同じ拍子で波を作り始めた。

「六左、それだっちゃ、それ」

おとよさんがうなずいて、頭の笠を揺らすと、また踵を返す。抜き立ての大根を洗うたような白い足が、赤裾除け《あかすそよ》から覗く。田のぬかるみで足首まで黒い足袋《たび》をはいているように見えるが、それがよけいに肌の白さを際立たせた。

六左衛門も能管を吹いたまま、ゆっくりと村人の囃子の方へと歩んでいく。その後をたつ丸まで鷺の仕舞をやりながらついていって、時々抜き足をやっては体を跳ね上げていた。

あの村人たちの笛や小鼓、樽太鼓……。

命の糧となる米のため、田植えの作業のためにあるのだ。聞き流してしまえば気づかぬが、表の拍子で進んでいき、途中で裏の拍子に変わり、またしばらくして、表に戻る。それを六左衛門は雑で駄目だと言ったが、いやいや、早乙女らのためと、作業の進みのために考えられたものである。

この広い田になるべく早く着々と苗を植えるためには、早乙女らが疲れて休んでばかりでははかどらぬ。一定の拍子の音に合わせて苗を植え、同じ姿勢、同じ動きで疲れたところを半拍遅らせ、わずかな遊びを作らせては、仕切り直しにさせる。それが長い刻、田植えを続けるための秘訣なのであろう。この地に受け継がれた知恵と工夫が囃子の音になっているのだ。

――やーれやーれ、やーれそーれ、こがねの穂波に朱鷺の舞う
六左衛門の能管と丑松の篠笛の奏でる音が、田の苗々を優しく揺らす。たつ丸も器用に拍の変わるところで、溜めを作って、手足を動かしていた。

この残り二反ばかりの田植えが終われば、新保にもまことの夏が来るのであろう。

三

書き損じた反古《ほご》の紙に、邪気のない幼い片仮名文字がびっしりと書き込まれている。何やら片仮名文字だけで描かれた曼荼羅《まんだら》図に見えなくもない。たつ丸が体を寄せてそれを見ては、口に手を当てて、笑いをこらえている。

「世阿爺、この中にゼアジイ、いう文字がかくれているっちゃ。わかる？」

一週ほど前、順徳院の配処を訪ねた時に、頭の中を様々な歌が襲い重なり、それを忘れぬうちにと走り書きした紙である。文字の練習にと、たつ丸に筆を渡したら夢中になってしもうたようだ。歌の合間の余白に、たつ丸の小さな文字がひしめいていて、さぞかし墨書するのが嬉しかったと見える。私は老いてかすむ目を細め、おびただしい字の群れを確かめる。

「……おうおう、カアチャン、は大きいからすぐ分かる。トウチャンもあるな。……ここには、タツマルが三つ並んでおるぞ。……ゼアジイ、ゼアジイ……」

たつ丸が私の膝の上の反古紙をさらに覗き込み、また小さな背中を震わせて笑っている。

「これは難しいのう。本当にあるのかのう」

「すぐそこ、すぐそこ」と目を丸くして私を見上げては目玉をおおげさに動かし、口を開ける。私もそのお道化た顔に応じて、眉頭《まゆがしら》を上げ、目を見開いてみせた。元雅にも、妻寿椿にも見せたことのない腑抜けた顔をしているのであろう。

「……うん？　はて……」

たつ丸が息を止め、目の端をちらちらと動かして、答えを待っている。目を凝らして見ると、私が走り書きした『新古今集』の小侍従の歌——。

樒《しきみ》ツム山路ノ露ニ濡レニケリアカツキオキノ墨染メノ袖
その「アカツキ」の「ア」を挟むようにして、「ゼ」と「ジイ」が書かれていた。まだ朝も早いうちに起きて、仏前に供える樒を摘みに出たら、墨染めの衣の袖が露で濡れてしまった。さような歌の所にあったとは、何か暗示めいている気もして、苦笑いが口に浮かぶ。

「ここじゃ、たつ丸。これは気づかぬところだったわ」と節くれだった指で文字を示すと、「ああ、当たりー」と、たつ丸が床に仰向けになって寝転がった。はだけた裾から、どんぐりのような可愛らしいものが覗いている。こんな幼いたつ丸も、もう夜中に起きて家恋しさに泣くこともなくなり、朝早うから本堂の拭き掃除をしたり、境内を清めたりして、一端《いつぱし》の寺の小僧である。

「ほれ、たつ丸。しばらくしたら、六左衛門に小鼓を教わるんじゃろ」

「はいー」と起き上がって、墨文字だらけの半紙を嬉しげに手にして房を出ていった。

イロハ文字を覚え、謡や仕舞、今度は小鼓まで。たつ丸の親御が見たら、いかに驚くことか。小鼓をやらせてみたいと言うたのは六左衛門の方で、「あの拍の取り方は、ひょっとしてひょっとしまする」と始まったことなのである。

「あのたつ丸の拍子は、童とはいえ、相当な見どころがございます」

田植えも終わり、村人の囃子方が使っていた小鼓を、六左衛門が名主《みようしゆ》にかけ合って借りてきたのであった。田植えと祭くらいにしか使われず、村の神社の納殿《おさめどの》に置かれっぱなしなのであろう、革も胴も調《しら》べ緒《お》も古く傷んではいたが、たつ丸にとっては初めて手にする小鼓である。面白うて、たまらんようであった。

「イヤー、ホッ、ホッ。イヤー、ホッ、ホッ……」

たつ丸の一ツ頭を打つ甲高い掛け声が本堂の方から聞こえてきて、まだよく打てぬ小鼓の音が挟まれる。その長閑《のどか》な音に、こちらも穏やかな心地になる。

それでも、童の手はよけいな力が抜けているから、小鼓を始めた時は、大人よりも鳴りが良いものだ。だんだん高い甲《こう》の音や、低く柔らかい乙《おつ》の音などを覚えたり、手組の様々な種を知るうちに、逆に難しうなる。六左衛門には、「うるさく言うなよ」と伝えておいたが、稽古となると遮二無二《しゃにむに》夢中になる男であるから、どうなるものか。

たつ丸の小鼓と掛け声を遠くに聞きながら、半紙に筆を走らせた。都の娘婿金春禅竹に礼と今の暮らしの様を報《しら》せねばならぬ。そして、文にあった鬼の能について、流行りに惑うことなくよくよく分別あるべし、と念を押さねばと思うた。

文を書いているだけでも、この老翁にかかわらず汗が痩せた鼻先やら顎先から一粒二粒と滴って、半紙を濡らす。縁側の外を見やれば、もはや真夏のごとき日差しが庭の葉群れを灼《や》いていて、岩の苔を濡らしていた清水も音を立てていない。

「……佐渡の夏というのは……かようにも、暑きものであるのか……」

それでも、緑陰を通る風が時々入ってくるせいで、少しは人心地がつける。霊峰北山の頂など、どんなにか涼やかで清浄な気に満ちていることであろう。しばらく、庭の青紅葉の葉が風に揺れるのをぼんやりと眺めていたが、ふとある想いがよぎって、手にしていた筆を硯箱に置いた。

「……よもや……さようなことは……」

文台のもとから立ち上がると、小鼓の稽古をやっている本堂の二人には声をかけず、そのまま寺の外に出た。

境内の手水鉢《ちょうずばち》や寺の脇を流れる小川を確かめ、杉林の小道を抜けて、広大な田の広がりを前にする。早乙女たちが幾日もかけて植えた稲の苗が、はるかむこうまで気持ち良げに風になびいていた。額の汗を手の甲で拭い、遠く雄大な尾根を横たえている山並みに眼差しを遊ばせようと思った時に、東の田んぼの畦道で何人かの人影が屈んでいるのが見えた。

田んぼに近づこうと、一歩二歩足を進めた時に、その一人の人影が棒を持って立ち上がる。他の二人も立ち上がって、西の方を指差していた。帯刀しているのか、腰に長い影も見えるようだが……。

もしや、以前に万福寺に着いたばかりの時に、本間源之丞殿という国人が話していた、雑太惣領本間家に抵抗し始めている庶子家の侍たちか。

慌てて踵を返し、杉の幹に隠れるようにして様子をうかがう。確か、久知本間、河原田本間、とかいうていたはずだ。目を凝らしていると、三人の人影がこちらに近づいてきて、また畦道から棒を伸ばして、田んぼに突っ込んでいる。

「……？　朔之進様、か……」

間違いない。他の二人は分からぬが、扇か何かで指示を出しているお武家の背筋の通った姿は、溝口朔之進殿である。

隠れているのも憚《はばか》られ、杉の幹影から出ていくと、すぐに朔之進殿も気づいたのか、こちらをじっと見ている。田に近づいていこうとすると、朔之進殿の方も二人に扇の先で田のいくつかを示してから、こちらにやって来た。

「世阿弥元清、そなた、かような所で何をしている」

「朔之進様」と、深く丁寧に頭を下げた。

「あまりに暑うございましたので、木陰で涼もうかと出てまいりました。……朔之進様は？」

無礼かと思いつつも、つい気になって口にしていた。朔之進殿は憮然とした面差しのままではあるが怒りはせず、私の顔や胸元を見下ろしている。やがて後ろをちらりと振り向くと、顎先で田んぼを示した。

「世阿弥……見よ」

稲苗が田んぼを渡る風にのどかになびいているが、朔之進殿の言うとおりに田んぼの際にまで近づいてみて、思わず声を漏らしてしもうた。

「こ、これは……」

田から離れて眺めていた時には、緑の若い苗々が列をなして育っているようにも見えたが、すぐ目の前で見る田には水がほとんどないのである。

田植えの頃には、田の水が鏡のように見えていたというに……。

苗の根もとの土がひび割れ始めてもいる。土はまだ水気を含んでいるようだが、日に晒された表のところは、柊の枝のごとき黒い裂け目がおびただしくできている。目をずっと先にやっても、そのひび割れが同じように広がっていた。それでも苗はけなげにも風に揺れて、懸命に成長しようとしているのである。

「……やはり……さようでしたか……」

「やはり、とは、いかなる謂《い》いぞ、世阿弥」

ふと漏らしてしまった言葉に、朔之進殿が短く鋭い視線を投げてくる。

「はい……。田植えを見ておりました時に、早乙女の一人が、今年は水が少のうて苗を植えるのが難儀と申しておりましたのを、思い出したのでございます」

田植えをしていたおとよさんが、六左衛門の笛が駄目だと言いに来た時に、確かさようなことを漏らしていた。その前には、寺の井戸の水が一回の汲みで盥がいっぱいにならぬと、六左衛門が零していたのも思い出した。

「しかも、私らが佐渡に参りましてから、雨らしき雨が……降っておらなんだと……」

朔之進殿が眉間に皺を刻み、小さく息を漏らしてうなずいた。

「降らぬ、な……。世阿弥、この新保も、泉も、国仲はこの時期には、雨がよう降るのだが、風の向きが今年は悪い」

「風の、向きで、ございますか」

「西からの風が通り抜けて、山にぶつからぬ。常であれば、山並みから雲が湧いて、こちらを覆うはずだが、あれぞ……」

朔之進殿が眩しげに目を細めて、遠い山並みの端にわだかまる峯雲に眼差しを向けた。真白き峯雲が凝り固まっているが、その際さえつゆとも動こうとしない。

「ため池も、水車も、川の水が足りのうて、これでは役にも立たぬ……。あと七日ほどは、苗もいかでか持つであろうが……」

よもや、自らの嫌な想いが当たろうとは……。

惣領本間家にとっても、もしも旱魃《かんばつ》ともなれば一大事であろうが、最もつらい想いをするのは、年貢を納めねばならぬ村人たちであろう。

「いち早う、雨の恵みがありますことを、祈るばかりでございます」

「うむ」と低く唸《うな》るような声を漏らして、朔之進殿はおもむろに背中を向ける。直垂の背に汗じみがうっすらと浮かんでいて、朝から強い日差しの中、田んぼのおちこちを検分していたのであろう。と、朔之進殿の足が止まって、またゆっくりと振り返った。

「……そなた、泉にある順徳院の配処には参ったか」

「はい。懇ろに詣でさせていただきました」

さように答えると、朔之進殿は幾度かうなずいて目を伏せる。

「世阿弥……。いとへども猶《なほ》ながらへて世の中に、うきを知らでや春を待つべき……ぞ」

世を儚んで失せてしまいたい想いになったとしても、どうかこの世に永らえて、都に帰る春の日を待つべきだ、必ずや戻れるのだから……。さような意の歌……。

「……朔之進様……」

声にもならぬかすれ声を漏らしている己れがいて、その後ろ姿にただ深く頭を垂れるばかりである。

朔之進殿が口ずさんだ歌は、順徳院の皇后の兄九条道家《みちいえ》が、佐渡に流された順徳院に送ったものだと記憶する。

朔之進殿は『承久記』まで読んでおられるのか……。

順徳院が「花ノ都ヲ、タチ放レ、秋風吹バト、チギルダニ、越路《こしじ》ニオクル、クズノハノ、帰ランン程ハ、サダメナシ……ナガラヘテ、タトヘバ末ニカヘルトモ、ウキハコノ世ノ、都ナリケリ」と書いたことへの、道家の返歌である。

田んぼの畦道を歩いていく溝口朔之進殿の後ろ姿に、もう一度深く頭を下げた。

四

相当の年季が入っているのであろう、灯明《とうみょう》や線香の煤《すす》で黒漆塗の艶が曇った厨子《ずし》。その薄暗がりの中に座す薬師如来像を拝む。蓮台までも含めてカヤの一木作《いちぼくづく》りの座像は、厨子よりもさらに古い平安の頃のものと思われるが、拝むたび、衆生《しゅじょう》を想うて優しく伏せている眼差しに癒される。

また、その薬師如来像を守るかのようにして、両脇に佇む脇侍《わきじ》の日光菩薩像、月光《がっこう》菩薩像の、麗しうこと、麗しうこと……。まだ新しい像にも見えるが、彩色も施されておらぬというのに、生きた肌の温もりや香のごときものが優しきお姿から匂い立つようである。

「世阿弥様……」

背後から声がして振り返ると、本堂の廊下に劫全住職が立っておられた。床板に白足袋の足をゆっくりと進めてきて瓔珞《ようらく》の下までくると、本尊に静かに合掌して座る。

「これはご住職様」と礼盤《らいばん》の前を譲ろうとすると、「いや、そのまま」と手で制して、皺ばんだ口元を緩めた。

「たつ丸は、小鼓が上手になりましたなあ。あれは世阿弥様が」

「いいえ、六左衛門が熱心に……。たつ丸はイロハ文字も覚えて、ほんに学びが早うございます」

「小鼓いうたら、祭や田植えの時にしか聞かなんだが、あれは良いものですなあ。見事、音が通った時は、気持ちが底まで澄む想いで……ヨー、ポンと、早うても遅うてもだめで……ちょうど、こう」

住職が小鼓を打つ真似をしてみせたが、右手で担《かつ》ぎ、左手で打っている。逆に構えるのはありがちであろうが、私と歳の変わらぬご住職の仕草に笑みが漏れる。

「廂の先から、雨だれが落ちて、ヨー、下の石に弾けてポン」

「ご住職様、なかなかつかんでおられますな。これは六左衛門に伝えておかねばなりませぬ」

「いやいやいや」と破顔して袈裟の片方の袂を振っていたが、「だが……」と目尻に寄った皺を緩める。

「その雨が降らぬ」

「それでございます」と私も応じた。

「その願いを今、薬師様に祈っていたところでございます」

住職はまたもう一度手を合わせると、私と薬師像にゆっくりと禿頭《とくとう》を下げた。両の手にさりげなくかけた黒檀《こくたん》の数珠も、かなりの年季が入っている。

「この寺領の田も言わずもがな、新保や泉、いや、国仲の田んぼの米という米がどうなりますことやら。かように雨の降らぬのも珍しうて」

二人して本堂の外の日差しに目を細める。白く一面灼けたように見える境内は、あたかも真夏のようで、栢槇《びゃくしん》や佐渡杉の影も地に凝《こご》っている。

「三日前に田を検分されている朔之進様にお会いしましたが、大層お困りの様子でございました」

「朔之進にの」と、住職が振り返り、柔和な面差しを見せる。やはり、この万福寺においても、朔之進殿は信を置かれているのであろう。住職の穏やかな表情からも知れるというもの。

「……つかぬことをお聞きしますが……あの朔之進様はいずこで和才、歌を学ばれたのでございますか」

「和才を？　いや、朔之進は念流の達人で……、ああ、そうか、そうじゃ、いや、亡くなられた奥方が、それはよう歌を嗜んでおられたようでございますな」

「……亡くなられた……」

「越後国の、新発田の出だと思うたが、それはそれは物静かな、美しう奥方でございましたが……。流行り風病《ふびょう》でのう。まだ若うございましたのに、さだめなき世は悪戯《いたずら》が過ぎる」

「さようでございましたか……奥方様が……」

朔之進殿の面差しの奥に潜んだ憂いは、そこから来ていたのであろうか。

「あの父御も母御も、朔之進の元服してすぐに儚うなってのう。ほんに可哀想な子であるがのう」

「……さようでしたか……。それにしても、あの朔之進様の歌の才覚は、並みなものではありませぬ」

「朔之進がのう……。若う頃は、ほんに自棄《やけ》になって、荒ぶる男であったがのう」

そんなことを話していると、渡殿の方から駆けてくる可愛らしい足音が聞こえてくる。

「世阿爺、やっぱり、ここにいたんかー」

たつ丸が本堂に入ってきて、それでも薬師様に礼拝するのを忘れない。小さな手を合わせ、指先を鼻の頭にくっつけて拝んでいる。

「ご住職様が、たつ丸の小鼓を褒めておられたぞ」

「ほんとらか？」と目を輝かせるたつ丸に、住職も目を細めて笑うている。

「世阿爺、字をかく紙を一枚だけちょうだい。一枚でいい。かあちゃんととうちゃんに文をかいて、もっていくすけ」

思わず住職と目を合わせ、一拍おいて噴き出した。

「たつ丸は、自分で文を書いて、自分で家に持って参るのか」

「なんか、おっかしか」

「いやいや、殊勝なことであるぞ、たつ丸。立派立派」

二人の翁に褒められたのが嬉しかったのか、直立してその場で何度も飛び上がっている。かような心に素直な動きが真の舞に結びつくのだ。たつ丸は飛び上がろうとして、飛び上がっているのではない。飛び上がろうとする己れすらいず、喜びそのものになっているであろう。

「とうちゃんも、かあちゃんも、字が読めねすけ、おれが読んできかせてあげる」

その言葉を聞いて、また住職と目を見合わせたが、今度は深く唸りながらうなずいたのだ。

五

明くる日、朔之進殿が万福寺を訪ねてきたのは、未《み》の刻を過ぎた頃であった。

侍烏帽子をつけた額には、びっしりと汗の玉が浮いていて、襦袢の襟元にも汗が染みているのが分かる。日差しの強い中を、また田のおちこちを検分して回っていたに違いない。

右手に太刀を、左手に包みを抱えて房に入ってきた朔之進殿は、衣擦《きぬず》れの音を抑えて、無駄のない動きで正座する。

私が佐渡に来て以来、朔之進殿が腰から外した太刀を右手に握っているのを見るのは、初めてかも知れぬ。つまりは、礼節を持ってやってきたことになる。太刀を身の馬手《めて》に置き、帯から抜いた扇子を膝前に静かに横たえた。

「朔之進様……、いかがされましたか」

烏帽子の下から力のある眼差しで貫いてくるが、敵意の色などつゆとも帯びていない。ただ、あまりに真摯《しんし》な目つきにこちらも息を吞んだ。

「流人世阿弥元清への願いではない。元観世大夫世阿弥への御願いで参った」

「……」

「世阿弥。そなた、雨乞いの舞をやったことがおありか」

「……雨乞い……？」

よもや、と思った。

雨乞いなどという、大それたことをいきなり口にされるとは思ってもみなかった。まして、舞をやったことがあるか、とは……。

一気に血の気の引くがごとき想いがして、朔之進殿が正気で言っているのか、目の奥をおそるおそる確かめる。

「……祈雨願能《きうがんのう》のことで、ございますか」

己れが楽頭職をつとめていた醍醐寺清瀧宮は、雨を司《つかさど》る龍王を信仰していた地でもある。祈雨読経や神馬を献じて雨乞いをしてはいたが、立願能《りつがんのう》としては数度しか行われていなかったと記憶する。そして、己れが楽頭職の時は、求められても観世座一座だけでは受けないことにしていたのだ。

まだ、父観阿弥が若き頃に、ひどい日照りが都を襲い、足利二代目の大樹義詮《よしあきら》様より祈雨願能を求められたことがあったと聞いた。

観世座の前身、結崎座の演者、囃子方の面々が入れ替わり、立ち替わり、日に十五番の猿楽を、雨が降り始める七日後まで、昼夜を問わずやり続けたらしい。その末、二人の役者が疲弊して命を落とし、一人の笛方が卒中を起こして、二度と立てぬ体になったという。

それ以後、雨乞いは観世座一座だけでは引き受けてはならぬとの、父の指顧があったのだ。雨が降らねば、腹を切って代える、ということもありうる。いや、それを覚悟でやるのでなければ、とても無理な話であろう。

「さよう。雨乞《あまごい》立願能……。そなた、四年前の都の旱魃を知るはず。確か、室町公義教様が、そなたが楽頭職をつとめていた醍醐寺清瀧宮に神馬を供え、雨を祈願したはず。その時に、能を……」

「いえ、朔之進様。あの夏の炎旱《えんかん》はよう覚えておりますが、その頃は、すでに私は楽頭職を外され、甥の音阿弥が大樹様の推挙で楽頭となっております。私は雨乞能はやっておりませぬ」

朔之進殿はよく調べておられる。あの時は、音阿弥が義教様より雨乞立願能を命じられたと聞くが、天が味方したのであろう、演能の前に雨が降ったのだ。もしも、音阿弥らが能を献じても雨が降らねば、万人恐怖の義教様のこと、音阿弥は首を刎《は》ねられていたかも知れぬ。

「さようであったか……。だが、世阿弥、一年前の時はいかがした？」

朔之進殿の眼差しが切迫してくるのが分かった。わずかに半身を前に傾け、右手の先を床に添えている。眉根をねじり上げ、眉間に皺を刻み入れてもいた。

四年前の日照りすら朔之進殿はご存じなのであるから、一年前の都の炎旱のことは言わずもがな、か。私がちょうど『却来華《きゃくらいか》』を書いている頃、山科、大和にひどい旱魃がきて、各寺に祈雨の命が出たのだ。

醍醐寺、東寺《とうじ》、三井寺《みいでら》、東大寺、興福寺……。興福寺は特に結崎座とも関わりが深うあったから、祈雨願能の申し出があった時には、断るわけにもまいらなかった。ただし、父観阿弥の遺志のとおり、結崎座一座だけではなく、円満位座《えまいざ》、坂戸座《さかどざ》、外山座《とびざ》を含めた大和四座で、雨乞いを行うことになったのである。

「……雨乞立願能を……つとめさせていただきました」

そう答えると、朔之進殿の目が見開かれ、さらに前屈みになる。

「ただ、私どもの結崎座のみではなく、他の猿楽座の方々と、祈りの能をつないでいったのでございます。一巡、二巡、三巡と……相手は人智の及ばぬ天でございます。一座だけでは、とても持ちませぬ。この意が分かりましょう」

朔之進殿がいきなり姿勢を正したかと思うと、直垂の両袖を左右に開き、袖露を払った。そして、驚いたことに、両の手を床についたのである。

「元観世大夫世阿弥元清ッ……、お頼み申す。どうか雨乞立願能をやってくれぬか。このとおりだ」

朔之進殿が烏帽子の頭を深々と下げるのを見て、思わず息を呑んだ。

「お待ちくだされ。そのような、朔之進様、やめてくだされ」

「このままであると、もはや、新保といわず、泉、畑野《はたの》、真野《まの》……国仲の米に望みはない。雑太城主本間信濃守泰重殿からの御願いでもある」

「守護代様からも……」

「世阿弥、どうか雨乞いの能をやってくれぬか！」

侍にとって人に頭を下げるなど、もっての外。まして、流人に頭を下げるなど、いかほどの屈辱か。

どんなにか断腸の想いであろう。おそらく、信濃守泰重殿は、「命じて来い。断らば、斬れ」くらいのことは言うたのかも知れぬ。それを朔之進殿は……。太刀など腰に帯びたままで良いものを、なにゆえ、かような……。

「朔之進様、とりあえず、その手を上げてくだされ。そのお顔を上げてくだされ」

「頼む！」

さらに朔之進殿は半身を丁寧に折って、侍烏帽子の尻にある小結《こゆい》までを見せた。

「……朔之進様……。私はかくのごとく流人の身、雨乞いの舞をやろうとも、装束すらありませぬ……」

朔之進殿が私の言葉にゆるゆると顔を上げ、ようやく体を起こした。

諦めてくれたのか……いや。朔之進殿が弓手《ゆんで》に置いた鉄紺色の布包みを、結界にした扇子よりも私の方に滑らせた。

「世阿弥。これを」

包みの布の端を上下左右におもむろに開いていく。と、いきなり、目の前に清廉《せいれん》な雪の面が現れたかと思うて、息を呑んだ。

「これは……」

「越後布。越後上布《じょうふ》とも。それで仕立てた狩衣《かりぎぬ》だ」

これが噂に聞く越後布。天平の頃から宮廷や将軍に献上されてきたという極上の布は、雪のごとくに白く、見様によりては銀にも金にも光を発するように見える。麻が材であろうが、滑らかな風紋でもできそうなほどの柔らかみがあり、だが、凛とした張りがある。

「越後布……。聞きしに勝る見事なものでございますが……それで拵《こしら》えた狩衣と己れがいかに……」

「そなたが着るためのものだ」

「わ、私が」

「これは、某の妻が昔仕立てた狩衣。御物師《おものし》に頼み、そなたに合う丈にしてもろうた」

亡き奥方様が朔之進殿のために拵えた越後布の狩衣……。

「さ、さようなものを、滅相もございませぬ。大事なお宝を、私ごとき輩が着たのでは罰が当たりまする」

「着るのだ。お頼み申す。そなたに召してもらえば月の宮の妻も喜ぶであろう……。おもかげの……、忘らるまじき、別れかな……」

……名残を人の月にとどめて……。

いつまでも、いつまでも、面影を忘れることができぬ別れ。あの人の名残が、月の光に留められているかのようで……。

西行の歌。

声が出なかった。言葉が出なかった。朔之進殿の奥方が仕立てたという狩衣の表に、おそるおそる指先を伸ばして触れてみる。さらりと春の雪のごとく、優しく、儚うて……。

「……月の宮の」

「死んでしもうた」

「もし、雨が降らなんだら……」

「……分からぬ」

朔之進殿の目頭に小さな光が宿るのが分かった。私は目を伏せ、もう一度越後布の狩衣に触れる。

そして、両手で丁寧に包みを引き寄せると、低頭し、狩衣を掲げて見せた。

第五章
雨乞

一

己れが切腹となるか。それとも、己れが世阿弥を斬ることになるのか。

もし、雨が降らなんだら……。

世阿弥の問いに、私は答えられなかった。いかになるか、など、それこそ天に聞かねば分からぬこと。だが、あの老翁はそれをすべて分かった上で、雨乞立願能を引き受けてくれたのだ。

「……かたじけない」

畦道に片膝ついて水のない田んぼを前にしているのは、検分しているからではない。くずおれてしまったのだ。世阿弥なる翁の覚悟に、はらわたを揺さぶられる想いで、己れにはその何分の死に身を肚《はら》に据えていることか。

国人本間源之丞殿から、唐突に「雨乞いをするというのは、どうだ」と言われたのが、七日前。村祭の一環で鎮守に祈る雨乞いは、新保でも以前は行われていたらしいが、この地はまず旱魃などとは無縁で来た。まして、天変地異にかかわることを、普段名主をやっている村役人がにわか神主となって何ができる。

「源之丞殿。氏神に祈るのはやぶさかではありませぬが、まずは守護の方にご一報召され、沙汰を仰いだ方がよろしいかと存じまする」

さように申し上げると、源之丞殿は口をへの字に結びつつ手にした扇子を私の目の前に突き出し、上下させたのだ。

「朔之進……朔之進、朔之進。おぬしは何を呆けたことをぬかしておる。軽率に報せを上げれば、わしらの得分となる口米《くまい》や交分《きょうぶん》が取りにくうなろうが。むしろ、炎旱にもかかわらず雨を降らせた雑太惣領本間となれば、室町殿からさらなる安堵状が出ようものぞ。また、降らずとものう」

降らずとものう……？

耳を疑った。源之丞殿は何を言いたいのか。米が取れぬとなれば、交分など納めにまつわる税など取りようがないのは分かる。単に己れらの私腹を肥やすための話であろう。だが、所領のさらなる安堵のために、この旱魃を利用しようとしているのが解《げ》せぬ。

「降らず……とも、と仰《おお》せられるのは、いかなることでございますか」

「朔之進……。おぬし、誰をあずかっておる？　都からのやんごとなき猿楽の名手をあずかっておるのではないか？」

「……世阿弥……元清、でございますか」

「しかも都、龍神を祀《まつ》る醍醐寺清瀧宮の楽頭職をつとめた流人と聞く。その翁が雨を降らせる、言うた」

源之丞殿は何を仰《おつしや》りたいのか。世阿弥元清は旱魃の事態など、つゆとも知らぬではないか。

「さような……」

「世阿弥が、必ずや雨を降らせましょう、言うたのだ。いいか、朔之進。言うたのだ。大樹義教様が流されたお方が、そう仰るのであれば、我らは任せる以外にあるまい。万難を排し、世阿弥元清のため扶持申し上げ、いかほどの尽力をしたことか。のう。その呪術の舞で降ったれば良し。降らねば、さて、守護殿、いかがいたしましょうと一報する矢先に、翁は責を取って自刃してしもうた。天にも、此方《こなた》にも、罪はない。そうとあらば、守護殿も室町殿も、雑太本間に何を安堵してくれようかの」

目の前がぐらりと揺れた。耳の中で血の波が荒れ狂う音がして、こめかみから脂汗の伝うのが分かった。

「……それは……誠に思われてのことでございましょうか。信濃守殿もご存じのことでございますか」

問えば、源之丞殿は口をゆがめて、うるさき蠅《はえ》でも払うかのごとき手つきで扇子を振る。

「朔之進……おぬしは、政なるものを知らん」

世阿弥を島に迎える時は丁重な振りをしていた源之丞殿であるが、むろん、その遇し方が室町公に伝わることを念頭に置いてのことであろう。だが、米にしろ銭納《せんのう》にしろ年貢に窮するとなれば、この源之丞なる男は恐ろしいことでもなんでもやる。

「朔之進。それにしても、おぬしは……、世阿弥元清なる大層なお方をあずかりながら、この村のために、恐ろしうことを考えよったな」

「何を仰います……」

「村人を思えばこその雨乞い、であるな。相分かった」

「源之丞殿……あなた様は……」

「悪いようにはせぬ。政、よ。のう、朔之進」

さような許しがたき話があった日に、小柄で痩せた老翁の姿を万福寺近くの杉木立の中に見つけてしもうたのだ。なにゆえ、そなたはかような時期に佐渡に流されてきたのか、と思うている己れがいて、恥ずかしうなる。

老いても凜とした佇まいを見せる都一の能役者世阿弥が、埋もれ木となりつつ、いかなる生き様をこの島で見せるのか。

そう思うていたが、乱暴にも闇雲に土中から老軀《ろうく》を掘り出し、放り投げ、さらには人身御供のごときことをさせようとする狼藉。源之丞殿の謀を暴こうにも、また、斬ろうにも、おそらくすでに、その雨乞いの話を出す前に、源之丞殿は信濃守殿に証としての書状を出しているはずなのである。あの話しぶりからして、間違いない。なにゆえ、国人屋敷に、独りで参れ、と源之丞殿があえて言うたのか、今になって分かる。迂闊《うかつ》であった。

だが、とも思うた。

もしも、世阿弥の雨乞いが、真に神をお呼びしたとすれば……。

馬鹿な。さようなる神変があろうはずがない。

いや、世阿弥元清ならば……。

幾日も同じ想いを繰り返すうちに、川の水も減り、水車の輪板《わいた》さえ水に届かぬほどになった。田んぼの土も罅《ひび》が入るばかりで、苗々がけなげに風に揺れているのがつらかった。

賭けるしかない。

そう浅はかにも最後に決めたのは、己れの弱さ、もろさ以外のなにものでもない。私が疲れてしもうたのだ。村人らの苦しみや、源之丞殿の腹黒さや、自らの処し方や、あるいは、世阿弥を手にかけるかも知れぬことなどに……。

「雨が降らなんだら……」

「……分からぬ」

そうとしか答えられぬ己れの心中を、世阿弥はすべて見透していたのではないか。その上で、雨乞いを引き受けてくれたのではないか。

「……世阿弥元清……、死ぬるのかも知れぬぞ……」

田んぼで頼りなく天空を仰いでいる苗を見ていて、ようやく我に返ったのは、万福寺を出てから半刻も経ってからであった。

こうしてはおられぬ。

もはや、後戻りできぬのだ。世阿弥に頼んでしもうた今となっては、是非とも、是非とも世阿弥とともに奇蹟を成す以外にない。

「神楽鈴《かぐらすず》」

畦道から立ち上がる。世阿弥は私の狩衣を受け取った後、すぐに「神楽鈴をお借りしとうございます」と言うたのだ。雨乞立願能には必ずや必要なものなのであろう。それから、世阿弥は何を思うたのか、あの小柄な体軀《たいく》からは想いもできぬようなおそるべき大きな声を発して、たつ丸を呼んだのだ。

「たつ丸！　そなたの文に、龍神のたつ丸が鼓を打つ、とも書き加えるのじゃ」

私には何を言うているのか分からなかったが、大田の浦にある磯松屋への文を、たつ丸に代わって持参してほしいとも頼まれた。そして、親御に読んで聞かせてほしい、と。

「三日後。三日後に、雨乞立願能を行いとうございます。それまで、たつ丸と六左衛門、村人の囃子方と、式に備えとうございます」

初めて見る世阿弥翁の眼差しの強さに圧《お》され、自ずとこちらも再び頭を下げていた。何やらすでに、その眼差しが別界を貫いているかのようで、私のことなど見ていない。遠い天の彼方《かなた》におられる神との、厳粛な駆け引きが始まっているかのごとくに感じられた。

北山の頂の西側には、生まれ立ての峯雲が白く輝いているが、そのわだかまる姿を少しも動かさない。あの雲が、頂を越えてこちらにまで来れば……。

北山に合掌し、その雄大な霊峰の山並みに念を込めた。そして、急ぎ、村名主の所まで神楽鈴を借りに行かねばならぬ。

二

屯所《とんしょ》にても口を利かず、雑太城では源之丞殿に会うても、もはや目も合わせなかった。この二日、声を発するといえば、困窮した村人らと、あとは妻ぬいの位牌にだけである。

万福寺に神楽鈴を届けに参った時に、世阿弥元清には会えず、稽古中の六左衛門との話から、己れもよけいなことを口に出さぬよう決めたのだ。

六左衛門が言うには、すでに世阿弥は雨乞立願能に備え、精進潔斎に入り、女人を遠ざけ、食を作る火も他の者とは違う別火なるものに徹しているとの由。身も心も清めて雨の神と対峙しようと思うているのだ。

六左衛門は、明らかに苦渋の面差しで、なにゆえ世阿様に雨乞いなどというものを願い出た、という色を覗かせていたが、言葉にはしなかった。おそらく、世阿弥に言われているのであろう。たつ丸も、私の顔を見ても、一心にうぶな眉間に淡い皺を入れて、小鼓の稽古を続けているばかりであった。

ああ、己れの貸した白い越後布の狩衣を、世阿弥は死に装束にしようとでも思うているのか。

それだけは、それだけは、断じて……と肚の底に言葉を呑んでから、雑太本間家の誰とも話をする気にもなれなかったのだ。

そして、とうとう祈雨立願の日がやってきて、水のない田の広がりを前に、結界の紙垂《しで》を下げることになったのである。

相も変わらず、朝から無情にも日照りが強く、立っているだけで、汗が直垂の中を伝う暑さであった。それでも、村人の多くが切迫した神頼みの想いで結界の外に集まり、たつ丸の文を出した磯松屋の夫婦も、笠取峠を越えて、供え物の魚や鮑《あわび》、昆布などを持って来てくれた。

「おらの田にも、少しばかり少しばかり」

「佐渡の雨神様、どうかわしらの声を聞いてくんなせえ」

「慈雨の一雫、二雫。慈雨の一雫、二雫……」

村人らが体を寄せ合うようにして手を合わせ、まだ空無の結界四方の中を拝んだり、北山の峰を仰いだりしている。流人とはいえ、都で一の能役者が雨乞いの舞をやると聞いて、皆、藁にもすがる想いに違いないのだ。

ましてや、室町公義教様の勘気を受けただけの、罪なき翁という話もすでにこの界隈には回ってい る。能なるものの、村人の誰も知らぬ呪術的な神力を求めたいのは、己れの方こそである。

「朔之進！　朔之進！　信濃守様が参られた。御挨拶申し上げい！」

設けられた御座の近くに屯《たむろ》する役人らの中から、源之丞殿が大声を張り上げてきた。見れば、本間信濃守泰重殿が家来の者らに囲まれて下馬するところであった。小走りで向かい、片膝をついて低頭する。

「溝口朔之進、こたびのこと、源之丞よりうかがった。世阿弥元清も赦免欲しさからの申し出とも思えるが……」

赦免欲しさ、だと？　源之丞殿は、どこまで……。

「……さて、この日照りで雨が降るか。降らば良し。そなたにも褒美を取らす」

その言葉に答えるわけにはいかなかった。

信濃守は騙《だま》されている。黙ったままうつむいていると、源之丞殿や周りの役人らが一様に背を向けるのが分かった。かような日照りに雨が降るか、とでも笑いをこらえているのである。自らの微々たる取り分のため、彼奴らはいずこまで人を愚弄《ぐろう》するのか……。

村人らがざわめき始めて、振り返ると、万福寺近くの杉木立の中から、六左衛門を初めとする囃子方らが、神妙な面差しで現れた。六左衛門の後ろには、小鼓を持ったたつ丸と村人、樽太鼓を抱えた者もいる。その後ろから、越後布の狩衣を着た世阿弥が静かに、周りの気を凍らせるかのごとき厳《おごそ》かさで歩んでくる。

……世阿弥、元清……。

いや、歩むというよりも、滑っているのか浮いているのか、上体がまるで動かぬ。三日前よりもさらに脂気を削《そ》いだかのように老いた顔が痩せ、だが、伏せ気味の眼差しが、この日差しの強さや暑さなど、万象の障《さわ》りを透徹している。

一気に村人らが息を呑んで静かになる中を、世阿弥らが紙垂の下がる結界に近づいてきて、端に設けられた五色幕の裏に入った。

「失礼仕りまする」

私は信濃守殿に一度頭を下げ、御座を離れると、結界のすぐ南側についた。ちょうど対極には北山の稜線が浮かび、そこにまた凝ったままの峯雲の白く輝いている様が見える。結界の縄に下がる何枚もの紙垂は、皆一様にひっそりと垂れているばかりで、西からの風すらない。

五色幕が揺れて、膨らんだかと思うと、風折烏帽子《かざおり》をつけた六左衛門が現れた。続いて、やはり風折烏帽子をつけた童、たつ丸が腰に小鼓を構え、真剣な顔で続く。

その時、見守る村人らの中から、「たつ丸！」と身を乗り出して目を見開いている夫婦がいた。磯松屋の親御である。たつ丸の後ろには、やはり小鼓を抱えた村の囃子方、樽太鼓を持った者も続いて、北側の結界の外に並んで静かに座った。また村人の何人かが咳払いをしてはいたが、囃子方と同じく無言で、何もない結界の中を見入っている。

と、突然、天空を縦に裂くかのような鋭き音が立った。

六左衛門の笛。

気合を込めて吹く六左衛門の能管が、結界の上に稲妻を走らせたかと思うた。その刹那、気の色が変わると言えばいいのか。結界はむろん、周りの邪気を払い、凍てつくごとく澄ませる。その笛の道にそって、神が降りてくるかのようである。あの者の身にかような力が秘められていたとは。

と、思ううちに、艶のある無垢な掛け声が発せられた。

「ヨーッ」

小鼓が小気味良く鳴らされる。たつ丸か。

「ホッ」

たつ丸がけなげに肚から掛け声を出すたびに、華奢な上半身が伸びて、その後、小さき手が鼓の革を打つ。なんと美しい木霊《こだま》かと思う。

「ホッ」

風折烏帽子の下の眉間に力をこめて、利発げな眉根に淡い影を兆《きざ》し、全身全霊で打っているではないか。その音に合わせて、村人の囃子方も二度鳴らす。

笛の音と小鼓の間合いが恐ろしいほどの気に満ちて、結界の中に注ぎ込まれていく。よけいなものが何もない。だが、その何もない結界の内に、清浄な神気だけが溢れていくのだ。

その時、五色幕が揺れる。越後布の白い狩衣が見えたと思って、目を凝らしてみて、息を吞んだ。

「はあああ……」

村人らの間からも畏敬の声が漏れて、結界の外がどよめいた。

すでに手を合わせて腰を折る者、自らの胸襟《きょうきん》をつかんだまま放心している者、口を呆けたように開けて目を丸くする者……。

己れはと言えば、ほんの一刹那、世阿弥が現れた時に、太刀の柄に触れようとしていたのだ。恐れか、畏れか。あまりの佇まいの静けさから、霊気が発せられているかのようである。

わずかに屈み、顔を伏せていたが、その立烏帽子がゆっくりと、何ものかに上から引かれるように上がる。

あれは⁉

鬼神面！

その瞬間、清廉な雪のごとき狩衣を着た鬼神が、我ら村の者らのために天界から降りてきてくれたかのように思えた。

「おぅぅぅ……」

村人らもさらにどよめく。

世阿弥は素のままの直面《ひためん》というのか、それではなく、黒漆箱に大事に収めていた御守りの面をかけていたのである。

立烏帽子の下でねじり上げた眉と額の皺が深く波打ち、憤怒しているかのごとく大きく見開いた眼と押し広げた鼻が、人々を威圧する。横に真一文字に結ばれた口とともに、瞋恚の色にも見えるが、違う。我らの障礙を取り払うため、潜んでいる魔を降伏《ごうぶく》する面差しなのだ。

その目から刹那強い光でも発せられたかと思った時、また六左衛門の能管が空気を切り裂いた。

たつ丸の若苗のような初々しい掛け声。鼓と樽太鼓の音がともに立つ。結界への隧道でもできたのか、世阿弥が音もなく、また揺れもせず、静かに歩んで入る。右手には神楽鈴、左手には金箔の張られた扇。

隙、がない。あの足さばき――。

七十を過ぎた老翁の体の運びを見て、斬ることを思う己れも己れであるが、立ち入る隙のなさを全身から醸している世阿弥こそが、さように思わせるのだ。だが、世阿弥は今、歩んでいる己れなる者さえ忘却しているのではないか。日の光を受けて黒々とした面の、鬼神そのものに憑依《ひょうい》している。

結界の中に入った世阿弥が足を止めた。

動かない、と思っていると、右足をおもむろに引きながら霜が降りるように体を沈め、片膝をつく。そして、ゆったりと結界に満ちる気を吸い込みつつ、神楽鈴と扇を持った両手を広げ、静かに低頭した。

そこにも、隙がない。

体を起こして、次は煙が一筋のぼるごとく、立ち上がった。両腕がまた何ものかに引かれるように上がり、右へ体を向ける。やおら左へと向きを変え、扇の左手を伸ばしたまま左へ一歩、さらにそのうねりを溜めつつ右手の神楽鈴を上げて、右へ一歩。その動きは天界から降りた鬼神が、下界の森羅万象と交歓しようとしているかに見える。

一体、あの世阿弥の動きは何か。一挙手一投足、わずかな動きも無駄なるものがない。いや……あれは、世阿弥が動かしているのではない。むしろ、四方八方の万象が引き合い、補い合うて、世阿弥が動かされながら釣り合うているのではないか。

白い狩衣の両腕を左右に広げ、直立する。六左衛門の笛、たつ丸の小鼓。その形代《かたしろ》のように立っている姿においても、世阿弥には、立っている、立とうとしている己れすらがなく、もはや一木のごとく立ち、一草のごとくなびき、あるいは、巌のごとくうずくまる。だから、隙など感じさせるわけがない。隙も、隙の無さも、必要としておらぬ。

「イヤッ、ハッ、ハッ」

何もしておらぬにもかかわらず、十全と在ると言えばいいのか。

「所千代《ちよ》までおわしませー」

突然、鬼神が結界を震わせるような太い声を出した。村人がその声の大きさに驚き、体を震わせる。いずこから、あの大地に響く雷鳴のごとき声が出てくるのか。世阿弥の小柄な体軀からは想いも寄らぬ声である。

「……われらも千秋《せんじゆう》さむらおう。鳴るは瀧の水、鳴るは瀧の水。日は照るともー」

世阿弥が神楽鈴を頭上に掲げ、前に滑らかに下ろしてくる。ひたと途中で止めた鈴を一度、二度と鳴らした。神楽鈴から溢れるばかりの豊かな種がこぼれ、砂金が宙に散るかに見える。

「天下泰平五穀豊穣」

「ヨーイッ」

「天下泰平国土安穏」

「ヤーッ」

「妙なる島に慈雨の降らんことをー。今日の御祈禱なりー」

朗々と肚に響く声で鬼神が宣い、神楽鈴がまた金の種をふんだんに宙に蒔《ま》いた。

その鈴が結界の地のあちこちに振られていく。世阿弥は左手の扇を添えた腰をわずかに屈め、足踏しつつ、西の際まで行き、また体を返す。その時、見ている己れの体まで、その動きに引かれる。鬼神とともに、東へと進んで我もが鈴を振っている。村人も皆さように思うているのではないか。世阿弥が足踏するたびに、こちらの肚にも揺れが伝わる。白い狩衣を波打たせ、鬼神が喜んで地を踏みしめているのだ。

一足ごとに、こちらの丹田が突かれるような響き……。

ありえぬ。念流の稽古でいかに踏み込みを強くしても、地に吸い込まれ、響きが伝わってくるなどありえぬこと。いずこから、あの力と重みが生まれるのか。

「ハアーッ、ウーンッ。ハアーッ、ウーンッ」

鬼神が気合の息吹と唸りを交えながら、神楽鈴を振って大地に豊穣の種を蒔いていく。鈴の音は、地に紛れ込みそうな魔を諫め、払い、四季の巡りを促すための気をも注いでいるかに見える。

配処の万福寺で静かに控えている、いつもの老翁がそこにいるなどと、いかにしたら信じられよう。

「ハッホンヤーッ！」

たつ丸と村人の小鼓、樽太鼓の囃子の掛け声が変わると、鬼神の動きが少しずつ速くなる。結界の中を早足で大きく回り、真ん中にくると、狩衣の両腕を横に広げて腰を伸ばした。その場で激しく足で拍子を取るのを見ると、大地が整うたかに思える。それを地固めして、退散させたすべての邪気をもはや寄せつけぬ。

「天の川ー、苗代水《なわしろみず》にせきくだせー、あま下りますー、神ならば神ー」

世阿弥の神楽鈴が天空真直ぐに伸びた。六左衛門の能管の幾重にも上下して揺れる音が、地を這って結界の中心へと伸びていく。

「ヨッ、ハッ!」

小鼓と樽太鼓の音の畳みかけが、足踏する世阿弥の体へと笛の音を導いて、その体の芯に通す。天へと向けた神楽鈴に抜けた時、気が遠くなりそうなほどの、能管の高い音が空へと伸びた。と、結界の縄につるされた紙垂の幾枚かが、わずかに傾いたかに見えた。肌には感じぬほどのかすかな風が出てきたのか、なびき始めたのである。

よもや……。

目を上げて、北山の頂にわだかまる白雲をにらむ。

いや、動きの兆しもない。強い日の光を受けて、隆起した雲の瘤の影を青く見せて、凝り固まっている。だが、紙垂のほとんどが旱魃をもたらす西風ではなく、己れのいる南の方へと揺れては、裏表を見せているのだ。

「ハアーッ、ウーンッ」

天空に向けた神楽鈴が霰《あられ》のごとくに音を散らせて下りてくる。世阿弥がまた腰を折って種を蒔く仕草をしつつ、結界の中を歩み始めた。

御座のあたりがうごめいて、何事かと目の端で見やると、信濃守殿や源之丞殿ら仕えの役人らが立ち始めた。

「暑うてかなわん」という声も、囃子の合間からかすかに届いた。

まだ半刻も経たぬというのに、雨乞立願能の儀式には一応立ち合うたということであるか。何頭かの馬の乱れて、蹄《ひづめ》の音を立てるのが聞こえてもくる。扇子で顔を扇ぎながら、「やれやれじゃ」と直垂の背中を見せて遠ざかる役人らから目を離すと、鬼神が結界の南西の角へと足踏しながら近づいてきた。

世阿弥のかける武張った面、妻のぬいが仕立てた真白き狩衣、世阿弥の振る神楽鈴のすだく音……それがすぐ目の前にあった。とても鬼神面の中に世阿弥翁がいるなどとは思えない。すでに、世阿弥は鬼神そのものなのだ。

「ヨッ、ヨッ、ヨッ」

角で拍をつけて、神楽鈴を振り、体を前後させている鬼神は、どんなささやかな土地でも稲を実らせるとでも言わんばかりである。

鈴の音、鬼神の声、六左衛門の笛、たつ丸の小鼓、村人の樽太鼓の音が混じり合うて、結界の中の地から、今にも一斉に豊かなる芽が吹き出してきそうだ。と、両腕を左右に広げた鬼神が神楽鈴を鳴らしつつ、足踏し、左足を大きく横に開いた。

大地に張った足の根にもかかわらず、体はさらに伸びて行こうとうねる。此度《こたび》は右足を抜いたかと思うと、左足と交差させて横へと移る。さらに、左足。さらに右足と、抜いては粘る、溜めを作った蟹歩《かにある》きの動きを見せた。

「いやー、これは！」

村人の一人が思わず声を上げて、合掌した手を盛んに振って拝んでいる。

また鬼神はぐるりと結界を回りながら、狩衣の両袖を宙で振って腕に巻き、強く足拍子を取った。

体をひねっては右の鈴を鳴らす。掲げた左手の扇を鏡に見立てて、天の恵みを返す。

鈴の穂は結界の気を囃して止まることがない。鬼神も縦横無尽に大地を巡り続ける。あの鬼神にはとどまるところがない。息差しも、発する声の響きも変わらず、さらに動きが速くなり、短い拍を取っていくのだ。あたかも結界の底から竜巻の兆しでも生まれるかのように、気が絡まり合うていく。

恐ろしいことに、この舞がすでに一刻も続いていたことに気づかぬほどに、鬼神も囃子も熱を上げ、見ている者らの血を騒がせた。

はたと我に返って、北山の頂の峯雲を祈る想いで見上げる。

まだ、何も変わらず、真っ青な空に白く凝り固まって……。

いや、違う！　北の方ではない。変わりは、むしろ真上にあった。

うっすらとした雲が覆い始めているのにも気づかず、北山の方ばかり見ていた。空を仰ぐと、さらに南側、己れの後ろの方にはさらに厚く、鉛色を兆した雲が広がっていたのだ。

「世阿弥！」

思わず声を上げてしもうたが、鬼神は気づかない。一心に神楽鈴を振り、歩みを進め、足踏しては天と地をつないでいる。

「ことわりやー、日の本ならば、照りもせめー、さりとてはまた、天が下とはー」

風は北山から吹いてくるのは間違いない。だが、雨をもたらすのは、あの峯雲ではなく、むしろ南の小佐渡の山並みにぶつかった風が、頭上に雲を作らせているのだ。

「ヤッ、ハッ、ヤッ、ハッ、ヨーイッ」

鬼神が舞い、結界を縦横に巡る。神楽鈴がふんだんに幸を注ぎ、笛や小鼓が蒔かれた恵みの種を祝って囃す。それから半刻ほどの舞が続く頃には、薄雲に日が隠れたのに気づいて、村人らがどよめき始める。世阿弥はまだ動きを止めない。

世阿弥！

神楽鈴が鳴る。足拍子が地を踏む。扇がきらめき、狩衣の袖が風をはらむ。

「……ヤッ」

たつ丸の掛け声と小鼓の拍子が狂うたと思うた。

⁉

見ると、たつ丸が小鼓を打つ手を止めて、口をあんぐり開けて空を見上げていた。

……たつ丸。

その時、妻のぬいの声が聞こえたような気がして、私も空を仰いだ。と、空を覆うように、白い更紗《さらさ》が柔らかく波を打って降りてくる。

何だ⁉

霧にも思える冷ややかな気が頬や首元を撫でる。空には巨大な布がはためいて見えて……一粒、二粒……。

まことか！

たつ丸が慌てて、小鼓を打ち始める。

たつ丸に最初に訪れた雨の雫――。

そう思うているうちに、三粒、四粒と雨の雫が来て、村人らがどよめく。乾ききった土に、雨の雫が埃臭さを立て、湿気た藁のごとき匂いを醸す。何が起きたのか分からず立ち上がる者らも、少なからずいた。

「ヤッ、ハッ、ヤッ、ハッ」

松が風に揺れる音……。松籟が結界を包み込んだと思うた。

違う。

雨の……音。雨の音が空から降ってきて、その直後、新保村人らの顔を涼やかな霧雨が濡らし始めたのである。

「世阿弥！」

鬼神はまだ舞を止めない。さらに動きを激しくして、神楽鈴をかき鳴らし、結界の中を回っている。

村人の何人かは白らの田を見に走り、また涙顔で戻ってくる。声を上げる者、腕を振り上げる者、地に額をこすりつけて合掌する者……。

松風の音のごとき雨が村を包み始めても、世阿弥はまだ舞い続け、ようやく結界の真ん中に両腕を広げて立ちすくんだ。

雨の結界の中心に鬼神が立つ。神楽鈴の音か、雨の音か。六左衛門の能管が高く長い音を気になぎらせた。

「イヤーッ！」

たつ丸の気合を入れた甲高い声。鬼神が両腕を広げながら静かに体を沈め、片膝をつく。同時に小鼓と樽太鼓がそれに合わせて、結界を締めた。

「世阿弥！」

片膝を立てて下についた世阿弥の体が、わずかに揺らいだかに見える。と、扇を地に落として、よろめき、腰をついた。

「世阿弥！」

思わず己れも結界をまたいで、内に躍り込み、世阿弥のもとへと駆けつけた。もはや鬼神ではない、雨に濡れた翁が、地に倒れ込もうとしている。かような長き刻を舞い、足踏し続けたのである。いかに頑健な体を持つ若者とて、まずこなせなかったに違いない。私は世阿弥の痩せてくずおれそうな体を抱き支えた。

「世阿弥殿！　大事ないか！」

雨を受けて濡れ光る黒い鬼神の顔が、わずかに上がる。もはや呪力を発していた憤怒の面ではない。私はあわててその紐を外した。面の中から憔悴《しょうすい》した世阿弥翁の顔が現れ、その落《お》ち窪《くぼ》んだ目からは、雨とは違うものが流れている。

「世阿弥殿ッ。そなた……泣いておるのか」

世阿弥の虚ろな目がゆっくりと上がって、私を見上げ、皺ばんだ口元にかすかな笑みを浮かべた。

「……朔之進、様、こそ……」

世阿弥の言葉に、手の甲で己れの目頭を拭うたが、涙も雨も止まらぬ。

「……朔之進様……。私は……この面を、かけて……、嬉しうて泣くとは、思いも、よりませなんだ……」

「世阿弥殿……」

何度もうなずいて、雨に濡れた老翁をしかと抱きしめた。

第六章 惜しむとて

一

静かに降り続く雨の音に混じって、時々、遠く北の方から雷鳴の籠《こ》もった音が聞こえてくる。

神霊な出来事なるものが、まことに現《うつつ》に起こってしまうものなのかと、昼の世阿弥による雨乞立願能を思い出しては、ぬいの位牌に手を合わせた。

あの凄《すさ》まじいほどに念を集中させ続け、舞うてくれた世阿弥は、万福寺に運び込まれた時には、すでに気を失うていた。雑太の村の医者が床の中の世阿弥の脈を取り、唸っていたが、危ないというのではなく心の臓の強さに驚いていたらしい。能役者として長年の稽古で鍛え抜かれたゆえなのであろう。凡の者なら、とうに命を落としているとも、医者は言うた。

数日の安静は必定だが、少しずつ漢方の粥などを食していれば、おそらく回復するであろうとの事であった。長い刻、小鼓を打ち続けたたつ丸も、右手に膏薬《こうやく》を塗られて手ぬぐいを巻かれたが、磯松屋の親御が来てくれた嬉しさに、痛みも疲れも飛んでしまったようであった。

世阿弥を初め、六左衛門やたつ丸、村人の囃子方らには、感謝してもしきれぬ。命懸けで能をおこない、しかもまことに雨を降らせてしもうた。闇の中に降り続く雨音に耳を澄まし、慈雨なる言葉を噛みしめる。軒先から溜まりに落ちる水音さえも、何やら童らが楽しう遊んではしゃいでいる声のように聞こえた。

「……ぬい。おまえの心をこめて縫うてくれた、狩衣のおかげでもある」

雨の降り始める刹那に、空からぬいの声が聞こえたのを思い出し、再び合掌して深く祈る。世阿弥が舞の途中で歌うた和歌は、やはり、ぬいの口から聞いたことがあった。

天の川苗代水にせきくだせあま下ります神ならば神……。

神様、どうか天の川から苗代水を堰《せ》いて、この地に降らし、流してくださ い。天から下り、雨を降らせる神ならば、どうか。確か、能因法師。

もう一つの歌は、小野小町の、ことわりや日の本ならば照りもせめさりとてはまた天が下とは……。

日の本という名の国なのだから日照りがするのももっともであろうが、また、この国は天が下とも言うのではないか。雨が下なら、雨も降るはず。

いずれも雨を願う歌であるが、世阿弥の抑揚をつけ、魂を込めた謡いぶりは、天上へと昇る龍神のうねりをも想わせた。

この雨で田の稲苗も勢いづいて、秋には黄金の穂を豊かに実らすはずである。村人たちも今頃はささやかな宴でも開いて、雨を祝うているかも知れぬ。

「ぬい……。感謝申し上げる」と、もう一度手を合わせて拝んだ。

翌日、万福寺に出かける折、田の方も見てみたが、降る雨をよう土が吸い込み、潤い、すでにたっぷりと水を張っていた。生き返った稲苗の間を雨の波紋がおびただしう立って、田が喜んでいるようにも見える。北山は雨に煙って頂は霞んでいるが、霊峰の力も助けてくれたのであろう。雨の雫が垂れ落ちる綾笠《あやがさ》の庇《ひさし》ごしに瞑目し、合掌した。

万福寺を訪ねると、六左衛門が微妙な面差しで渡殿を小走りでやってくるのが見えた。世阿弥の容態に何かあったのか。

「六左衛門殿、世阿弥殿に何か!?」

そう尋ねると、六左衛門がしかめていた顔のまま、意外な風に眉根を開いた。

「殿、とはまた、何やらおかしうございましょうが、朔之進様」

思わず六左衛門をそう呼んでいた己れがいた。

「いや、あのような凄き笛を吹くお方とは知らず……感服いたしたのだ。あらためて、この雨を降らせていただいたお礼を申し上げる」

六左衛門が片方の眉だけ弓なりに上げて、目の端でこちらを見ていたが、その目尻が柔らこうなってから、はたと思い出したのか、また顔をしかめて見せた。

「世阿弥殿に何かあったのか」

「いやー、まだ寝ていなきゃならんのに、無理に起きようとされて。ほんに聞かん翁でございます。朔之進様にお借りした狩衣を清めねばならぬ、言うて。おとよにでも頼めばいいものを……」

その言葉を聞いて、慌てて手ぬぐいで足元を拭い、世阿弥の房へと急いだ。

世阿弥は布団の上に力なく正座していて、衣桁に吊るした泥のついたままの狩衣をぼんやり見つめているところだった。

「世阿弥殿！」

「……ああ、これは、朔之進様……」と、世阿弥が体の向きを変えようとして、よろめいている。

すかさずその痩せて憔悴した老軀を支えた。

「無理をしてはならぬ。あの長い刻にわたる雨乞いの舞、誠に、誠に、かたじけなく、心より感謝申し上げる」

世阿弥の半身が少しは定まったのを確かめてから、一つ後退《あとずさ》り、両手をついて低頭した。

「かような慈雨を降らせていただき、村人らにも代わってお礼申し上げる」

「……朔之進様、やめてくだされ、さような礼には及びませぬ。私の方こそ礼を申し上げねばなりませぬ」

「世阿弥殿……」

「かような老翁が舞い続けられたのも、この……朔之進様の、狩衣のおかげでございます。……不思議なことに、馬手の方も弓手の方も、誰かに支えられているような気がいたしました。それをかように も汚してしもうて……」

世阿弥が落ち窪んだ目を緩く動かして、また狩衣の方にやる。瞬きの穏やかさや胸元から覗いた骨の起伏は、やはり年老いた翁そのもので、昨日の鬼神を演じた者とはとても思えぬ。であるからこそ、むしろ、この世阿弥の極めた芸道の力に圧倒される想いがした。

「狩衣のことなど、気にされるな。世阿弥殿、どうか、ごゆるりと休んでくだされ」

「朔之進様……」と、世阿弥がこちらに眼差しを戻すと、皺ばんだ唇に笑みを溜めている。

「昨日から、私のことを……。かような流人に、殿、はおかしうございます」

自ずと世阿弥をそう呼んでいる己れに気づいてはいたが、間違うてはおらぬであろう。雨が降らなんだら……「分からぬ」と答えるしかなかった己れの心の内まで読んで、覚悟の上で舞うてくれたのである。

「いや、世阿弥殿は、世阿弥殿である。守護代信濃守も、必ずや室町公に昨日の雨乞立願能をお報せ申し、世阿弥殿の帰洛を早めてもらうことになろう」

世阿弥は表情を変えぬまま、わずかに目を落として聞いていた。

いかほどにか、都や大和が恋しかろう。清瀧宮では雨乞いはやっていないと言うていたが、大和の興福寺では世阿弥の観世座を含めた四座で行うたと聞いた。昨日ほどの凄絶《せいぜつ》なほどに念を込めた雨乞能を、都の方でやっていたかは分からぬが、老翁の脳裏に様々なことがよぎったであろうに……。

「されば、私はこれにて失礼するが、くれぐれも体を休めてくだされ、世阿弥殿。また、明日、参る」

二

万福寺を後にして、すぐに向かったのは、国人の源之丞殿の屋敷である。ぐっしょりと濡れた蓑《みの》や綾笠を玄関外に置き、式台前で片膝をついて待った。座敷に通されたのはしばらくしてであったが、源之丞殿はかなり上機嫌である。

「おう、朔之進、朔之進。昨日の雨乞儀式、大儀であった。かように、まこと、雨が降ってくれるとは、有難いことである」

「はっ」と畳に両手をついて低頭する。床の間の香炉から白檀であろうか、焚《た》いた煙の甘い香りがして、それでも私を屋敷に迎えてくれた源之丞殿の気遣いには、感謝せねばならぬのであろう。

「これで村の年貢も無事であるな。どうだ？　わしの雨乞いの思いつきが功を奏したであろう？」

「まことに雨が降ってくれて、有難いことでございまする。世阿弥元清の雨乞立願能と村人らの協力のおかげでございます」

「うん？」と、源之丞殿の声が聞こえた気がして、頭を上げると、憮然とした面差しで私を見ていたが、またすぐに相好を崩す。脇息《きょうそく》に体をあずけ、しきりに扇子で扇いでは、その扇子の先を何度もこちらに向けてくる。

「なあ、朔之進。雨乞いなどということを思いつき、また降らせたとなれば、信濃守殿はむろんであるが、室町公も、何がしかの恩賞をの……」

扇子で扇ぐたびに、香炉からの煙の筋が止まっては乱れ、止まっては乱れる。

「はっ。是非とも、世阿弥元清の尽力を室町公様にお伝えいただきたく、お願い申し上げまする」

香炉の煙の筋の乱れが止まって、静かに床の間にくゆる。

「朔之進……そなた、何を言うとる。あの流人は斬られずに済んだだけでも、十分な褒美であろうが」

思わず耳を疑って、私は源之丞殿のまた扇子をはためかせる姿を見やった。源之丞殿は脇息にあずけた体を前に傾けて、わずかに声をひそめながらも念を押すように言う。

「朔之進……。そなた、信濃守殿にの、再度、雑太惣領本間家国人本間源之丞の仕切りによる、雨乞立願能の成功を祝うて欲しいいうての、いや、まことの祝いなどはいらぬのだ。お耳に入れるだけでいい」

「ならば、世阿弥殿はどうなりまする！　あのように命懸けで……」

「おい、朔之進、今、何と申した？　そなた、流人に殿と言うたか」

自ずと口にしてしまった。

「うん？　朔之進？　義教公のお怒りを買った流人に、殿、言うたか。それがいかなることか、分からぬそなたではあるまいに」

私は固く目を閉じて、一拍の間、丹田に気を押し込める。もう一度、畳に両手をついて額をこすりつけた。

「どうぞ、世阿弥元清の帰洛を早めてくださるよう、信濃守様をお通し召され、室町公の方にお伝え申し上げくださいませ」

閉じた扇子を何度か手にでも打ちつけている音がして、衣擦れの音が立った。

「さてさて、赦免の駆け引きとして能を舞うた罪人がおって、それをまた、殿と言うて帰洛の手筈を整えようとする役人がおるか……。いかに見ても、これは大樹室町公様に弓を引くようなものじゃが……。困ったのう。朔之進を助けたいのう」

それを聞いて、私は右脇に置いた太刀を引っつかみ、雨の降る外へと飛び出した。もはや、綾笠や蓑をつける気もしなかった。霊峰北山の方から龍神の唸るような雷鳴がかすかに聞こえてくる。

この雨を……この雨を、誰が降らせたと思うておるか。

――惜しむとて惜しまれぬべき此《こ》の世かは身を捨てゝこそ身をも助けめ

三

すでに雨乞立願能から三日が経とうというのに、まだ四肢に力が入らぬ。飯をいただこうとして立ち上がれば呻きの声が漏れ、厠に行こうとしてよろめく。目や歯が弱うなってきたのは年々覚えがあるが、かほどに老いなるものが響く体になってしもうたのか。

「世阿爺、おれの鷺はどうら？　うまくなった？」

縁側で「鷺」の仕舞を見せるたつ丸は、すでに膏薬を塗っていた右手から布も取れ、まったく雨乞いの長い刻にわたる小鼓打ちを引きずっておらぬ。わずかに右手の爪が紫色になっているくらいで、本人は「痒《かゆ》いだけらっちゃ」と言うているのだ。慈雨を受けた稲苗のように、乾きなどすでに忘れ、ぐんぐんと育つ。痛みや疲れよりも、育ちの力が勝って、一皮も二皮も剝けよう。

「もそっと、肘を張ると、よけいにいい」

そう言うて、布団に座ってサシコミの右手を上げれば、真綿を引き裂くような軋《きし》みが肘や肩にくる。老いに苦笑しつつも、自らが『風姿花伝』の「年来稽古條々」で書いたではないか、と思う。

――この頃《ころ》よりは、大かた、せぬならでは手立《てだて》あるまじ。「麒麟《きりん》も老《おい》ては土馬《どば》に劣る」と申事《まうす》あり。

もう五十歳も過ぎれば、何もするところはない。しない方が良いのだ。いかなる麒麟といえども、無理をしてあれこれやれば、駑馬《どば》にも劣る、と。

だが……。

――まことに得たらん能者ならば、物数はみな〳〵失せて、善悪見所は少なしとも、花は残るべし。

真に堪能《たんのう》の能者ならば、演じることができる曲もなくなってしまい、良かれあしかれ、見どころが少なくなったとしても、美の真髄である花は残る。

たつ丸の立つ縁側のむこうには、雨もだいぶ落ち着いて、老松が緑を濃くして庭が点々と雫を光らせている。六左衛門が言うには、井戸の水も一回で二回分汲めると妙なことを言うて笑うていたが、この佐渡の地にも潤いの雨が十分に染みとおっていることであろう。

「……しんびょおしんびょお、はなせやはなせと、かさねて……」

枝葉少なく老木になるまで花は散らで残りし、父観阿弥の最後の能……。まことに得たらん能者であった父……。

その形見である鬼神面を、三日前の雨乞立願能でかける時、已れは都を想うて面の中で涙を流すのではないかと、心が揺れ動いたのである。よもや雨乞いのために父の形見の面をかけるとは、思うてもみない。

それが、たつ丸の懸命な小鼓や、六左衛門の命を懸けたような能管、村人の囃子方、必死に祈り続ける村人たちの力で、まことに奇蹟の雨が降った嬉しさ……。その嬉し涙で面の内を濡らすとは、この已れ自身さえ信じられないことであった。

「……放せばこの鷺。こころうれしく飛びあがりー……」

「翁」の「三番叟《さんばそう》」に、雨にまつわる歌を入れつつ、天と地との間に満つる気を一身に引き受けることなど、神の怒りを買うことになりはせぬか。

そう思うてはいたが、結界の中に入ったとともに、已れが消えた。舞い続け、途中、何度か気を失いかけたというても、何者かが支えてくれたのである。老いさらばえた身とはいえ、森羅万象と結ばれ、生かされているのでなければ、すでに黄泉に渡っていたのではあるまいか。まことに過酷な能であったにもかかわらず、すべての助けによって、なんとかこなせたのだ、としみじみ思うのである。

「……心うれしく飛びあがりて、行くへもしらずぞ、なりにける―」

雨乞いの夜は、元雅の扇の入った位牌仕立ての竹筒と、朔之進殿から借りた越後布の狩衣を何度も拝んだ。

朔之進殿は……おそらく、自らの首を懸けていたのであろう。雨が降らなんだら、と己れが聞いた時に、「……分からぬ」と一言漏らして、目頭を涙で光らせていた面差しが忘れられぬ。

「そうじゃ、たつ丸、六左衛門はいかがした?」

六左衛門は雨乞能があってから、朔之進殿がさような悪いお侍ではなかったとにわかに言い出したのだが、何があったのか。村人のために奔走した朔之進殿の心に打たれたということか。あれだけ、気に入らぬ、気に入らぬと申しておったというのに、掌《てのひら》を返したかのごとく、「あの朔之進殿なるお侍は、能が分かっておりまする」とも言うたのである。

「え?」と、ヒラキの両腕を止めて、たつ丸がこちらを向く。

「六左衛門様は、村の人たちに、はやしを教えにいく言うてた。大つづみ? があればなあ、言うてたよ」

雨乞いの時に、囃子方をつとめてくれた村人に、教えにいったのか。田植え歌や村祭にしか小鼓や樽太鼓を叩かぬ者たちであろうが、ほんによう頑張ってくれたものである。大鼓がまだ佐渡の地には入っていないようで、できれば締太鼓《しめだいこ》とともに都から取り寄せたいものだが、流人の我が身が所望するわけにもまいらぬ。

「大鼓、のう。あれも、カーン言うての。樽太鼓よりも、鋭く乾いた、いい音がするのじゃ」

「世阿爺は、ほんのきに、おれの小鼓、いかった？」

「おうおう。それはそれは見事じゃった。龍神の打つ小鼓は、さすがに違うわいと思うた。たつ丸の小鼓のおかげで、雨が降ったのであるからの」

そう言うと、たつ丸が目を輝かせて、また直立したまま何度もその場で跳ね上がる。

「たつ丸の父御も母御も、いかほどにか嬉しかったやらのう」

「とうちゃんもかあちゃんも、泣いてたれや。おれの文を持ってきたすけ、もう一回、おれが読んで聞かせたっちゃ」

たつ丸の言葉に胸の奥が温こうなって、雨の庭がさらに滲む。かような有難い配処での暮らしがあろうなどと、都を出る時にはつゆとも思わなんだが、これも万福寺本尊の薬師様のご加護でもあるか。伏せってばかりもいられぬ。後で本堂の薬師様にお礼に上がらねばならぬ。

「たつ丸、ご住職様に、後で薬師様にお参りに上がります、と伝えといてくれんかのう」

「はいー」と、たつ丸は縁側の廊下を両足で飛び跳ねながら、本堂の方へと行く。丸餅のような白い小さな踵《かかと》が、愛らしい。

放せばこの鷺、こころ嬉しく飛びあがり……。

たつ丸もすぐに大きうなって、いかなる空に羽ばたいて行くことであろうか。

四

小袖に着替え、ほつれた白髪を整えて、本堂にゆるゆると向かった。

何やら体の内に洞でもできたようで、風が通り抜けるかと思える。だが、軋みながらも骨の節や番《つがい》が少しずつ結ばれる覚えがあって、もう直《じき》に元に戻りそうである。年季の入った磨き抜かれた廊下を渡っていくと、佐渡杉の葉で作った線香であろう、清浄な香がふくらんでくる。降り続く雨の湿りを収めてくれるかのようで有難い。

開け放たれた障子戸越しに境内の方に目をやれば、雨もだいぶ落ち着いて、外からも慈雨に洗われた緑の気が入り込んでくる。伏せっていた肺腑に清らに沁み込んでくるかのようだ。はるかむこうの大佐渡の山並みに、雲が低く垂れこめて、谷戸の方まで白く煙って降りているが、上の方の雨空はだいぶ明るくなってきたように思う。

本堂に入る前に懇ろに合掌して、香や灯明の煙で長年いぶされた外陣に歩を静かに進める。と、礼盤横の脇間《わきま》の薄暗がりに人の姿があった。

すでにご住職が参られていたかと思うたが、燭台を一心に磨いているその後ろ姿は、阿弥衣《あみぎぬ》の屈強な背中に青々とした坊主頭の、まだ若い僧と見えた。島内の古刹を回る托鉢僧が、万福寺に寄って礼拝に参ったのであろう。

「……失礼いたしまする」

面を伏せて合掌したまま外陣の床に正座すると、内陣で切るような衣擦れの音がした。おもむろに顔を上げると、その雲水と目が合う。相手も目を見開いていて、手にしていた燭台を置くと、素早く脇間を通って私の前に正座した。

「あなた様は……！」

「……世阿弥殿」

「さ、朔之進様……！」

剃髪《ていはつ》したばかりの頭は鉛のように青いが、その下の精悍な眉と真摯な眼差しは、まぎれもなく溝口朔之進様……。

一体、これは……。

己れは、いまだ床に臥《ふ》せていて夢でも見ているのかと、かすかに眩暈を覚えた。あまりの驚きに言葉を継げずにいると、もう一度朔之進殿が両手をつき、剃《そ》り上げた額を床にこすりつけるほどの深いお辞儀をした。

「今は、了隠《りょういん》と申しますのじゃ」

背後からしわがれた声がして、振り返ると、ご住職の劫全和尚が本尊の薬師如来像に手を合わせ、本堂に入ってきた。

「ご住職様、これは……」と、まだ私は呆気に取られていて、朔之進殿と住職の顔を互いに見るほかない。朔之進殿の剃髪の意が分からない。一体、何事があったというのか。

「世阿弥様、さぞかし魂《たま》消《ぎ》えたことでございましょう。ほんに、朔之進には、幼い頃より煩わされておりますて」

住職が皺ばんだ口元を大きく開けて、蜆《しじみ》の貝殻のような味噌っ歯を覗かせる。

「二日前の深更に、いきなりずぶ濡れの姿で現れおって、髪はざんばら。髻《もとどり》を落としておりました」

「……髻を……」

住職は笑っていた口角を広げると、今度は顔をしかめて眉間やら目尻におびただしい皺を寄せた。

「住職、俺は得度する、と申すのです。何があった、と聞いても、言うても無駄じゃ、言わねばならねば、首を掻き切るとか言うてのう」

二日前の深更……？

まるで気づかなかった己れが情けない。ほとんど気を失うかのごとく臥せっていたせいで、日にちの覚えさえない有様である。二日前といえば、朔之進殿が見舞いに来てくれた翌日のことではあるまいか。村に雨が降った喜びに、満面を輝かせていた朔之進殿の面差しが蘇る。

「惣領本間家の前途ある家臣が、何を思うての得度じゃ、と、わしも何やら、朔之進の甘えにも思えて、ようよう腹が立ってきましての。……だが、この男は、昔から、聞かん子で……」

「世阿弥殿！」

いきなり、朔之進殿がご住職の話をさえぎり、また、坊主頭の額を床にこすりつけた。得度後の僧としての挨拶というよりも、何やら己れに謝りたいかのごとくなのである。

「朔之進様……あなた様は何を？」

「もはや朔之進ではありませぬ。了隠でございます。どうか、某をお許しくだされ」

「……了、隠……様」

出家したと言うても、昨日今日の話。その口ぶりに侍言葉が残るのが、不憫にもけなげにも思えて、私は目を伏せて朔之進殿の床についた武骨な手を見つめた。やはり、血の道が幾重にも浮き出て、節くれた頑丈な手は、侍のもの。

「朔之……いえ、了隠、様。あなた様を、許すも何も……」

「先日の雨乞いの御入願により、世阿弥殿のご帰洛が早まろうとの言《い》い契《ちぎ》り、誠に某の力不足によりて、叶わぬことになるやも知れず、まったくもって詫びようもなく、命に代えねばならぬほどのこと。まずはそれを……」

この侍は、いや僧は、何を言うているのであろうか。確かにさようなことを口にされていたかの覚えがあるが、聞き捨てていた。

「……了隠様、私にはさような望みなど、さらさらございませぬ」

「本間信濃守泰重殿、ならびに大樹室町公様にも、書状をしたため、事の次第をすべてお報せ致し、血判と髻を添えさせていただき申したが、いかになるか分かりませぬ」

住職が渋い顔をして、皺ばんだ手を宙で振り、目の端で私を確かめるようにしている。今度は私も自らの目尻に思わず笑みが煙ってくるのを感じた。

「これ、朔之進。おまえ、出家したにもかかわらず、その声差しはどうにもならん。もそっと、こう、柔らこうならんか」

朔之進殿の頑なさに、住職が困り果てた顔を見せて、逆にこちらは唖然としていた心持が、それでも少しは軽うなる。

「されど……」

——いとへども猶ながらへて世の中に、うきを知らでや春を待つべき
水枯れした田んぼの脇で、朔之進殿が九条道家の順徳院への返歌を口ずさんでくれたのを思い出

す。

「了隠様、とお呼びいたしましょう。了隠様……、さらば、ゆるりと帰洛の赦《ゆる》しを待ちながら、この老翁は佐渡の豊かな四季を味わいとうございます。ゆるり、ゆるりと、いつまでも……」

「世阿弥……殿……」

朔之進、了隠殿の頭がようやく上がって、またもう一度深い息を漏らしながら、額を床にこすりつける。

「了隠、というのは、いかなる法号でありましょう」

住職の顔を見やれば、すでに満面に笑みの皺を寄せて、孫でも見つめるような眼差しを朔之進殿に向けている。

「覚《さと》り知るの、了。隠棲の、隠。……惣領本間家で何があったか分からぬが……有象無象の成り立ちを知りて、それを断ち、世から隠れてみれば、より広い安らぎが見えた、ということになりましょうか。のう、了隠」

顔を上げた朔之進、了隠殿の目が潤んでいたが、形のいい頭といい、墨染めの阿弥衣といい、中々様になっている。

出家……。

まだ若い平敦盛の首を泣きながら掻いた熊谷《くまがい》次郎直実《なおざね》などの、武士が殺生を悔やんで出家した曲を已れはいくつも書き、また都でもさような侍を見てきたが、了隠殿もまた思い切ったものである。

いかなる僧になるのであろうか。早くに亡くなられたという奥方や親御の弔いにも、良かろうかとも思うてみて、了隠殿の僧衣姿をもう一度見る。

「おう、雲透きじゃ」

劫全住職の声に振り返れば、本堂の廂のむこう、空の雲の間から日の光が一筋降りているのが見える。

「仏の階《きざはし》でございますな」

これで雨も落ち着くであろう。境内の佐渡杉や栢槇の樹々から鳥のさえずりが聞こえて来たかと思うと、北の空を朱鷺が二羽ゆったりと横切っていく。

「しばし、田の方を見て参りまする」

了隠法師はやはり村人の田が心配らしい。ご住職と目を合わせ、また明るんできた空を見上げた。

五

北山の峰々や谷にはまだ薄墨色の雲がわだかまっていたが、雨も上がって、見ぬ間にさらに伸びていた稲苗が風にそよいでいた。若苗の頃よりも腰が強うなって、たわみ方にも力があるように思える。田んぼの水も満々とさざ波を立て、水路にも水が勢いよく流れていた。

「ああ、このように、水が湛《たた》えられて……これからすくすくと稲も育ちまする」

了隠殿が田んぼを見晴るかす目に光を溜めて、口元をほころばせている。了隠殿はかような穏やかな面差しもするのか、と私もまた田の広がりに目をやった。鮮やかな緑の稲が波を打って、小魚の群れが膨らんでは縮む影のようでもあり、所々大きな蛇が田の中を走るかのようにも見えた。目の奥を慰撫する緑の色と雫のきらめきに、老いた体も澄んでいく心地がする。

「これも、ひとえに世阿弥殿の雨乞能のおかげです」

見れば、また剃り上げたばかりの青い頭を下げている。阿弥衣から覗いた頑健な首元には、僧というよりもやはり武士の気配が残る。

「いえ、誠に、これは、朔之進様、いえ了隠様と村の方々のご尽力あってのこと。そして、あの……霊峰北山のお力でございます」

了隠殿がまた眼差しを山並みに戻して、目を細め、阿弥衣の袖を上げた。

「北山、金剛山、檀特山《だんとくさん》……と、修験道では三山駆けを行うているようです。私らは、幼子の頃、七歳になると、必ず北山に登り、儺木《なぎ》を摘んで祝うお山参りをやったものです」

「儺木……神の木と言われる石楠花《しゃくなげ》、でございますな。それは美しう儀でございます」

純白や躑躅《つつじ》色の可憐な花を、幼い頃の了隠殿がいかなる顔で摘んだのか、と微笑ましうなる。少し前までは、この出家した男が童の頃のことを話してくれるなど想いも寄らなかった。

「了隠様……、流人の私が申すのも無礼な話でございますが、私もちょうど六十を迎えた時に、大和の補巌寺という禅刹で、出家いたしております」

了隠殿の目元には何の動揺もない。

「法号は至翁善芳《しおうぜんぽう》でございます。一座のことも含め、すべて世事は息子に任せて、老いたる者は何もしないのが、世のため人のため。少な少なに、と」

「少な少な、か……」

「ですが、その長男もにわかに旅先で逝ってしもうて……」

了隠殿の目の際がわずかに硬うなって、眼差しが合うと静かに伏せた。

「……あの、世阿弥殿の房にあった箱の中……、位牌仕立ての竹筒がありました」

「はい……。長男元雅の使うていた扇が入っております」

小さくうなずくと、了隠殿は阿弥衣の袖をかすかに脇に払って合掌してくれた。その静かで自然な佇まいに、若くして亡くなられた奥方様の次に、元雅が仏果を得させていただいた気がして、こちらも手を合わせて答える。

「……して、了隠様の御出家は……、己れの雨乞立願能が……」

大きく息を吸うて、了隠殿は眼差しを田んぼのはるか先にやる。

「いいえ。それはまったく関わりなきこと……。私には、歌が……」と言いかけて、かすかに息を漏らして口元を緩めた。

「歌が、聞こえてきたのです。……惜しむとて惜しまれぬべき此の世かは身を捨てゝこそ身をも助けめ……」

惜しむとても、真に惜しむべきこの世であるのだろうか。むしろ、身を捨ててこそ、己れとなれるのではないか。

「……西行……」

平安の後期に、鳥羽上皇に北面の武士として仕えたが、若いうちに出家して行脚《あんぎや》しながら仏道を修行した歌人。私はもう一度あらためて、了隠殿の法衣姿を見つめ直した。

「阿弥衣がようお似合いになられております。了隠様、少な少なにするからこそ、見えてくるものが無量になりまする。よう見えてまいるものでございます」

そう申すと、了隠殿がいきなりこちらに体を向けて、強き眼差しで見据えてくる。

「世阿弥殿、お願いがございまする。某にも能を教えてくだされ。いえ、教えていただけませぬか」

　あまりの頓狂な申し出に虚を突かれたままでいると、さらに目を見開いて言うてくる。

「たつ丸と同じように、私にも教えていただけませぬか」

「私などが、了隠様に能を教えるなど、とてもできませ……」

　その時、田を渡る風に乗って鳶《とび》のような鳥の鳴き声が聞こえてきたかと思うたが、すぐにも高く透徹した笛の音と分かった。

　能管……。

「あれは……六左衛門殿の笛ではありませぬか」

　了隠殿がわずかに片方の眉を上げて、耳を澄ましつつ目の端で音のする方を探っている。

「あの、祠《ほこら》の方からのようです」

　東の方の田んぼの中に、こんもりと森のごとき小さな島が浮いていて、その中に祠があるのであろう。大和の土地に馴れた目には、墳墓とばかり思うていたが、目を凝らせば小さき鳥居が見えるようでもある。

「そのようでございますな」

　風にまぎれて時々笛の音が途切れて届くが、「序之舞」を吹いているようである。

「六左衛門殿の笛は、雨乞能でも見事なものでした。少し覗いてまいりましょう」

　了隠殿が阿弥衣の背中を見せて畦道を歩き出す後を、私もおもむろに追った。六左衛門はたつ丸が言うたように村人の囃子方に教えているのだろうが、「序之舞」とはまたなんと美しく、厳かな曲を吹いていることやら……。

興福寺で己れが「井筒」を舞うた時に、六左衛門が猿沢の池の面や松の木々までも酔わせるがごとき「序之舞」を吹いて、見所一同を陶然とさせたのを思い出す。

「私は六左衛門殿にも、あの笛や囃子を習いとうございます」

了隠殿は一間ほど左後ろを歩く私の位置を分かっているのであろう、左の目の端で語りかけてくる。武人の隙のなさが染みついているのであろうが、まさに私が座の者に説き続けた「目前心後」、目を前に見て、心を後ろに置け、のままである。

面白いと思うて、畦の右に静かに移れば、「心が澄んで、何かが降りてくるような心地さえしまする」と右の目の端で私を確かめる。広い肩の力は抜けているが、体の芯を揺らさずに歩みを運ぶ後ろ姿……。己れが了隠殿の敵の侍でもあったならば、とても太刀を振りかざす勇気など持てぬであろう。

――目前左右までをば見れども、後姿をばいまだ知らぬか。後姿を覚えねば、姿の俗《しょく》なる所をわきまへず。さるほどに、離見の見にて、見所同見と成《なり》て、不及目《ふぎゅうもく》の身所《しんしょ》まで見智《けんち》して、五体相応の幽姿をなすべし。

『花鏡』で私が書いた離見の見は、舞のことだけではない。明け暮れの所作においても、自らの目の届かぬ所の動きを心で見ねばならぬ、ということである。了隠殿は、念流というたか、兵法の稽古でそれを自ずとつかんだに違いない。

「やはり、祠でございますな」

六左衛門の笛はふだんよりも色をつけて、上下に細かく揺らすように吹いている。また高き音の息を控えめに、低き音はかすれを入れてもいた。六左衛門が得意になっている時の吹きようで、村人たちの前でいかなる面差しで吹いているのやらと、こちらも苦笑してしまうではあるまいか。

と、前を歩いていた了隠殿の足が止まった。

「世阿弥殿……」

了隠殿の声が囁《ささや》きに変わって、左手の袖で私の歩みを制してもいた。

「これは……邪魔をせぬ方が、よかろうかと思いまする」

何を言っているのかと、了隠殿の顔を見上げれば、わずかに目尻に笑みが煙ってもいる。佐渡杉の枝の影が覆いかぶさった小さな鳥居のむこうに、目をやると……。

奥の祠の階に座って能管を真剣に吹いている六左衛門と、その下で笛の音に聴き入るおなごの姿があった。

「……あれは……おとよ、さん」

芥子《けし》色の帷子《かたびら》に、青藤色のかけ湯巻をつけたおとよさんが、六左衛門の足元の段に座って、小首をかしげて聴き入っているのが見えた。ふだん頭に桂巻している白布も取って、黒髪を見せている。

私は了隠殿に眼差しを送ると、「そのようでございます」と答えて、二人して音を立てぬよう静かに後ずさって、また畦道を戻り始めた。

「……かれ果てむ後《のち》をば知らで夏草の深くも人の思ほゆるかな……。六左衛門殿は、いつ都にお戻りになりましょうか」

いずれは別れてしまうかも知れぬというのに、夏草が秋に枯れるのも忘れて繁るように、先も思わず恋をしてしまった。凡河内躬恒《おおしこうちみつね》のさような歌を口ずさんだ了隠殿に私は笑みを返し、また田んぼで風に揺れる稲に目を移した。

「都の舞台で、いち早う笛を吹きたいことでございましょう。されど、今は……津の国のなには思はず山城のとはにあひ見んことをのみこそ、かもしれませぬ」

『古今集』のよみ人知らずの歌……今は何も考えたくない、ただあの人と永遠に逢うことのみを思うばかり。

了隠殿も唇の端に笑みを溜めると、二、三度うなずいてから、大きく息を吸った。

「世阿弥殿。それにしても、かように、出家が己れを心広きものとするとは、思うてもおりませんでした。何やら、この佐渡の景色が、新しう生き生きと見えまする」

了隠殿の晴々とした面差しを見て、私も心が温こうなってうなずき返した。背後の祠の森からは、六左衛門の心をこめて吹く笛の音が流れてくる。これは興福寺勧進能の時よりも、出来の良い音かも知れぬと思うた。

六

炎熱の日が続いて、田の稲も穂ばらみしてきたようである。

境内や裏の庭には蟬しぐれがうるさいほどに満ちて、時々、笙《しょう》の音を幾重にもしているのではないかと惑わされるほどである。

北海とはいえ佐渡の夏の暑さはうだるほどであるが、夕刻になると嘘のように涼しい風が古刹を通り抜けていく。都では夜となっても暑さが地に籠もっていたものだが、国仲平野を吹き抜ける潮風のせいであろう、まだ暮れぬ畦をそぞろ歩きしたい気分にもなる。

「世阿爺、ひらがなも、ぜんぶおぼえたっちゃ。こんどは漢字ら」

蚊遣火《かやりび》の煙を佐渡の竹だけで作られた団扇でゆるりと扇いでいると、本堂の方からたつ丸が足音高くやってくる。

「ほう。たつ丸は、もうひらがなも覚えたのか。どれ、こつづみ、と書いてみぃ」

皺だらけの掌をたつ丸の前にかざすと、短かな人差指で「こー、つー、づー、み！」と掌の盆をくすぐってくる。

「ほう、書けるのう。次は、まんぷくじ、はどうじゃ」

「まー、んー、ぷー、くー、じ！」

「ふ」の字があまりうまく書けていないが、この、四、五日で覚えたのであるから、立派なものである。なにより、たつ丸の指先の皮が厚くなって、小鼓の稽古も真剣にやっているのが知れた。雨乞立願能で必死の想いで小鼓を打ったせいで、爪が紫色に変色し、中指など爪が剝げ、新しいものに生え変わったほどだ。

昨日は磯松屋の父御が万福寺に訪ねてきて、海の幸を置いていってくれたが、たつ丸はさぞかし嬉しく、また安心したであろう。「鷺」の仕舞を見せて得意になっていたが、涙ぐんでさらに喜んでいたのは父御の方である。杉の葉を敷き詰めた網籠に、するめ烏賊《いか》の一夜干しや岩牡蠣などを入れて持って来てくれたが、磯松屋の主も寺の住職の不殺生戒《ふせつしょうかい》の解釈は分かっているのであろう。

「了隠、いいか、不殺生戒は守らねばならぬ」

今は、百姓の納戸に仮住まいしている了隠殿も、日ごろ質素な食しか取らぬのであろう、岩牡蠣に童のごとく目を輝かせていたが。

「だが、三種浄肉《さんしゅじょうにく》、いうての。これらは我らのために獲られたものではなく、世阿弥殿方《がた》のもの。

それを分けていただくのは、仏道では許されるのじゃ」

「そのとおりでございます」

そう答えた了隠殿の言葉に、皆して笑うて、たつ丸の父御のご厚意をありがたくいただいたのだった。

「たつ丸、漢字は明日からにしての、ちと世阿爺につき合うて夕涼みじゃ。田の稲もどのくらいになったかのう」

本堂の階をたつ丸と降りると、境内の地にまた経文のような夥《おびただ》しいひらがな文字がひしめいていて、いかにたつ丸が一心に練習していたかが分かる。何もこちらが言わずとも、童らは学ぶことを楽しむものだ。うちまかせて、心のままにせさすべし。

境内の蟬の声から離れていくにつれて、田んぼの稲が夕風にさらさらとそよぐ音が聞こえてくる。まだ海に沈まぬ夕日が、北山の起伏を西から赤く染めて、美しい縞《しま》の影を作っている。その麓からこちらにまで田んぼが広がり、良く育った稲が緑の波を寄せてきていた。そして、己れの弓手には……。

たつ丸がいつのまにか私の手を握っていて、「いーろーは、にーほーへーどー」と歌っている。まだ小さな手と、皺ばんだ翁の手。握り、握られ、ほんに孫と爺のようである。ああ、己れはこの村に生まれ育ち、いつのまにか年老いた翁であって、大和や都の華々しい舞台で能を舞っていたというのは、邯鄲《かんたん》の枕の夢であったのかも知れぬ、とも思う。また、それでも良いのであろう。

都でも大和でも、かような風に、幼かった元雅と手をつないで夕涼みして歩くなど、まずなかった。元雅が能を習い始めた四歳くらいの頃から、父というよりも師匠として接することを自らにも課していたからである。

可哀想なことをしたものよ……。

そう胸奥で独りつぶやいていて、今度は馬手の方を何もない宙に差し出してみる。幼い元雅が己れの手を握るとしたら、いかなる感じであったか。田を渡る風が丸めた手の内をくすぐるように抜けていくが、何やら温こう感じもして、痩せさらばえた胸が切のうなる。

「うーいーのおくやまー、けふーこえて」

人の生はいかになるかなど仏神以外には分かるわけもなかろうが、私がもしもたつ丸に対してと同じごとくに、幼い元雅にも接していたならば……。

たとえ能の道に進んだとて、伊勢でにわかに身罷ることなどなかったはずである。都で音阿弥と切磋《せっさ》琢磨《たくま》して、さらに能を高めていたかも知れぬし、あるいは、他の道を歩んで、もしや朔之進殿と同じように出家していたかも知れぬ。かようなことを想うても、詮ないことではあるが……。

「あさきーゆめみし、えひーもせーずー」

浅き夢見し、であるか、と思うていると、夕空を何かがよぎるのが見えて目をやる。

「おう、朱鷺じゃ、朱鷺」

三羽、二羽と連なって、茜色の夕日を映した羽根を悠然と羽ばたかせて夕空をよぎっていく。鴉《からす》に似た鳴き声を上げながら、黒く長い嘴《くちばし》と赤い顔を突き出し、鷺と違うて首を伸ばして飛ぶ。

「カーウ、カーウ、田んぼに入るなよー」

たつ丸が朱鷺に向かって、鳴き声を真似てよく通る声を張り上げた。稲の穂から花が出る頃は、田んぼの中にも蛙や田螺などが多くなり、それを朱鷺が食べに入っては、稲を倒してしまう。だから、田んぼには入ってくれるな、と。

「カーウ、カーッ、田ん……」

たつ丸の声が止まり、いかにしたかとその見開いた眼差しの先を追うと、田んぼの畦道にしゃがんでいたのであろう、三人ほどの人影が緑の波から立ち上がった。私はすぐにも村の百姓衆かと思うて、たつ丸が朱鷺に向かって放った言葉に、もう一度笑うてしもうた。だが、目を凝らせば、そそくさと畦を走っていく。

「あれは……」

ありがたいことに、雨乞能をやってからは村人たちも私らを見かけると、必ずや声をかけて下さっていたのであるが、逃げるがごとくに畦道を行く姿が、ちと不自然ではある。

「村の者たちかのう」

「違う。なんか稲をもいでいった」

「そんなとこまで、たつ丸は見えたか。穂の具合を確かめたのか、いや、それとも虫でもついていたか」

たつ丸と男らがいた所まで行ってみたが、別に荒らされているわけでもない。ただ、確かに端の稲を抜いたかの跡がある。水の濁りと底の土の穴を確かめてから、風に揺れる稲の穂を見てみたが、虫のついている様子もない。

「かようなまだ実らぬ稲を、取るわけもなかろうがのう」

「なんか、変らよねえ」と、幼いたつ丸までが、男らの去り方を不審にも思うている。

もしや、本間庶子家の者らか。佐渡国は島と言うても、山城国よりは広い。新保は雨の恵みを受けて稲が無事に育ってくれてはいるが、他の土地ではいまだ雨が届かず、旱魃したままの田もあるのではなかろうか。雑太本間家とは違う者らが、新保の稲を確かめにきて、その実り具合を検分していた、ということも考えられた。だが、己れの身分でさようなことを思うてみても、どうにもならぬ。

「後で、了隠殿に、一応知らせておくとするかの」

「了隠さまか！　そうら、おれは、お侍さんの時より、今のぼうずの了隠さまのほうが好きだっちゃ」

「おう、そうか」

「了隠さまは、おれに小鼓をおしえてくれ、いうてた」

その言葉につい噴き出してしもうて、つぶらな瞳で見上げているたつ丸の頭を荒く撫でてやる。

「ヨー、ポン！　ツホッ、ポン、ツホッ、ポン、ヨッポンポン！」

たつ丸が小鼓を打つ振りをしつつ、畦道で足踏する姿が愛らしうて、己れも童の師匠に合わせて、声を上げ、足踏した。畦道や田んぼに映る二人のお道化た影に笑いながら、ゆるりと万福寺へと戻った。

第七章　泉

一

田で見かけた三人組の話を了隠殿に伝えたれば、わずかに眉根をしかめて苦い顔をしたほどであったが、その血相がさらに変わったのは二日後のことであった。

朝餉を食して、たつ丸に「高砂」の仕舞の一部分でも教えようかと思うていると、了隠殿が息を切らし汗だくになって本堂に駆け込んできた。しかも、阿弥衣にもかかわらず、背中に太刀をくくりつけていたのである。僧が長いものを持つなど只事ではあるまい。

「これは了隠殿ッ、いかがされましたかッ」と六左衛門は手ぬぐいを差し出し、ご住職も書院から何事かと現れたようである。たつ丸の持ってきた椀の水を呷るように飲むと、ようやく人心地がついたのか、了隠殿も背中の太刀を外して床に腰を下ろした。

「いや、また戦が始まりました」

「戦⁉」

了隠殿が「また」と言うたのは、佐渡国においても南北朝動乱が響いて、二つに分かれて戦うた時期があったからであろう。

「了隠、それはいずこが口火を切ったのやら」と住職。

「久知本間家と河原田本間が組みまして、この新保を含めた雑太の所領を奪おうとのことのようでございます」

「また、なにを」と住職は顔をしかめて皺を寄せ、味噌っ歯の覗く口をゆがめた。

「いや、世阿弥様。これは昔からの揉め事でございましてな。ここの城主の泰重殿の、まあ、腹違いの兄である直泰《なおやす》殿いうのがおっての、その直泰殿が久知宮浦城主なのじゃ。昔から、この新保と波多郷《はたのごう》の地も欲しがって、願文を国分寺に出してもおるのです。惣領雑太の泰重殿としてはそうはならぬ、と確か十二、三年前に、国分寺に土地を寄進して、戦や一揆が起こらぬようにと祈願したはずじゃが……」

「はい」と、了隠殿は手ぬぐいで坊主頭を拭いながら、うなずいている。

「……とすると、先に私とたつ丸が見た田んぼの三人組は……久知宮浦城から回された者らかも知れませぬな」

口元にやった手ぬぐいを外し、了隠殿が「いかにも」と応じる。

「じつは、新保や泉は世阿弥殿方のおかげで雨が降り、かように稲も育っておりまするが、久知の方は雨が降らぬままで、田が干からびたまま。そこでここぞとばかりに、雑太所領の田を奪おうと。その久知本間家の動きに、河原田本間家も援軍を出そうとのことでございます」

痰《たん》を切るかの音を立ててご住職が息を吐き出し、持っていた扇子で衣の首元を叩いている。

「……私の雨乞能の力が、及ばなかったせいでございます。佐渡国なべて潤すことができていれば、かようなことには……」

「何をおっしゃるか、世阿弥殿。世阿弥殿のおかげで、村人らがどれだけ救われたことか」と、了隠殿が目を剝いてこちらを見た。

「して、了隠。いかにするかのう」

「はい。おそらく、この万福寺には危害は及ばぬと思いまするが、雑太本間家があずかった世阿弥殿を、この地に置くのは忍びないと、城主泰重殿も申しておるようです。源之丞殿が世阿弥殿の行く先を差配するかも知れませぬので、その前に、隣の泉、正法寺《しょうぼうじ》に宿していただくのはいかがでしょう。あそこならば……」

正法寺……?

「そうじゃ、正法寺が良い。あのご住職は立派なお方で、安心できようし、世阿弥殿は宗旨は禅宗でおられたのう。正法寺は佐渡国で唯一の曹洞宗の禅寺であるから、よけいに落ち着こうて」

泉は順徳院の配処がある地。

確か、そこを訪ねた時に、その近くに美しく大きな甍の屋根が見えた覚えがあるが、あれが正法寺なる禅刹であったか。

「あの地は、本間末長殿の嫡男、頼長《よりなが》殿が地頭《じとう》であったな。よし、儂は正法寺の峯舟《ほうしゆう》和尚に、一筆したためておくかの」

書院へと戻るご住職の背に頭を下げつつも、にわかに起こった話にいかにすべきかと思うていると、了隠殿が察したのであろう、「世阿弥殿、案ずることはまったくござりませぬ」と声をかけてきた。

だが、その時に、私の脇にいる六左衛門とたつ丸にちらと眼差しが動きもする。見ると、六左衛門は眉間に力を込めてうつむいておるし、たつ丸は半分べそをかいて、ややもすると泣き出してしまいそうな面差しである。

「六左衛門殿、たつ丸。世阿弥殿のことは何も心配はない。私が供人として正法寺にお連れし、日々、お助け申し上げるゆえ」

了隠殿がきっぱりとした口ぶりで言い放つ声に、二人がともに顔を上げた。

「そうはまいりませぬ。私が都からの世阿様の供人でございますから」

六左衛門はいつになく必死の形相で、食ってかかってきた。括袴の膝元を両の拳で握り締め、半身前にのめってもいる。

「六左衛門……。おまえ、本当は都の舞台で吹きたいであろうに。はるばる佐渡国まで伴うてくれて、すまぬことをした。おまえほどの腕があれば……」

「いやいや、世阿様。私はまだ世阿様の技を盗んでおりませぬ。これからでございます。何が何でも、この地で学ばねばなりませぬ」

「……この地、で、とな？」

と聞きつつも、はたと気づいて了隠殿の顔を見ている己れがいた。差し迫った戦の話であるというのに、六左衛門の真意を察し、腹の底から浮き上がってくる笑いの泡粒をこらえた。了隠殿も同じことを思うておるのだろう、眉を互い違いによじらせ、惑うた面差しを浮かべている。

「おれは……おれは……」

瞳を潤ませていたたつ丸が、細く震える声を出して、うぶな唇を引き攣らせ始めた。

「たつ丸は……この万福寺の小僧であるが、爺の佐渡での一番弟子でもある。ご住職が他の寺での修行を許すのであれば、たつ丸には教えることが、仰山《ぎようさん》あるがのう」

たつ丸がべそをかいていた面差しをみるみる晴れやかにしていく。涙の溜まった目を手の甲で素早く拭い、丸めていた背筋を伸ばしてもいる。

「ならば、六左衛門、たつ丸。ご住職様のところに行って、文に付け加えてもらわねばならぬぞ」

そう言うと二人して勢いよく立ち上がり、我先にと走って本堂を出ていく。了隠殿と顔を見合わせて笑みを交わしていたが、「ああッ、某もでございまするッ」と了隠殿も慌てて片膝を立て、太刀を置いたまま書院へと駆けていった。

本堂に独り残されて、薄暗い内陣奥の薬師如来像と日光月光菩薩像を見上げる。境内からの蝉の声が一段と強く、衆生の声々が一斉に身を包んでくるかのようである。

大樹義教公から流罪が言い渡された時、己れの残り少なき余生が、かような恵まれた境遇となるとは思いもせなんだ。むろん、これとても分からぬ。一人で生まれ、一人でいつ死ぬるかなど分からぬけれど、だが、佐渡で出会うたこの縁が、己れが世から去った後でも、もしや広がり、つながっていくということもあるであろうか。

命には終りあり、能に果てあるべからず……。

薬師如来の右手、施無畏印《せむいいん》の中指薬指のわずかにこちらに傾いた先が、自らの眉間を優しう触れてくれるようで、目を閉じて手を合わせる。何やら瞼の裏に見えてくるのは、老妻寿椿の嬉しげな笑み顔である。

されど、何も求めず、少な少なに……せぬならでは手立てあるまじ。

寿椿よ、己れはこれで良いのかの。

都や大和も今頃は蟬がしきりに鳴いて、幾度目の夏であろうか。七十二、七十三……。邯鄲の夢に引き込まれそうになって、今がいつか分からのうなる。

見上げれば、日光菩薩、月光菩薩の優しう伏せた目も、何も言わず、何も語らずに、静かな眼差しで見下ろしている。

二

――かくて国に戦をこりて国中おだやかならず、配処も合戦の巷《ちまた》になりしかば、在所を変へて今の泉といふ所に宿す。


正法寺の大きやかな甍屋根の美しさ……。

龍宮を思わせるような小ぶりの山門をくぐれば、樹々の茂れる奥に、北海の広き波が滑らかに立ち迫るかのごとき、入母屋造りの本堂の屋根が現れた。

「いやー、万福寺の茅葺屋根も見事でありましたが、これは、世阿様、見事な甍でございますなあ」

六左衛門が声を上げて、眩しげに見上げている。了隠殿やたつ丸は、何度か訪れたことがあるのであろう、参道の敷石を慣れたように先へと行く。この境内にも蟬時雨が満ちて、懸命に短い夏を生きようとしているのであろう。

「このうらには、神社もあるんだっちゃ」と、たつ丸が振り返って、袈裟懸けにした背中の小さな荷を揺らす。磯松屋には、万福寺に托鉢にくる僧に言伝を頼めば良いし、何より歩いて四半刻の隔たりである。たつ丸にとっては、親御とともに海のものを届けに、泉の村にも来ていたようであるから、心配もいらぬであろう。

「十社を合祀《ごうし》しておるのです」

了隠殿が手ぬぐいで額の汗を拭い、万福寺の劫全住職からの文を袈裟袋から丁寧に取り出しながら言った。

「十社をでございますか」

神が仏の化身であるとする本地垂迹《ほんちすいじやく》は、佐渡の地にも広まっているのであろう。この正法寺も寺域に神社を祀っているらしい。

「世阿弥殿は、この近くの順徳院ご配処には、一度参られましたな」

順徳上皇……あの鬱蒼とした森の中で、気が遠くなりかけた時のことを思い出す。天皇であられた方でも、光の蔭の憂き世を逃れることはできず、都に戻れぬままこの地で亡くなってしまった。まして己れなど、と較べるのも畏れ多いことであるが、さように思うた刹那に血の気が一気に引いて跪いてしもうたのである。また泉の地にお世話になるのであるから、再び、心をこめて参詣に伺わねばなるまい。

「されば、しばし、お待ちくだされ」と、了隠殿が庫裡の方へと向かう。たつ丸はしゃがみ込むと、さっそく指先で境内の土に「いろは」文字を書き始めた。

「良き禅刹であるな、六左衛門」

「さようでございます。私とたつ丸は禅堂の端でも、庫裡の端でも、どこでもよろしうございます」

樹々の下も掃き清められて、蟬のすだく音も境内に邪気を寄せつけぬかのように聞こえてくる。境内の東にはこぢんまりとした蔵があって、経蔵であろうか、漆喰《しっくい》壁の白さが雪のごとくで、涼やかな気持ちにもなる。

「おまえは、また気が早い。ご住職の許しも、まだ出ておらぬではないか。にしても、万福寺の方は、この戦とやらに巻き込まれぬと良いが。ご住職やおとよさんも気がかりではあるが……」

臥龍《がりよう》のようにうねる境内の柏槇も、古木の趣《おもむき》がある。

「それは安心してもよろしいかと。了隠殿が、久知本間家の動きを見るためにも、しばらくは今までと同じう新保に住み、ここへは通うてくださると申しておりました。この戦、さほど大きなものではなく、さすがに寺領にまでは、手を出すまいとのことでございます」

「早う、収まれば良いがのう……。おとよさんは……」と言いかけたと思うたら、六左衛門が焦《あせ》ったように重ねて言うてきた。

「ああ、おとよは、二、三日もすれば、また私らの朝餉をこしらえにまいりましょう」

するると、文字を地に書いていたたつ丸が、しゃがんだままこちらを向いて、「おとよ、おとよ」と唇をとがらせ、瞼に青い血の道が透けるほどに目を閉じて見せた。

「たつ丸！」

「世阿爺、六左はおとよが嫌いなくせに、おとよおとよ、言うて、寝ごとで変な声を出すんだっちゃ」

「こらッ、たつ丸ッ」と、六左衛門がたつ丸を追いかけ始めた。

たつ丸のはしゃぎつつ後ろを振り返る姿と、手を伸ばして追いかける六左衛門の姿……。

ああ、これは佐渡の島に着いたばかりの時に見た景色。

その時に、まだ雑太本間家家臣溝口朔之進殿であった了隠殿が、「戯け！」と声を張り上げたのであった。まだ、さほどの月日も経ておらぬというのに、何やらはるか昔のことのごとくに思える。

「これはこれは、世阿弥様。よう参られました」

墨染めの絽《ろ》の衣に、紫の絡子《らくす》をかけた住職が境内に現れて、合掌したまま丁寧に低頭している。万福寺のご住職よりも、五、六歳下であろうか、長年の禅修行が背筋の良さに出て、剃髪の下の細い面も知者の風情があった。

「ご住職様、世阿弥元清でございます。これなる者らは供人の六左衛門と、たつ丸と申す者でございます」

やはり、たつ丸のことは知っていたのであろう、住職は目を見開き、大袈裟に口角を広げて笑っている。

「ここの住職の峯舟と申します。世阿弥様の雨乞能はこの泉にも伝わり、ありがたき慈雨を降らせていただき、村人らも大層喜んでおります。村、いや、佐渡の恩人である世阿弥様には、どうぞごゆるりと心おきなく、お過ごしいただけましたら、当寺も嬉しうございます」

流人である、どこぞの者とも知らぬ翁を、かようにお受けくださる正法寺の峯舟禅師に、ただただお礼を申し上げるのみである。配処での住まいすらなく、ただ放り出されるのが例であるというのに、万福寺といい、正法寺といい、心広やかな佐渡人のもてなしに手を合わせた。

「世阿弥殿。私はこれから泉城の方に挨拶に伺ってまいりまする。いえ、何、そこの家臣が私の幼馴染でもございます。世阿弥殿あずかりの責は、この溝口朔之進に任せられよ、と申してくるだけでございます」

了隠殿の言葉に、皆で呆気に取られ、その阿弥衣姿に目を移した。

「了隠殿……、今は、朔之進殿ではのうて、了隠殿……」

一瞬、虚を突かれたかのような面差しを見せると、了隠殿は晴れやかな顔で笑う。「これがいけませぬな」と、背中に回している太刀を外して、峯舟禅師にあずけ渡している。了隠殿がかように面白き男であったかと、しみじみ人の心の有りようを覗くようであった。

三

夜半になり、溢れんばかりにすだく虫の声に誘われて、気のひんやりとした境内をさまようた。月に照らされた参道の敷石が、川面に張って割れた氷のように白い。松虫、鈴虫、蟋蟀《こおろぎ》、邯鄲、馬追虫……あちこちの千草にすだく虫の音が、草木の影をさらに濃くするように思えるが、いや、この虫の音を聞いている己れが、松虫になり、鈴虫になり、草の奥へ奥へと遊んでは闇夜を楽しんでいるせいか。なにゆえ、かような美しい声を自然は生み出したのであろう、と耳をさらに澄ませば、闇空の星々もまたさざめくかのごとく思える。

境内の端まで歩くと、小さな岩が月明かりに白々と浮かんでいて、そこにやおら腰を下ろして本堂の黒い屋根の影を見上げる。

そのむこうには、皓々とした月……。

さやけき光を受けて心も身の内も澄んでいくようで、何やら魂までもこの光陰に誘われ、月の都に引かれていきそうである。

天の原ふりさけ見れば春日なる三笠の山に出でし月かも……

夜空を見上げれば美しい月が出ているが、故郷春日の三笠の山に出る月と同じものなのであるなあ。

阿倍仲麻呂は安南であったか、寧波《ねいは》であったか、異国の地で、この歌を作ったというが、まったく私とても北海の佐渡の島で、故郷の大和の月と同じように美しい月を見ている。まったく同じ月を見ても、また胸の内は人それぞれで、心なるものはいかに不思議で深きものであろうか。

己れの「序之舞」を、それでも珍らかな花と見てくれる者もいれば、見るに堪えぬものと思う者もいる。あの月を美しいと見る者は多かろうが、賤しく野暮なものと見る者は少ない。月や花は美しうて、舞を舞う者はそうとも限らぬというのは、これは舞う者が舞おうとする人なるものであるからであろう。

月や花は、輝こうとも、喜ばせようとも思うてはいない。ただ、光り、ただ、咲く。ただ、欠け、ただ、萎れる。人だけは、この心なるものがあるゆえに障礙となって、邪魔をする。いかに、このうまく舞おうとする己れを、無にするか……。

――せぬ所と申すは、その隙《ひま》なり。このせぬ隙はなにとて面白きぞと見る所、是は、油断なく心をつなぐ性根《しやうね》也。舞を舞ひ止《や》む隙、音曲を謡ひ止む所、その外、言葉、物まね、あらゆる品々の隙々に、心を捨てずして、用心を持つ内心也。この内心の感、外に匂ひて面白きなり。

『花鏡』で、私は舞歌《ぶが》の肝《きも》として、せぬ所、すなわち、態《わざ》と態との間の空隙こそが大事だと書いた。

何もしない、ただ立っている、ただ静かにしている、その時こそ、心を捨てずに集中し、すべてをつなぐ張り詰めが肝心であり、それが自ずと外に表われて、面白いものになるのだ、と。

だが、まだそれでは足りぬ。月にも花にも到底かなうまい。何もしない、ということをしようとしている心、があるからである。


――かやうなれども、此内心ありと、よそに見えては悪かるべし。もし見えば、それは態《わざ》になるべし。せぬにてはあるべからず。無心の位にて、我が心をわれにも隠す安心にて、せぬ隙の前後を繕《つな》ぐべし。是則《これすなわち》、万能《まんのう》を一心に繕ぐ感力也。


せぬ所を面白くしようと、すべてに用心し、張り詰めている内心が、外に表われては、操り人形の糸が見えるようなものである。いかに、見事な舞歌であれ、その内心が漏れてしもうたら、それは単なる態。自らのさような心をも、己れにも隠しながら、何もしないということをつないでいかねばならぬ。森羅万象の一つ一つと己れが同じうなって、もはや一心。我が万象であり、万象が我であり、それすらも分からぬままに、ただあるということ……。

岩から立ち上がり、月明かりのもと、静かにハコビで左足、右足と前に出ながら、天空に引かれるように右腕を宙にかざす。目に見えぬ万象の力が極まったところで、右足で止まる。いや、右足が自ずと止まるのである。サシコミなるただ一つの所作に、何百里と手足で引っ張ってきた縁が満ちて、今、佐渡の闇空にある月のもとに佇む。

虫の声。風。葉擦《はず》れの音……。

つかのま、音が消えて、ヒラキの所作へと移ると、いっせいに虫のすだく声が戻ってきた。左から一歩引きながら、サシマワシで右の闇の膜を破る。再び、ヒラキで後退すれば、闇がすぼまり、戻る。左右に動いて、境内の闇を練り続けた。

闇の暗さに目が慣れて、月明かりが昼日中のごとく思わせる。柏槇も躑躅の葉も、本堂屋根の庇も、よう見えるが、ただ、色がない。老いて目が悪うなってきた己れには、墨の濃淡に近う景色にもなるが、今、光が差せば日中よりも細やかな緑の違いや、参道の敷石や本堂の階、甍の一つ一つの色がいっそう浮かんでくるに違いない。

光とは不思議なものである。色を浮かべ、陰翳を生み、銀糸をきらめかせ、金箔を輝かせもする。だが、光が強うありすぎても、色は白うなって消え失せる。眩しきほどの日差しのもとで能を舞ったとて、おそらくは平らかな安っぽきものに堕し、月明かりでは闇の濃さに潰れてしまおう。篝火《かがりび》でおこなう能も良きものであるものの、薪《たきぎ》の火花が爆ぜる音や、炎の奔放な揺らぎに見所は気が行くものであるし、演目も限られるのだ。娘婿の禅竹が文で言うてきた、都で流行るという鬼能などは、むしろ炎を上げる薪に助けられて成り立つものかも知れぬ。

幽玄なる夢幻能は……。

雲の扇の形にした右腕を宙で止める。

薄暗い彼岸から、音もなくほの現れる霊のかそけき姿……。現世への執心が闇から沁み出して人の形となるかのような現れを、最も美しく秘めやかに見せるための光……。かすかに、揺らめく炎こそ、複式夢幻能には似合うのではなかろうか。

境内の白々とした地に映る、自らの黒い影。右手は斜め上に、左手は斜め下に。これが真に己れの影であろうか、と思いながら、さらに念を込めて見つめると、己れとは違う者の影にしか見えず、笑いたいような、恐ろしげなような、妙な心持ちになるものである。

父観阿弥はいかなる影を作ったか。元雅はいかなる舞の影を見せたであろうか。

四

内陣の厨子におわす釈迦如来像の穏やかな眼差し……。

大衣《だいえ》の流れるような幾筋もの襞や、施無畏印、与願印《よがんいん》を結ぶ優しき手の肉感が、ほのかな熱を持っているかのごとくで、血が通うているようである。

瑞泉山《ずいせんざん》正法寺の御本尊に心をこめて合掌し、横を見れば、たつ丸が短い指を合わせて一心に祈っている。六左衛門も珍しく、長い間神妙な面差しで釈迦如来様に祈っていた。万福寺でも、都でも、何か潔《いさぎよ》いほどに合掌をすませていた男であったが、何を願ったのか。

外は早朝から蟬が割れんばかりの鳴き声を上げているが、風の通る本堂で静かに座していると、むしろその声が髄《ずい》まで沁み入って心を澄ましてくれるかのようである。

朝課の読経とは別に、たつ丸と六左衛門とともに本堂の釈迦如来様に手を合わせたのは、夕べ思案し続けた私の想いを聞いてもらいたかったからである。この場に、了隠殿もいてくれたら、とも思うが、おそらくは内乱が起きようとする新保の様子を、窺いに行ってくれているのであろう。

「たつ丸は、何を願うたのじゃ」

「俺は、字と小鼓がうまくなるようにお祈りした」

「おうおう、ますますいい音が出るようになるのう。六左衛門はどうじゃ」

「あ、いや……」と、焦って目が泳いだかに見える。突き出た頬骨から首元まで何やら赤うしている六左衛門を見て、こちらは笑いを噛み殺した。

「我が棟梁、世阿様のご息災と、村の平安をお祈りいたしましてございます」

取ってつけたような物言いに、思わずこちらも手を振って笑みを返す。

「で、世阿様はどのような……」

「私か……。思えば、大樹義教公より遠流を申し渡されてから、これまで、事あるごとに、都、都、と思うておったが……」

六左衛門の顔から、何か引かれるように釈迦如来像の方に眼差しがいった。

「果たして、都が己れにとって……己れの能にとって、真の地であろうかと思うての」

「世阿様……」

「いや、むろん、都も生まれ故郷も恋しいには変わりはないが、この佐渡の地で己れの、己れだけの花を極めるということもあるのではないかと思うてな。室町殿にも、都の上辺だけの流行りにも、また、座の争いにも煩わされず……」

六左衛門の口元がわずかに開いて、何か言いたげに震えている。

「……都に、帰らずとも良いのではないかと、思うたのだ。帰るとしても、己れの老木に、まことの花が咲いてからと……」

六左衛門の目が見開いて、さらに唇が震えていた。

「六左衛門は、ここまで、よう供人として付き添うてくれた。おまえの笛は、都に戻れば、どこの座でも引く手あまたとなろう。私のために何も我慢をすることはない」

いきなり六左衛門が片手を床について、体をこちらに向ける。

「世阿様ッ。それは違います。前にも申し上げましたとおり、私は世阿様の技をまだ何も会得していない未熟者でございます。ですから……」

「おとよさんか」

そう言うと、たつ丸がいきなり下を向いて、口に手を当てている。六左衛門は目を剝いてたつ丸をにらみ、また私の方におどおどと眼差しを泳がせた。

「六左衛門、そうではないのだ。私は、おまえたちのために、『鶴亀』でも『高砂』でも、謡い、舞うつもりでおる。夫婦になったおまえたちが、都に戻っても良いのではないか」

「……世阿様……、もったいのうお言葉でございまする」と、今度は丁寧に両手をついて、床に額をこすりつけた。

「ですが、世阿様。私も、今少し、村の者たちに囃子を伝えとうございます。中々の上手が出てまいりましてございます。この六左衛門の、せめてもの、佐渡への恩返しでございます」

「六左衛門……」

ひたむきな眼差しに出会うて、ああ、やはり、この気のいい男も芸道にかけては血がたぎっているのか、と思うていると、「これはこれはお三方……」と峯舟禅師が供花《くげ》を手にして本堂に入ってきた。清廉な白菊に、淡い紫色の釣鐘草に似た花を添えた仏花を花立に丁寧に活けて、合掌している。

「お三方で、朝課《ちょうか》とは別にお参りしてくださるとは、ご本尊もお喜びでしょう」

峯舟住職が衣の袂をゆるりと両脇に払って、私たちの前に座る。私ら三人もあらためて合掌して頭を下げた。

「新保の万福寺様も良きお寺でございましたが、正法寺様は、誠に良きお寺で、ここにいるだけで心が澄んでくるようです」

そう言って、開け放たれた本堂に入ってくる風に目を細めると、峯舟禅師もわずかに眼差しを動かして境内の光を目に溜めている。

「万福寺の劫全住職は、ほんに心広きお方で、宗旨が違えども、私も昔からご指導を仰いでおります。佐渡の古刹は、みな、それぞれに由緒ある良きお寺でございますな」

「お寺も多き土地のようですが、神社の数も多いとうかがいました」と六左衛門。囃子を教えている村人たちか、おとよさんから聞いたのであろう。

「とても多うございます。皆、信心深く、その地や神を大事にする土地柄ゆえ、おちこちに社がございます」

「祭の囃子や田植え歌もそれぞれに違うて、面白うございます。この私めも未熟ながら能の囃子方を村人らに教えておりますが、それぞれの地の癖がありまして、なかなか大変でございます」

「おう、六左衛門様。是非、この寺の本堂でも禅堂でも使うて、村人らに囃子を教えてくだされ」

峯舟住職の言葉に、六左衛門は目を輝かせて、「ありがたいことでございます」と深々と頭を下げた。

「そうでありました。世阿弥様にも、一つお願いが……」

峯舟住職がそう言いかけた時に、境内から本堂の階を足音高く上ってくる者がいて、見れば了隠殿であった。編み笠を被っていたとはいえ、この暑さである。しきりに手ぬぐいで首元や坊主頭を拭うていたが、境内からの風にその墨衣《すみごろも》からはかすかに線香のにおいがした。了隠殿も、すでに僧なのである。

「皆々様、お揃いでございましたか。いや、本堂の中は涼しい。ここはまた良き風が入りまするな」

草鞋を脱いで本堂に入ってきた了隠殿は、編み笠を小脇に抱え、本尊の釈迦如来像に合掌する。左足から素早く正座するのは、太刀を持っていた武士の習いが残っているのであろう。

「いかがでござった？　了隠殿。新保の村や万福寺のご住職のご様子は？」

峯舟禅師の問いに、首元を拭っていた手を止め、眉根を開いて二、三度うなずいた。

「案ずることはございませぬ。村も万福寺もいつものごとく平穏にしております。いささか、久知本間家の者らが、雑太城前にぞろぞろと集まり、小競り合いめいたものがあったようですが、手負いの者も誰一人出ていない様子。さほど大きなことにはならないかと」

「とはいえ、久知と河原田の名田では、米の出来の見込みはあるまいて」

「おそらく、年貢は銭納になるかと思われますが、それを嫌う名主や田堵《たと》らが渋って、領主をそそのかし、新保の地を奪い取ろうという、まあ、荒っぽさにも程がありまする。ただ、新保の泰重殿が出来高の二、三割を、久知の方に遣《よ》こすのではないかという話を聞きました」

了隠殿と峯舟住職の話は詳《つまび》らかには分からぬが、泰重殿が久知に援《たす》けの手を差し伸べるとともに、河原田、羽茂《はもち》本間を牽制しようとしているのであろう。佐渡国の領地における経緯が何であれ、このたびの戦の始まりは久知の方に雨が降らなんだゆえのこと。己れの雨乞立願能の力が足りぬことも一因である。

「まあ、様子をうかがうしかあるまいか」

「万福寺の劫全和尚もそうおっしゃっておられましたが、元々は同じ本間家、争うて何が面白かろうか、人間、城やら土地を持って囲いを作ったとともに、一毛でも入った入らぬと騒ぎ立てる、とも……。ああ、世阿弥殿、かような島の内輪の話を、失礼いたしました」

了隠殿があわてて頭を下げるのを、こちらも手で制する。

「それで……おのおの方は、何の話をされておりましたので？」

「ああ、そうであった」と峯舟住職が思い出したかのように、こちらに体を向ける。

「世阿弥様、じつは一つお願いがございます。この正法寺の並びに、十社なる社がございます。そこで、世阿弥様の能を奉じていただけませぬか」

「ああ、それはようございます！」と、了隠殿が声を上げた。

正法寺に着いた時に、たつ丸が言っていた神社であろう。だが、私のような流罪の身にある者が、社に法楽など許されるのであろうか。

「ありがたきお言葉でございます。また、雨乞立願能の力及ばず、東の久知の方に雨を降らせることができなんだことを嘆かわしう思うておりますゆえ、その詫びの想いも込めてとも思案しまするが、私ごとき流謫《るたく》の身の者が、ありがたき神聖な社に奉納などと……」

「何をおっしゃいますッ」と、峯舟住職と了隠殿がともにこちらを見て、目を剝いてくる。

「世阿弥様……、昨夜《ゆうべ》、拝ませていただいたのでございます」

峯舟住職が柔和な眼差しで小さくうなずきながら言うのを聞いて、何かと思うていると、「見事な舞でございました」と言い添えてくる。

「月下の花かと見えました。月夜の境内に、無心の境そのものが舞うているようで、その一つ一つの流れる動きは、この佐渡の森羅万象を生かし、また生かされているとお見受けいたしました。失礼ながら、私は本堂の柱の陰より拝見いたし、月のごとく心が澄む想いでございました」

「畏れ多いことでございます」

合掌して低頭する。昨夜の境内での舞を見られていようとは、つゆとも気づかなんだ。

「いかがでございましょう、世阿弥様。十社法楽とともに、この正法寺でも、是非に演能していただきたく、お願い申し上げる次第でございます」

「もったいのう、お話でございます。さ、さ、お手をお上げください」

峯舟住職が床に手をつくのを制しながら、ふと六左衛門とたつ丸を見ると、二人して目を見開き、顔を見合わせている。おとなしう聞いていたと思うたが、背筋や首筋が伸びて、すでに法楽の曲の囃子方をつとめる想いらしい。

「六左衛門、たつ丸。今日から、さらに稽古ぞ。私は新たな曲を作ろうと思う」

そう言うと、了隠殿も背筋を伸ばして、「某もでございます」と声を張り上げた。

「これはこれは。了隠殿の地謡がござれば、鬼に金棒でございます」

もう一度、ご本尊の釈迦如来像に、心をこめて合掌する。

ありがたきは、佐渡の人々。この豊かな島での戦など無うなって、泰平となるのを祈願する能を法楽せねばならぬと念じた。

五

妻寿椿と娘婿の禅竹に宛てて文をしたためてから、元雅の扇の入った位牌仕立ての竹筒を前に線香を上げた。

いずれも、ただただ、老いた妻や座に残った者たちの息災を祈るばかりであるが、文には已れの流謫は雲水の旅衣《たびごろも》より、想いも寄らぬほどのありがたき人々の縁を得て、雨露しのぐ心配もなく、無事に過ごしていることを伝えた。また、座に不要となった小鼓や大鼓があれば送って欲しいとも書き添えたので、寿椿や禅竹ならば已れがこの佐渡でやらんとすることの察しはつくであろう。

「ほんに、また、あの人は……」と笑う妻の顔が見え、「棟梁は配流の意が分かってござらぬな」と呆れる禅竹の声が聞こえようというもの。

まだ墨の乾かぬ文から顔を上げ、庭の樹々を見る。沁み入るような蟬時雨がふと白糸の滝の音にも、仏具の鐃鈸《にょうばち》をこすり合わせる音にも聞こえてくる。都でも、大和でも年毎《ごと》に聞いた夏の蟬時雨であるが、さて、この文にも北国佐渡の夏が沁み入って、都のもとに届いてくれるか。

なかなか、良い料紙も望めぬが、万福寺や正法寺の御住職に甘えて、貴重な紙を調達していただくわけにもまいらぬ。半紙二枚ほどを貼り合わせたものに、小さな字でひしめくように書く以外にないが、はたして寿椿は老いた目で文字が読めるやら。

そう思いながら丁寧に文を折っていると、禅堂の方から廊下を歩いてくる足音が聞こえてくる。切るような衣擦れの音とすり足の加減で、すぐにも了隠殿と分かった。私は畳んだ文を文机《ふづくえ》の上に置くと、自らの脇に黒漆の箱を引き寄せ、姿勢を正す。

「世阿弥殿」と廊下の床に端座して、了隠殿が法衣の袂を脇に払った。

「ご住職がたいそう喜んでおられました。十社への法楽とこの正法寺での演能、まことにかたじけのう存じまする」

いまだ墨衣を着ていても、侍言葉の抜けぬ了隠殿に、微笑ましい気持ちになるというもの。この人は嘘のつけぬ、不器用な男なのである。初めて大田の浦で会った時の武張った物言いも、今となれば得心がいく。

「どうか、世阿弥殿。私めにも手助けできることがありますれば、いかようにもおっしゃってくださいませ」

「了隠殿。良きところに来てくださいました。私の方から伺おうかと思うておりました。さ、さ、中へ」

了隠殿を房の中に招くと、脇に置いた黒漆の箱を静かに前へ差し出した。

「……これは？」と、了隠殿は眉根を上げて、訝しげな面差しを見せる。

「よもや……」

「これを、己れをあずかってくださる泉の地頭様に献上しとう存じます」

「本間四郎左衛門頼長殿に……」

了隠殿が遠慮がちに箱に両手を伸ばして、丁寧に黒漆塗りの蓋を取った。

「ああッ、やはり、これは……」

六月の雨乞立願能で使うた、父観阿弥の形見である鬼神面である。相も変わらず、憤怒にも似た大振りの目鼻や眉間の皺が、箱の中から呪力を放って、宙をにらんでいる。

「……世阿弥殿、この面は世阿弥殿の御尊父の形見。しかも、この佐渡におられる世阿弥殿にとって、何物にも代えがたいもの……」

了隠殿は己れが以前に漏らした言葉を覚えているのであろう。

「はい。この配処となった佐渡の地で、どうにも都が恋しうなり、泣きとうなった時にかけようと思っていた面でございます。雨乞いの面、と申すも、私がこの内で涙の雨を降らせるから、雨乞いの面だったのでございます」

「……さような、大事な面を、なにゆえ……」

「……もう必要のうなった、と申せばよろしいのでしょうか」

了隠殿が目を見開いて、己れを見据え、すぐにも箱の中の鬼神面に目を落とす。

「世阿弥殿……。諦めるのはまだ早うございます。世阿弥殿の雨乞立願能で佐渡の地が救われたのは、確かに室町殿に届いていると聞いておりまする。でありますゆえ……」

了隠殿が黒漆の箱に手を添えて、にじり寄る。大きく見開いた目に己れの影が映るほどに近寄り、眉間に力を込めていた。

「私は、この佐渡で、己れのまことの花を咲かせとうございます。それができるか、できぬか、己れにも分かりませぬ。であるからこそ……」

見開かれた了隠殿の目に、みるみる涙が溜まってきて、一条の光が落ちた。そして、武骨な両手をつくと、額を床にこすりつけ、呻くような声を上げる。

「私が……私が……あなた様を初めにあずかったがゆえに、かような想いをさせてしまい……、誠に、誠に……」

「了隠殿、それは違います。これは父観阿弥や亡き息子元雅が、己れを試しているのでございます。さて、世阿の花はほんものか、と。都でだけの徒花《あだばな》か、真の能の花かと、翁となった己れを見ているのでございます」

法衣のがっしりとした両肩が震え、咽びを抑えようと息をこらえているのが分かる。枯れた手を差し伸べて了隠殿の法衣の肘に添えるが、頭を上げようともしない。

「世阿弥殿ッ。何でも、何でも、言うてくだされッ。いかようにもお手伝いしとうございます」

床に声をぶつけ、こすりつけた額を床板にごりごりと音を立たせてばかりの了隠殿に、「であれば……」と言い添えた。

「了隠殿には、謡の稽古をやっていただきたい。己れの舞を支える謡を稽古していただきとうございます。それと、この佐渡にどなたか腕のいい仏師の職人は、いらっしゃらぬか」

「……仏師、でございますか」と、ようやく少し顔が上がる。床につけていた額に血の道を膨らませ、鼻の先には涙の雫が溜まってもいた。

「このお寺に法楽するための、新しい曲に使う面を打っていただきたいのです」

「面、を？」

「この鬼神面とは、まったく違う、幽《かそ》けき面を」

了隠殿が屈みながら懐の手ぬぐいを取り出し、あわてた手つきで涙を拭くと、顔をおもむろに上げた。

「……私に……私に……打たせては、いただけませぬか」

「了隠殿が……？」

「妻が若くして亡くなってより、私は下手なりに、仏像を彫り続けておりました。あの万福寺の、ご本尊の脇侍二仏も私が彫ったものでございます」

……!?

万福寺の厨子にあったご本尊薬師如来像。その両脇に控えた、まだ新しいと見えたがじつに見事な月光菩薩像と日光菩薩像は、了隠殿が彫ったというのか。

「……了隠殿……」

慈愛に満ちた優しい眼差しで、衆生を見守っている日光月光菩薩像が蘇ってくる。流れるような衣文も美しいものであった。

「もしも、許されるならば……」

私は声も忘れて、ただうなずくばかりであったが、一度大きく息を吸った。

「了隠殿、私は今一度、順徳上皇の配処に参りたいと思うております。また、火葬塚のあるという真野御陵なるところへ、案内していただけぬであろうか」

――いざさらば磯打つ波にこと問はむ隠岐のかたには何事かある
かように佐渡の島に流された身となっては、磯を打つ波に問うしかあるまい。波のはるかむこうの隠岐の島はいかになっているのか、と。

順徳上皇が、隠岐に流された父の後鳥羽院を思うて作った歌。

――限りあれば萱が軒端の月も見つ知らぬは人の行末の空
また、後鳥羽院が隠岐で詠んだという歌……。

それらが泉の正法寺に来てから、頭の内で重なり、響いて、どうにも順徳院に呼ばれているようでならぬ。二百年も前のお人であるというのに、いまだ成仏されておらず、仏果を得たいとこの地をさまようておられるのではないか。さような想いを抱いている己れがいた。

第八章 黒木《くろき》

一

あくる日、たつ丸が私たちについてきたいと駄々をこねておったが、おとよさんが正法寺に菜饅頭を持って来たと思うたら、そちらにすぐにも釣られてしもうた。

「むしろ、ようございました。この辺りの童らは、順徳院の黒木御所にも、真野御陵にも近づきませぬ。物見の気分では祟《たた》られようかと」

了隠殿まで神妙な面差しで言うのを見て、順徳院の二十一年間在島の末に身罷った積年の怨を、佐渡の地ではいまだ恐れているのが分かった。正法寺から歩けば、すぐに霊気を発するがごとき鬱蒼とした森が見えてくる。

「私共も、まず立ち寄りませぬ。順徳院にとりては、侍は最も憎き輩でありましょうから。ようやく墨染めの衣を着て、参ることができますが、いささか某も二の足を踏むところ」

「了隠殿はすでに立派に御出家の身、跡弔うてくれるわけでございますから、順徳院もむしろ喜ばれるはず。私は……」

　初めて訪れて、お手植えの桜の老木の前で、血の気を失うて膝を地についたのを思い出す。都の能役者が追善と称して、のこのことやって来たのをお怒りになったのではないかと思うが、こたびはいかがか。まして、順徳院がこの地で記し続けた歌書『八雲御抄』には、猿楽を「凡賤《ぼんせん》」として遠ざくべし、と書かれているのである。

「元はといえば、私どもなど賤民の出でありまするから、上皇の最も忌避するところでございましょう」

「何をおっしゃいまする、世阿弥殿。世阿弥殿こそ、順徳上皇の跡を弔うてくださるお方です」

　すでに森からの径《みち》を這うように、ひんやりとした気が私たちの方へ滑り下りてくるのを感じる。洞のごとく口を開けた森の這入りのむこうは、日の眩しさに馴れた目にはさらに暗く、黄泉にも通じる闇にも思えた。

　了隠殿が大振りの数珠を両手にかけて、念仏を唱え始める。奥方が亡くなった頃より心がけている念仏なのであろう。私も合掌しながら、頭を垂れて森の中に入っていく。以前と同じように、蚊柱なのか小蠅の群れなのか、耳元を羽音がかすめたが、さほどの強い霊気は感じない。上皇様はもはや、都に帰るのを諦めた者に取り憑いても無駄とでも思うているのか。

　桜の古木と苔むした石塚の前にまでくると、さらに心を込めて手を合わせ、耳を澄ます。院の何かしらの声が聞こえぬか。わずかに風が吹いて樹々の葉をざわめかせたが、むしろ聞こえるのは頭を割らんばかりの蟬の声である。

「……世阿弥殿。ここが黒木御所と呼ばれるのは、上皇がお住まいになった御所が、幹の皮もそのままに丸太で建てられた、粗末な住まいだったゆえなのです」

「二十一年間も、さぞかし、無念でござったろうに」

「……聞くたびに哀れとばかり言ひすてて」

「幾世の人の夢を見つらん……」

哀れなり、哀れなり、と自らに言い捨てて消えゆく人々の夢を、順徳院はこの配処で見続けたのであろう。食を断ち、顔の腫れものに焼石を当てて、凄絶な果て方をした上皇の望み絶えた心とは、いかばかりか。まして、都で栄華を誇った上皇である。

「さ、世阿弥殿。真野御陵の方へ、急がねばなりませぬ。かなりの歩きとなりまする。夕刻には正法寺に戻りとうございます」

再び懇ろにお手植えの桜の古木と石塚に拝し、御所跡の薄暗い森を抜け出たのであるが、一刻あまり歩いた末の火葬塚の方は、さらに誰も足を踏み入れぬ山中にあると言っても良い処であった。

荒草だらけの緩い坂を一歩一歩進むたびに、何かがのしかかってくるような重さを感じる。見上げれば、黒木御所とは較べものにならぬほどの凄まじいほどの怨が、森の樹々の形となりて暗い影と霊気を醸しているかのごとくなのである。

いまだ順徳院を荼毘《だび》にふす煙が一筋二筋と立ち上りて、あたりをさまようているかのようで、晩夏の暑さなど一気に引いていく。了隠殿も己れも、額や首筋に汗を光らせているというのに、寒いと感じる。

火葬塚への径と言うても、かなりの樹齢の佐渡杉がいくつも立ち塞ぎ、蔦が絡まり、垂れ下がっていた。何より、初めは気づかなかったが、節くれた枝という枝に黒々とした鴉が何羽も止まっていて、鳴き声も上げず、塚近くを侵しに来た我らを窺い、見下ろしている。

鬱蒼とした佐渡杉の木立の中に、暗く湿ったわずかに平地になっている処に出て、荒草にまみれてはいるがうっすらと見分けられる細い径の先に、火葬塚があるのであろう。蟬の声がしているのか、していないのか、耳が痺《しび》れたかのようで利かぬ。

と、後ろを歩く了隠殿の気配がない気がして、振り返ると、径の途中で数珠を握った右拳を額に押しつけて、立ち止まっている。

「了隠殿、いかがなされた?」

墨衣の左袖を上げてはいるが、まだ立ち尽くしたままである。

「……世阿弥殿……。なんとも、妙なことに……足が、動きませぬ」

「なんと……」

了隠殿の立ちすくむ所まで戻ると、眉間に皺を刻み、口をゆがめて歯ぎしりまでしていた。

「力が……入らぬのか、重いのか……分かりませぬ。世阿弥殿……これを持ちて、某の分も……」

と、右手に握り締めた数珠を差し出してくる。

「……順徳院のお骨は、すでに京に戻っているはずですが……、荼毘にふしたところは、目印として、桜と松の木が植えてあると聞いて、おります。今、その木があるか、どうか、分かりませぬが……」

手を差し出して、了隠殿の数珠を受け取り、細く枯れた己れの手首に巻く。了隠殿が震える手で、袈裟袋から杉線香と火打石などを取り出して渡してもくれた。

「了隠殿。どうか、ここで休んでいてくだされ。順徳上皇も、私のような老翁には、取り憑きませぬゆえ……」

数珠をかけた右手で片合掌しつつ、荒草の径をゆるりと歩み行けば、佐渡杉とは明らかに違う古い幹が見える。一つはすでに根本あたりにいびつな洞を作っている桜の老木。もう一つは這いつくばうがごとく、横にねじれた老松。いずれも蔦が執念のようにからみ、桜が呻けば松が唸り、松が慟哭すれば桜が身をよじる様に見える。

膝をついて、杉線香を置き、火口《ほくち》の消し炭に火花を飛ばした。いずこからか已れを窺う息遣いや眼差しを覚えるのは、恐れからであろうか。「般若心経」を唱えつつ、火口についた火を杉線香に移そうとすると、風が吹いてきて邪魔をする。幾度やっても、消し炭を赤くしては、風が舐めては消す。繰り返し、ようやく火がついたと思うたら、杉線香の帯のような白き煙が地のあたりでわだかまってとぐろを巻くのである。

「人ならぬ……岩木もさらにかなしきは……みつのこじまの秋の夕暮れ……」

もはや都にも戻れない人ならぬ我は、岩や木であろうか。そんな私をも悲しく切ない想いにさせるのは、みつの小島の秋の夕暮れである。

順徳院の歌には、父の流された隠岐、兄の阿波《あわ》、自らの佐渡、遠流の三つの島にも秋は暮れゆくとの想いもあったのか。

「山鳥のうらみも秋やかさぬらん……八重たつ霧の中のへだてに……」

山鳥のつがいになれぬ悲しみは、秋の山の深き霧がさらに互いを隔てて、嘆きたくなることであろうよ。

「夢路にはかよひてしほる袖をだに……人の涙のぬらしやはする……」

夢ならば恋しいあなたと逢って、別れ際にその涙で袖を濡らすのに、現には逢うこともできず、自らの涙で袖を濡らすだけ。

「谷ふかきやつをの椿いく秋の時雨にもれて年のへぬらん……」

峰々の重なる谷の底にある椿は、秋の時雨さえ届かず、葉の色も変えぬままに、長い年を経続ける。

順徳院が佐渡で詠った歌には、すべて自身の深い悲しみが滲んでいる。

順徳院が身罷る時に、供人の二人が急ぎ出家して、法衣を着、念仏を唱えたと聞くが、さようなにわか読経で成仏できたのか。いや、誰が念仏を唱えたとて、この院の無念を晴らすことなどできぬのではあるまいか。

もう一度、数珠を揉みながら深く低頭する。地に迷う霧のごとき杉線香の煙が、ようやく立ち上って、嘆くのか、嘲《あざけ》るのか、怒るのか、己れの方へとふくらんで煙の網をかけたかと思うと、上へ揺らめき、立ち上っていく。

ご遺骨は都大原の地に遷されて、後鳥羽上皇とともに眠るというが、まさか京から遠き北国の佐渡島にある、かような真野の山の中で火葬されるなど、誰が想えたか。

歌はむろん、管弦にも通じ、『禁秘抄』をものした雅《みやび》の天皇のさだめが、己らの諸行無常をさらに焙《あぶ》り出《だ》すようで、老いた胸さえも張り裂けそうになる。

膝に手を添えてゆっくりと立ち上がると、小さな眩暈が来て、一歩二歩と後じさった。ふと目の端に樹々の葉の乱れ繁る中に、群青色《ぐんじょう》の光が瞬いた気がして、何かと目を転ずれば――。

遠いのか、近いのか、佐渡の海の色が葉陰に隠れて覗いていた。

――いざさらば磯打つ波にこと問はむ隠岐のかたには何事かある

順徳院が悲しみに暮れ、都や父親の後鳥羽院のいる隠岐を想いながら見つめていたであろう、佐渡の海が見えた。

二

「それにしても、だらしがのうございます、了隠様。足が動かぬなんぞ……」

「だから、おれがいっしょにいけば、いかったんさ」

六左衛門とたつ丸に責められて、了隠殿は渋い顔をしていたが、夜になっても戻らぬ己れらを、さぞかし心配してくれていたのであろう。

私は順徳院の火葬塚で、思っていたよりも時を過ごしていたようで、了隠殿も気を揉んでいたらしい。だが、塚に近づこうとするたびに、拒まれたかのごとく心の臓が締めつけられ、足が動かなかったと。

正法寺に戻ってから、六左衛門に、「御出家してから初めての御供養でございましたな」と言われ、了隠殿が思わず口ごもったことから、二人の責めが始まったのである。

峯舟禅師もこちらも笑うばかりであったが、六左衛門やたつ丸を連れていかず、つくづく良かったと思うほどに、あの地は念の強い霊界に近い。いや、人の心の奥にある扉を開き、そこに蠢《うごめ》く自らの業を覗いてしもうて、さように感じるのやも知れぬ。

「そう、了隠殿を責めるではない。了隠殿がおらなんだら、この夜に、帰ってこられぬわ。あらためまして、お礼申し上げます」

そう声をかけると、了隠殿は恐縮して法衣の袂を払い、頭を下げていたが、了隠殿ならば、己れが頼み申す新作のための面を、きっと仕上げてくれる確信があった。あの真野山の径で結界を覚えたことこそ、法力をまとうているがゆえ。成仏できぬ人の哀しさを、その身が受け取っているのである。

「そうです、世阿様。これを見ていただけますか。あの万福寺裏の竹からこさえたものでございます」

六左衛門が括袴の脇から、漆の艶も美しい能管を三本ほど手に取った。

「こちら、佐渡の竹は、ほんに素晴らしうございます。あの頼政が鵺退治に使うた矢竹というのも、分かる気がいたします」

島に着いて、笠取峠を上っている時に、了隠殿の下の者が頼政の鵺退治の矢について教えてくれたのであった。あの頃の朔之進殿と了隠殿……。思わぬうちにも、このお方との巡り合わせに手を合わせとうなる。

「八割返しにしてもよろしいですし、ノドに使うに適した竹も、佐渡には豊かにあります」

手にしてみただけで、上等の能管であることが分かる代物。樺巻《かばまき》から覗いた煤竹も見事なもので、いつのまに六左衛門は拵えていたのか。あたかも何がしかの法具にも見える出来栄《できば》えである。

「どれ、六左衛門。ちと、吹いてみてくれ」

「はい。宵ではありまするが、失礼いたして……」

六左衛門が姿勢を正し、一本の能管を手に取ると肘を張った両腕で厳かに掲げ、唇下に歌口を添えた。

息を吸う音。

深く六左衛門の直垂の腹がふくらむ。

と、泉の地の夜を裂くかのような透徹した音が立った。

ヒシギ。

続いて、何者かの魂が尾をひきながら、のたうち、さまよい出てきたかの調べ。

「乱序」。

「石橋《しゃっきょう》」という演目の、獅子が出てくる場で吹かれる曲である。魂は気を得たのか、ゆるりと巡り、我らを見定めつつ、自らを謡うがごとくに本堂の中を遊ぶ。もしも、順徳院の霊がついてきたのであれば、さぞかし喜んでおられるに違いない。たつ丸まで、自らの膝を小さな掌で叩いて、拍子を取っている。

「ホッ、ヨーッ」

存分に能管の調べは、宵闇の中をうねり、漂い、泳いでいく。

「いやいや、良き音じゃ」

「六左衛門殿ッ。さすがでござる」と、了隠殿まで前のめりになって目を見開いていた。

「十社への奉納も、この正法寺法楽でも、是非、その笛でお願いしとうものでございます」

峯舟住職も嬉しげな顔を灯火の明かりに浮かべている。

「某も早う謡を習いとうございます。のう、たつ丸、六左衛門殿」

了隠殿の言葉に、たつ丸ははしゃぎ、六左衛門は肩を揺らして笑うておるが、黒木御所で聞いた読経の声も見事なもの、稽古を積めば地頭《じがしら》にでもなれるやも知れぬ。

「のう、六左衛門。私は了隠殿に、中三位の広精風《こうしょうふう》から稽古をしてもらおうかと思うておる」

「広精風でございますかッ」

六左衛門が声を上げたのも無理はない。十年あまり前に『九位《きゅうい》』という芸の位について書いた。妙花風《みょうかふう》、寵深花風《ちょうしんかふう》、閑花風《かんかふう》を、最も高度な三つの域として上三花と私は呼んだ。その次の中三位が、正花風《しょうかふう》、広精風、浅文風《せんもんふう》。さらに下の域の下三位が、強細風《ごうさいふう》、強麁風《ごうそふう》、麁鉛風《そえんふう》。

押し並べて、中三位の浅文風から稽古を始めるものであるが、了隠殿は武道稽古を積んでいて、丹田や気の使い方が分かっている。「芸能の地体にして、広く精やかなる万得の花種を顕《あらわ》すところ」である広精風から始めて良いのではなかろうか。だが、ここが境い目。学ぶ態を自らの種として、心で花を咲かせなければならぬ。

「了隠殿。習道の入門は、二曲三体、いうて、舞歌の二曲、物まねの人体、すなわち老体、女体、軍体、この三つをしっかと学ばねばならぬのです」

「二曲三体……」

「まずは、何よりも、二曲。舞歌を稽古せねばなりませぬ」

禅竹が送ってきた文にもあったが、今、都では鬼の能が流行るという。だが、それがいかにも浅はかで、動きのある派手な鬼の能で自らの未熟さをごまかす役者が多いという証である。能も役者も、それではすぐにも果ててしまうであろう。異相の風をのみやれば、無主の風体になりて、能弱く、見劣りして、名を得る芸人は、さらにいなくなる。無体枝葉の稽古はやめて、二曲三体よりしっかと稽古する者のみが、能役者となる。

六左衛門が能管を納めながら、うんうんとうなずいているのに気づいたのであろう、了隠殿は灯火に真剣な眼差しを光らせている。

「六左衛門殿は、囃子方の名人でおられるが、やはり、その二曲三体を稽古されたのですか」

「はい、了隠様。他の座の者はいざ知らず、私ども観世座は、すべての者が、二曲三体より学びます」

六左衛門の隣に座るたつ丸まで、背筋を伸ばし澄ました顔をしてうなずいている。その分かったような面差しが愛しうなって、笑みが零れてしもうた。

「どうぞ、どうぞ、何卒《なにとぞ》ご指導いただきとう存じまする」

了隠殿の入門が決まってのち、しばし談笑していたが、宵も深まった。本堂の灯火を消して、了隠殿は帰途に、ご住職や六左衛門らも禅堂に戻る。己れも房で元雅の扇に線香を上げて手を合わせ、外にすだく虫の声を聞いていた。時々、秋めいてきた涼しい夜風が吹いて、庭の松を鳴らす。

——秋風の枝吹きしをる木の間よりかつがつ見ゆる山の端の月
二百年前とはいえ、この虫の声も松籟も変わらず、順徳院も二十一年間佐渡の地の季節の移ろいを聞いていたはずなのである。

——百敷《ももしき》や古き軒端のしのぶにもなほあまりある昔なりけり
聖代ともいわれた栄華から、没落していく皇族や公家の様がやるせなく、武家鎌倉を討つべしと命を発しても、集いし武士らは一万七千騎。鎌倉側は十九万騎の数と聞いた。蹴散らされ、敗走し、佐渡への配流。

——思いきや雲の上をば余所《よそ》に見て真野の入り江にて朽果《くちは》てむとは
順徳院の遺された歌の数々が、闇に浮かんでは消え、消えては浮かぶ。

六左衛門の能管……たつ丸の小鼓、村人の囃子……了隠殿の地謡……。

順徳院の、無念、寂寥……、懐古、優しさ……怨……。

この己れに書けるのか……。身分のあまりに違う、卑賤の出の老翁が院の境涯を描くなど、許されるものなのか。

いや……、書かねばならぬ。順徳院の悶死するほどの悲しみを謡にして、仏にあずけ、弔うこと。それが佐渡にこの身を迎えてくださった順徳院への、せめてものご供養と、己れなりの覚悟にせねばならぬ。順徳院の成仏は、また己れの成仏でもあろうに。

闇に目を凝らしているうちに、まだ島に流されてきたばかりの若き順徳院の姿が、朧に浮かんでくるようである。限りなく淡い靄《もや》が少しずつ人の形をなして、そのお顔を現し始める。

立烏帽子の下の憂いを秘めた眉目、わずかに開いた唇は、何事をつぶやかんとしておられるのか。直衣《のうし》にほどこされた金糸が、蜘蛛の糸のようにきらめいて、その有職《ゆうそく》文様がほの見えてくる。桐竹鳳凰文《きりたけほうおうもん》。

天皇のみが使用できる文様の直衣を、いまだ召されている執心……。

私は小さな灯火をたよりに、文机から料紙を手繰り寄せた。墨を含ませた筆先で、闇から浮かんできた曲の題を記す。

――黒木。

「越《こし》の船路を隔て来て　越の船路をへだて来て　黄金《こがね》の島に急がん……」

ワキの僧。

「これは越後国より出でたる僧にて候。我いまだ妙なる佐渡を見ず候ほどに　このたび思ひ立ちて候……」

長谷寺、万福寺、正法寺と、佐渡の霊峰北山の霊力を受けたる寺を巡るうちに、外も暗うなって波打ち寄せる浜辺に出た。波濤の音か、松籟か、心洗う音に耳を澄まして、闇空を見上げれば、月。

どこぞの海人の軒先でも借りたいと、月に照らされた銀砂の浜辺を歩くうちに、火が見える。何かと近づけば、一人の老翁が薪を焚いて、ただ遠く暗き海の果てを見つめているのである。声をかけようとするうちに、翁のつぶやくように歌う声……。

「つま木こる　遠山人《とほやまびと》は帰るなり　里までおくれ　秋の三日月……」

かように日も暮れた中を、薪にするための枝を集めた木こりが遠い家まで帰っていく。どうか月よ。足元を照らして、送ってあげてほしい。

優しき歌に惹《ひ》かれて、僧が近づけば、やはり翁は木こりと見える。薪にする枝を浜辺に重ねているが、せっかく集めた枝を焚火《たきび》にして燃やしているのである。

あら、不思議やな、と僧が声をかければ、振り返る木こりの翁の胸襟に、椿の花が一輪。木こりに椿の花とは、げに風情の趣の老翁なりと、名を問うても答えない。

「谷ふかき　やつをの椿　いく秋の　時雨にもれて　年のへぬらん」

時雨すら忘れるほどに、峰奥の底になる椿に似て、まったく変わらぬまま年を取ってしまった翁でございます、との歌を返すのみである。

「いかに、この集めたる薪を、浜にて無駄に炎とするのは、何のためでありましょう」

「夜の海は、冥界のごとく闇の闇。灯りなければ、行方も見えず、さまようのみ。せめてもの、印にて候」

「かような深更に、たれか見る灯りと申す」

「御法《みのり》の船、と申せば良いか」

「御法の船と」と、闇の海に目をやっても、ただ波の音のみぞするばかり。眼差しを戻せば、すでに木こりの翁の姿はなく、椿の花が銀砂に落ちて、焚火の炎に照らされている。

越後国の僧、不審に思いながらも焚火で暖を取り、横になるうちに、裏の真野山なる中腹より、一つの火の玉が静かに下りてくるのを夢で見る。何かと見守れば、桐竹鳳凰文の直衣を着た、若き御公家が独り、松明を持ちてくる姿。

「……百敷や古き軒端のしのぶにもなほあまりある昔なりけり……」

宮中の古き軒端に生えている忍ぶ草、それを見るにつけ、偲びつくせぬ想いがあふれ、慕わしき昔であることよ、という歌がかすかに聞こえもする。

あの有職文様は、と眺めていれば――。

苦悶の面差しを秘めたまま、夜の海に向かいて松明の炎を振る。

「闇に紛れて迎えにくるはずの、都の船よ、我はここぞ」と声を漏らすが、一陣の海風が吹いて、手にした松明の炎を消してしまう。僧の前にしている焚火の炎を移しても、また風が吹いて消える。

「おのれ、憎き鎌倉風の吹く」

ついては消える松明を闇に振る姿が、いつのまにやら戦で太刀を揮《ふる》う姿にも見え、激しき息遣い。自ら斬られ、滴った血か。砂の上の赤き椿を拾うて、無念の面差しのままに、また静かに真野山へと戻っていくのである。

明くる日、越後国の僧、若き男の消えし山にのぼりてみれば、順徳院の火葬塚のひっそりと佇むのを見る。して、懇ろに供養して、御法の船に順徳院の霊を乗せて送り出すのである――。

三

一気に筆を走らせ、まだ墨の乾かぬ料紙を持ったまま庭の闇を見つめる。と、松の枝が立ち騒いだ音がしたかと思うと、すぐにも秋めいた夜風が入り込んできて、手にした料紙をはためかせた。灯火が揺れて、障子の桟《さん》の影がわななき、床に映る己れの影も陽炎《かげろう》のごとく揺れて、震える。油も少のうなっていたのか、灯火の炎が火皿を舐めて、青い光の溜まりを作ると、ふっつりと消えてしもうた。

「鎌倉風でもあるまいて……」

老いた体で長い距離を日がな歩いて、深更まで書き物など、もう寝てしまえということであろう。わずかな月明かりをたよりに、料紙を整え文机に置くと、枕を引き寄せる。縁側に置いた蚊遣りも後一刻もすれば消えようが、じきに用のない秋となるのである。朝に見た田の稲も黄金の穂がたわわに育って、皆頭を垂れていたが、もうすぐ刈り入れか……。

虫の声を聞きながら、うつらうつらとしているうちに、また夜風が入り込んできて、文机の上に重ねた料紙が音を立てた。暑さなどとうに引いていて寝苦しいわけでもないのに、なかなか寝つかれず、庭から入る風が文机を悪戯する音を耳にしていた。

野分《のわけ》の兆しでもあろうか、と、紙のめくれる音を聞いていて、いや、これはただの風のしわざではない。何かしら人の手によるもののような気がして、うっすらと目を開け文机の方を見ると、闇の中に、瀧の飛沫がたなびくがごとく白い影が揺れ動いているのが見えた。

その白い靄の柱がようようはっきりしてきて、どうやら己れの「黒木」の稿を繰りては、強く振っているようなのである。振っては広げ、広げては振り、また広げては、乱暴に宙に振っている人影が見えてきた。

「……何者ぞ」と、声を出そうとしても、いかにしたことか、なかなか声にならず呻きを漏らすばかりである。

「……愚かの……仰せ候や……」

低く絞り出すかすれ声が、さように言うたように聞こえた。

「……誰……であるか……」

半身を起こそうとしても、力を入れているのに体も強張り動かぬ。白き影の手にするものをよくよく見れば、今度は己れの書いた「黒木」ではなく、歌集の装いに見える。霞む目で表の文字をたどれば、『新勅撰和歌集』と朧に読めて、息を呑んだ。藤原定家が後堀河天皇に奏覧したという歌集。

「……わが歌の……一首もなきこと……、これも鎌倉方の仕打ちと見るや、定家の裏切りと見るや……」

……順徳院様……。

「違う、ございます。それは、私めの、謡で、ございます。順徳院様の跡を、弔い奉《たてまつ》りたくしたためた……」

「愚かの仰せ候や」

また、手にした紙を闇に勢いよく振りて、破かんばかりと見えたが、宙に放って散り散りにしている。腕を伸ばそうにも、こちらは四方八方から縛られたように、つゆとも動かず、喉から呻きを絞り出すのが精一杯である。

影が動かなくなり、ひっそりと佇むだけとなり、だが、次第にその容貌が浮かび上がってくる。まだ若きお顔であるというのに、振り乱した髪のかかる額に、爛《ただ》れた異様な腫れものをこさえ、驚くべきは二つの眼から血涙を流しているのである。

「……そなたに……書けると申すか。そなたに……書けると……。わが恨みを……」

「……順、徳、院様……」

「佐渡院と……呼ばれし我の……人知れぬ、心は狂い……」

白き影の手が闇の中を伸びてきて、猛禽《もうきん》の爪かと見える。その青白き手から逃げようともがきながら、再び顔を見れば――。

「元雅！」

額に柘榴《ざくろ》のような腫物をこさえ、両の眼から血を流しているのは、我が息子元雅なのである。

「元……雅」

恨みとは、そなたの言うことであったのか。

ああ、元雅よ。哀れな元雅よ。ならば、愚かな父を早うその手で、そなたがいる無間《むげん》地獄へ連れて行ってくれ。

「元雅……」

「父上、違います。私はここにおります」

小夜蒲団《さよぶとん》の逆の方から声が聞こえ、見れば、そこにも若き元雅がいて、慈悲深き眼差しを落として手を伸ばしている。こちらは元雅がよく着ていた直垂に括袴姿で、面差しも己れのよく知る元雅だった。

「父上、こちらです。そちらへ行ってはなりませぬ」

血涙を流して苦しんでいる元雅と、静かに見下ろしている元雅と。

どちらも我が子元雅の姿……。

しかし、今は、狂い悶え、望み絶えて悲しみの底にある元雅に寄り添うべきではないか。たとえ、地獄へ落ちるのであっても、元雅とともに苦しむのであれば……。

「……愚か、なり……」

「父上……」

二人の元雅がともに声を発したと思うと、闇に吸い込まれるように、どちらの姿も消えた。

四

「世阿爺、大丈夫らかあ、世阿爺」

食があまりに進まぬ己れを見て、たつ丸が幾度も心配げに顔を覗き込んでくる。よほどに憔悴して見えるのか、寝覚めの悪さが体に響くとは、老いの情けなさでもある。

「世阿様、歳も考えず、昨日は歩きすぎでございましょう」

六左衛門も箸を止め、顔を顰《しか》めるようにして言うてくる。

「幾分は涼しうなったとはいえ、昼はいまだ炎天。ほんに、世阿様ときたら、もう少し、お体のことを考えてくだされ」

正法寺にも寄ってくれるおとよさんの朝餉は、甘鯛《あまだい》の一汐焼《ひとしおや》きや白ごま豆腐、あさりの味噌汁と、どれも旨く、ありがたいことであるのに、どうにも昨夜《ゆうべ》の悪夢に箸が重うなるのである。

順徳院の苦悶を、伊勢で客死した元雅の無念と比べようもなけれど、已れの中ではふだん想うている以上に元雅の哀しさが沈んでいるのであろう。なにゆえ、順徳院の血の涙を流すお顔が、元雅の顔に変わってしもうたのか。しかも、よう知っている若き頃の元雅よりも、やつれ、恨み、狂死するほどに悶える元雅の方に、已れは近づこうとしたのである。

「二人に、心配をかけてしもうて……。いや、六左衛門の言うとおり、さすがに、昨日の疲れがのう」

「ほんに、お気をつけあそばされ」と六左衛門は零しながらも、目でうかがい、私の皿の甘鯛に箸を伸ばしてくる。

「たつ丸は……今日は、小鼓の稽古か。六左衛門……、謡の稽古もたつ丸につけてくれるのであれば……、了隠殿が参られた時に、少しともに教えてやってくれ」

「よろしうございます」

「なみかぜ、しきりにめいどおしてー、なら、おれも教えてやるっちゃ」

たつ丸の甲高い謡の一節の声が、頭の中の靄を少し払ってくれるような心地がする。邪念のない幼き者の謡や掛け声は、その場の気を浄《きよ》らにして、清廉な風を運んでくるかのごとくである。

たつ丸と六左衛門の、よう朝餉を食べる姿を眺めていると、峯舟住職が已れを呼びに来て書院の方に誘うてくれた。何事かと思うて、書院の畳に座すれば、静かに黒漆の箱を滑らせてくる。

「これは……」

「さようでございます」と峯舟住職も柔和に笑みを浮かべながら、その蓋を丁寧に開けた。父観阿弥の形見である鬼神面が虚空をにらみながらも、みなぎる精気を醸している。

「なにゆえ、ご住職のもとに……。これは、泉城主本間四郎左衛門頼長様に献上したもの」

「はい。さようにうかがっております。また、世阿弥様の、誠に大事にされているものとも。いえ、おそらく、朔之進殿、いや了隠殿がその旨を城主に申し上げたのでございましょう」

「了隠様が……」

「頼長様も、さような大事なものであれば、むしろ泉本間家の菩提寺《ぼだいじ》である、この正法寺にてあずかってくれ、とおっしゃられて。世阿弥様も安心であろうとのことでございました」

まだ会うたこともない泉城主本間頼長様であったが、そのお心遣いに頭が下がる想いであった。これも了隠殿が掛け合うてくれたおかげ。己れとしては、この鬼神面が身近にあろうとも、すでにこの内で涙を流すことはないと覚悟が決まっている。だが、了隠殿の、この老翁を想うてくれる気持ちに、胸の中で手を合わせた。

「されば、是非にご内陣の末座にでも置いていただけましたら、ありがたいことでございます」

わずかに峯舟住職が、「おや?」という顔をされたが、すぐにも私の心の内を察したのであろう。父の形見であり、帰洛までのお守りであった鬼神面を自らの手元に置かずに寺にあずけるというその意を、受け止めていただけた。

「ところで、世阿弥様。お体のお具合はいかがでございましょう。昨日は真野までの歩き、お疲れではないかと」

そう言いながら、住職の眼差しが己れの顔をそれとなく確かめていたが、探るほどではなく、笑みに隠して気にかけてくれている。まさか悪い夢にうなされたと呆けたことも言えず、「さすがに歳には勝てませぬ」とごまかした。

「少々、お待ちください」

峯舟住職が座を立っている間、しばらく庭の老松を眺め、さらにそのむこうの山の端から立つ峯雲の白さに目を奪われていると、住職が大きな盆にのせた器などを持ってきた。

「世阿弥様。これは、この佐渡の地に秘かに育てられている茶でございます」

「秘かに、と」

「越後国が、おそらく茶の栽培の北限かと思われますが、佐渡は越後よりは少しは暖こうございますから、茶も本来は育つのです。ただ、元々、茶葉自体がございませんでした」

茶入れであろう、峯舟住職が黒鳶《くろとび》色の小さな器の蓋を開けると、色も鮮やかな若竹色の抹茶が覗いて、それを竹のへらで細やかに掬うて肉厚の碗に入れる。

大樹義満様のもとで、初めてお茶なるものを口にした若い頃は、確かもっと細い杓で掬うたように思うたが、そのへらも茶筅《ちゃせん》に似たものも、すべて佐渡の竹が使われているのであろう。穂の細かい茶筅は筆先のようでもある。湯を注ぎ、竹の穂ですばやくかき混ぜると、静かに私の前に碗を差し出してくれた。

「あまりに不調法で、都の茶とはまいりませぬが」と峯舟和尚。

赤黒い碗の中に、若竹色の溜まりが泡立ちて沈んでいる。よもや配処で茶を喫することができるとは思うてもおらず、自ずと京の景色のきれぎれが脳裏をよぎった。口元に碗を近づけると、深みのある甘苦さがほのかに香り立って、心を慰撫してくれるようである。碗を両手で掲げ、口にしてみる。

清廉な竹の葉のささめきのような爽やかさの後、深遠な苦さの奥に、小さな甘みの珠《たま》が隠されているかのごとき味と香り……。

「これは……なんと、美味しう茶でございましょう」

頭の中の靄や血の道の澱《よど》みが、服するたびに洗い流されていくようである。

「ちょうど、この正法寺と真野の間ほどに、ひそやかな茶畑がございますが、順徳院が都の宇治から持ってこられた茶をお手植えしたとも、日野資朝権中納言が植えたとも、伝えられております」

順徳院のお手植えの茶……。

それを私が今喫しているとは。また、日野資朝と言えば、後醍醐天皇の討幕の謀りに加わり、佐渡に流されて、斬首された公卿である。闘茶の名人とも聞いた。いずれも、無念極まりない死を迎え、いまだ、魂がこの地のいずこかをさまようているかも知れぬお二人である。

「順徳上皇の……、日野様の……」

もう一度碗を掲げて、茶の内に含まれる刻の重なりを想うた。いかにしても、己れが佐渡に流されねば、この茶を飲むことなどありえようはずがない。先人のさだめなき運命とともに、己が因果の不可思議がからまり、人の一生などというものに確かなものなど微塵もないのだと思い知らされる。逆に想いを凝らせば、一生と勝手に信じていた一縷の道筋の周りには、広大無辺な己れの自在な生き様が、なみなみと満ちているということではあるまいか。

「少しでも、お疲れが癒されるとよろしうございます」

「ほんに、かような貴重なるお茶をいただき、おかげで身の内が整いましてございます」

まだ温かい碗を両手で包みながら、また庭の景色に目をやる。まばゆい光の内にもいずこにか秋の兆しが宿って、蟬の声も蜩の方が多くなった気がする。と、小さな池の面近くをついついとよぎるものがあって、見れば、とんぼであった。住職も気づいたのか、「はや、さような季節ですなあ」と目を細める。

「泉もそろそろ稲の刈り入れが始まりましょう」

「昨日も、田を見ましたが、みな、よう育って黄金《こがね》の穂が頭を垂れて、揺れておりました。……さようでございました、例のあの久知本間の米の方は、いかがなりましたでしょう。戦が大きうならぬと良いのですが……」

眉根を開いてこちらを向いた峯舟住職が、庭の光を溜めた目に笑みを浮かべる。

「それはご心配に及びません。今朝来たおとよさんの話では、戦のいの字もないと言うておりました。了隠殿も申しておりましたが、雑太惣領本間家が米を分けるとのことで、久知の村人も本間家も胸を撫でおろしておりましょう」

「ならば、惣領本間の方は……」

「いやいや、それが、新保もこの泉も、例年よりもはるかに米が実って、余るほどの出来とのこと。これも世阿弥様の雨乞いのおかげと、皆、申しております」

「滅相もございません」と、恐れ縮む想いで畳に手をついた。だが、戦が大きうならずに済みそうで、何よりのこと。惣領本間家も、力をつけつつある庶子家に貸しを作るということにでもなるのであろうか。

「ささ、もう一杯、茶を召され」

住職の言葉に甘えて、茶を喫し、静かな刻を過ごす贅を、ほんの刹那でも味わえることが夢のごとくである。

佐渡の夏が、早くも過ぎようとしている。

五

六左衛門が膝を叩きながら拍を取って一節謡うと、それに続けて、たつ丸と了隠殿が声を張り上げる。初めのうちは、丹田に溜めた気を、できるだけ遠くまで放つように謡うのが良い。

「名ばかりは、在原寺《ありわらでら》の　跡古りて……松も老ひたる　塚の草……」

詞章の風情などまだ分からぬだろうが、不思議なことに、たつ丸の方が囃子にのるようにして謡うている。小鼓稽古の成果が出ていることもむろんあろうが、童の無心が謡の根と通い合うと言えば良いか。

「これこそそれよ　亡き跡の……」

了隠殿の描いた能面の下絵を見ながら、「井筒」の一節を謡う二人の声を聞く。毎夜、正法寺の境内にある岩に腰掛けて、月明かりと語らうように、新たな曲のための面に想いを馳せ続けていた。眉根を悲愴に上げ、額の方にはその淡い影の兆し。眉根の下には細く切なげな皺を刻んだ憂いを……。濡れ事の切迫にも似た艶を帯びているのに、眼差しは何処までも怜悧で遠く、孤独なのである。口元のわずかな開きから歯がかすかに覗くが、その漏れる言の葉は、恨みか、嘆きか、経文か……。

さように想いつくまま、了隠殿に伝えたものの、いかなる形になるか。そう思うていたが、それでも幾枚かの下絵には、己れの夢に現れた順徳院と元雅の面差しに似たものがあった。

「了隠殿。舞は声を根となしまする。また、笛、鼓の拍子なくては舞はあるまじきなり、と申しまして、音力にて舞うものでございますから、なによりも、囃子方の音と拍にのることが肝要でございます」

下絵から顔を上げて、了隠殿に声をかけると、剃髪した坊主頭に血の道までふくらませ、汗の玉を光らせている。手巾で汗を拭うては、首元の筋を立てて声を絞り出していた。それを横で面白そうに笑うては合わせるたつ丸がいて、都や大和での座の稽古でもかようなのどかなものがあっても良かったか、とも思う。

「ひと叢薄《むらずすき》の　穂に出《い》づるは……いつの名残なるらん……。いや、これは、なかなか」と、了隠殿が半身を折って、根を上げる。武道の発声とはまた別の力を要して、戸惑うているのであろう。

「了隠殿。ご無理は禁物。声の出し方には、一調二機三声、言いましての。一調、これは自らの内で、まず高低をつかんでおくことを言います。謡の演目にもよりましょうが、同じ曲でも、その日その日によって高さが違うものでございます。時節当感と申せば良いのでしょうか、自らの内なる声に耳を澄ますことが大事となります」

「時節当感……」

「二機。これは了隠殿は、武道を長くやられておりましたから、できております。全身の気をみなぎらせて、注意を凝らし、ここぞという時に、声を発するのでございます。その声、三声は、横《おう》ノ声と竪《しゅ》ノ声の二つがあるのです」

「横ノ声と、竪ノ声と、でございまするか」

了隠殿の眉間がねじり上がって、口が半開きになってもいる。

「いやいや、了隠殿の読経の朗々とした声は、横ノ声。張った、大きな声のこと。祝言でもこの声を使いまするが、たとえば、今の『井筒』の一節は竪ノ声の方がよろしうございます。望憶の想いを表わすには、細かな陰影の襞を使います。と、申しましても、まずは、たつ丸をあてどにして、出して、出して、でかまいませぬ」

了隠殿がたつ丸に眼差しを送ると、小さな顎先を上げたたつ丸が小袖の胸を張っている。

「おれは相音《あいおん》ら。横も竪もできるようになってきたれや」と、自慢げでもある。

たつ丸はたつ丸で、これから上手となるにつれて、無心が有心となりて大いに悩む時期がくることも必定。よう見せよう、よう謡おう、よう舞おう、とするその心が障礙となるのが、芸道の難儀さである。そこをいかに乗り越えるかが、一生の稽古となるのであろう。己れも、まだ風になびく草木一本になれずにいる。

「さて、私は、十社へ奉納する謡を考えてまいりましょう。六左衛門、後は頼んだゆえの」

三人を禅堂に残して、夕刻近い正法寺の境内に出る。錫杖でも振っているような蜩の声……。境内の端にあるいつもの岩に腰かけて、本堂の屋根のむこうをはるかに見渡せば、北山の端が覗いていた。まだ夏の名残の峯雲が、傾いた日の淡い薄桃色の光を溜めて、隆々と湧き出でているが、さらに高い空にはすでに鱗雲も浮かんでいた。

霊峰北山に守られた、この佐渡なる島の豊かさをいかに寿ぐか。北野天神である菅原道真公も歌うているではないか。

——かの海に、金《こがね》の島のあるなるを　その名と問へば佐渡と云也かような御神詠にもあるように、この妙なる島ははるか昔から尊ばれてきたのである。北山からか風が吹いてきて、松や佐渡杉の葉を揺らし、涼やかな音を立てる。神の鉾の滴りから、南は淡路の国が生まれ、北となればこの佐渡の国。胎金両部《たいこん》、すなわち、伊弉諾《いざなぎ》である金剛界が淡路であり、伊弉冊《いざなみ》である胎蔵界が佐渡となり、南北に浮かんで四涯を守っているのである。

「海上の、四涯《しがい》を守る七葉《しちよふ》の、金《こがね》の蓮《はちす》の上よりも、浮かみ出で立つ国として……」

一匹の赤とんぼが目の前を滑ってきて、宙に止まったかと思うと、己れの膝上の手に休んだ。枯れ木とでも思うているのか。

「……神の父母とも、この両島を云とかや……」

雲母《きらら》のような透いた羽根を風にわずかに揺らしたかと思うと、またとんぼはついと宙に飛んでいく。

私も岩から立ち上がり、山門を出ると、近くの田に足を向けた。夕日を受けて、さらに黄金色に輝いた稲の穂群れが、風に波を作って揺れている。はるかむこうまで金色の波は豊かにうねっては、畦に立つ百姓の影のいくつかを浮かべていた。

「しかれば伊弉諾伊弉冊の、その神の代の今ことに……、御影《みかげ》を分《わけ》て伊弉諾は、熊野の権現とあはれ、南山の雲に種蒔《ま》きて、国家を治め給へば……」

稲穂の揺れとともに、すでに米の香が濃く立って、それを楽しむごとくに無数の赤とんぼが宙を行き来している。

「……伊弉冊は、白山権現と示現し、北海に種を収めつゝ、菩提涅槃《ねはん》の月影……、この佐渡の国や北山、毎月毎日の影向《やうがう》も、今に絶ゑせねば……」

畦を歩けば、稲穂のたおやかな揺れに実りの勢いを、こちらがいただくようで、身も心も慈《いつく》しまれる。流人という身の上にもかかわらず、かような刻を得られるのも、佐渡で出会うた人々のおかげ以外の何ものでもない。ありがたい想いに、黄金色の田や薄紫の山並みが涙に滲みもする。

「国土豊かに民厚き……雲の白山も伊弉冊も、治まる佐渡の海とかや……」

西の空はほころび浮かぶ雲を金色に輝かせ、幾重の帯のように茜色を濃くしながら宵を呼び込み始めている。

金紗の波の田んぼの真ん中に立ち尽くし、自ずと合掌している己れがいた。

六

早めの夕餉を食した後、庫裡裏の井戸脇で器を洗うている六左衛門とたつ丸の姿を見ていて、これが親子であったとしてもおかしくはないのか、とも思うてみる。六左衛門が三十路に入って一つ二つ、たつ丸は七つ。

「げーかーいのー、りゅうじんー」

「たつ丸。下界のー、りーうじーん、だ」

「おれの曲なんだずけー」

縁側に運ばれてきた器を、私が布巾で拭い、丁寧に磨く。

六左衛門はもう本気でおとよさんを嫁に貰うても、良い歳なのである。かように、はるばる佐渡まで付き添うてくれただけでもありがたいのに、己れから能をまだ学ぼうとしてくれている。それでも二人が暇を見つけては通い合うている姿を知れば、なんとかしてやりとうもなる。

「六左衛門……、六左衛門」

「はい」と、手の甲で顎に飛んだ水の雫を拭いながら振り返る。大和の貧しい村から観世座に入ってきたのが、たつ丸よりももう少し幼かった、五、六歳の頃であったか。いかにやっても拍の取り方が下手で、「ろくそ」とあだ名されていた幼子が、今は都一とも言われる笛方になってしもうた。そして、かような北海の佐渡の島に、老翁の己れといるという運命は、あまりにも不憫ではないか。

「おとよさんとの祝言は、いつにするかのう」

「世阿様、また何を、にわかにッ」

六左衛門が丸く見開いた目玉を揺らして、焦った面差しをしているのが分かった。夕まぐれで顔色までは分からぬが、おそらくは首元まで赤らめているのであろう。

「六左のー、しーうげん、めーでーたーけーれー」と、たつ丸がうまい調子でからかうのを見て、こちらも噴き出した。六左衛門は井戸の水を掌で掬って、たつ丸にかけてもいる。体をよじらせて逃げるたつ丸の姿も愛らしい。

「早くに挙げてもいいのではないか、と思うてな」

「おれもおとよは大好きらから、いいと思うっちゃ」

たつ丸も井戸の柱から顔を出して言うている。

「たつ丸、おまえと同じで、ら、やら、だっちゃ、やら、口は悪いがな」

わざと口を尖らせている六左衛門の剽軽《ひょうきん》さに救われもするが、やはり、六左衛門はおとよさんと夫婦になって、しばらくしたら共に都に戻るのが良いのではなかろうか。

「なあ、六左衛門。おまえが私を想うてくれて、ここにいることを良しとしてくれるのはありがたいが、前にも言うた、都への……」

「世阿様」と、こたびは真面目な声音になって、六左衛門が首元から手ぬぐいを外し、こちらに体を向けた。

「世阿様が、以前おっしゃっていた、『名望を得る事、都にて褒美を得ずばあるべからず』でありますが、私は、むろん得心は致すところはあるものの、この佐渡に参りまして、さようなことばかりではない、とも思うております」

京で芸道が認められなければ意味がない、と私は確かに昔、座の者に言うたことがある。

「して？」

「能の目利きは、いかに考えても都にしかおりませぬ。これは間違いありませぬが、私は笛を鳴らすたびに、能も知らず、舞の美しさも知らぬ地とはいえ、この佐渡の地ならではの音があるのではないかと思うようになりました。世阿様……あの、新保での田植え歌の時を、覚えておられますか」

六左衛門が村人たちの先導になって、田植え囃子をやった時のことであろう。

「初め、どうにもならぬ調べと思うていた笛の音や囃子太鼓。逆に私がそれを真似てみようと思うても、なかなかできぬものです。このたつ丸の拍も、佐渡の海で生まれ育ったもので、それそうと、私には真似できぬものです。都の音は、紛れもなく洗練されたものでありますが、この佐渡の地だけにしか生まれぬ。自然からの調べがあるように思えてなりませぬ」

「確かに……」

「私はそれをつかんでから、都に戻りとう思うようになりました」

およさんへの恋の力であろうか。いや、それもあろうが、六左衛門の生来の囃子方の血がやはり騒ぐのであろう。とどまってはいけない。つまりは、京の能の音だけにとどまってはならぬ、と動き、求めているのである。

それは、また已れとても然り。この佐渡が教えてくれたことでもある。

「六左衛門……。祝言の曲は、『鶴亀』がいいか、『高砂』がいいか」

「ありがたいお言葉でございます」と、六左衛門が片膝を地について頭を垂れている。井戸の脇で話している事が分かっているのかどうか、たつ丸がまた体をまっすぐに立てて、何度も飛び上がっていた。

——名望を得る事、都にて褒美を得ずばあるべからず。

私は確かに以前、『花鏡』でさように書いた。

都で評が高くならなければ、話にならぬ、と。都ならば、多くの讃談、褒貶《ほうへん》を受けて、それに耳を傾けつつ研鑽《けんさん》を積み、悪い所を直して良き劫《こう》となる。さらにその玉を磨くことができる、と。だが、さような人とて、「在国して、田舎にては、都の風体を忘れじとする劫斗《ばかり》にて、結句、よき事をも忘れじ〳〵とする程に、少々《すくなすくな》と、よき風情のこくなる所を覚えねば、悪き劫になる也」。

鄙の地に行って住むことにでもなれば、都で評価を得た能を忘れまい、忘れまい、と執着するものである。栄華、地位、評判、矜持……。だが、そこにこだわって留まるのであれば、やがては桎《しっ》梏《こく》となり、逆に融通の効かぬあくどい芸となって、自らの首を絞める。

これは、何も田舎であろうが、都であろうが、かかわりなく、同じことであろう。そして、老い、というものが、まさに人の生における鄙の地にあることと同じということだ。昔はこの舞で名望を得た、若き頃はこの謡で賞賛を受けた、とこだわってしがみついては、そこで己れの芸が止まるということである。

この地は、まさに六左衛門が申すとおり、己れをも試している。父観阿弥の形見である鬼神面の中で、都恋しさに涙を流そうと思うていた己れの、なんと情けなきことよ。

あの夢……。

順徳院が自らの狂い悶えるがごとき悲しみと無念を訴えてきた夢……。

都にいた己れならば、さような夢告げに悩むこともなく、おそらくは、淡々と弔いの曲を書いていたのではないか。かようにすれば、見所の人の心に届く物語になる、と。

順徳院に限らず、人の生き死にのどうにもほどけぬ宿根の結ぼれに、我が首を絞められ、息絶えんとする時に出てくる言の葉こそが、能の詞章ではなかったか。

昔日の人であれ、その人自身の跡を真に弔うことができる能……。死者の心に届く能……。であるからこそ、私は順徳院とともに、亡き元雅の姿を見てしもうたように思えてならぬ。

書こう、とする己れ。舞おう、とする己れ。この己れこそが、真実の障礙となることを、二人の霊は教えてくれているのではなかろうか。

——無心の位にて、我が心をわれにも隠す安心にて、せぬ隙の前後を綰ぐべし。是則、万能を一心に綰ぐ感力也。

気づかぬうちに、境内の岩に座り続けて、いかほどの時が経ったか。我に返って、ようやく庭にすだく虫の声が耳に入ってくる。己れの歳も忘れ、いずこにいるかも分からのうなり、また己れの名が世阿弥であったことさえ失せたまま、時を過ごして袖を夜露に濡らしている。

すでに、六左衛門もたつ丸も、深い眠りに就いていよう。一、二度、遠く闇深き山で木霊したのは、朱鷺の鳴き声か。鳥の声さえも、誰かの呼びかけに聞こえてくる。

七

馬借《ばしやく》の運んできた荷の中には、古い小鼓や大鼓の他、驚いたことに能装束まで納められていた。

禅竹の案か、それとも妻寿椿の想いか。紅無唐織《いろなしからおり》の、茶と紺を段にして縫い取りの中に赤が使われているものと、金銀箔と色糸で唐花《からはな》文様を織り込んだ紹の単狩衣……。

煌《きら》びやかな糸の光や焚きしめた香の匂いに、都での日々がよぎりもするが、禅竹や寿椿が、能を諦めていない老翁を想うて送ってきたかと思うと、ありがたいような、切なきような心地になる。

「宝物みてらねえ!」

届いた小鼓の調べ緒をさっそく小さな手で結びながら、たつ丸が目を見開いて装束を見ている。

「たつ丸、これはおまえの洟汁などつけたら、大変なことになるからな」と六左衛門も大鼓の皮を確かめながら言うている。

「もう洟なんか、出ねわや」

銭十貫文とともに、禅竹、寿椿それぞれからの文も入っていて、懇ろに目を通した。寿椿の文字が懐かしうて、「老いの初心を忘れず、佐渡国での能に磨きがかからんことを心より祈っております」と、気丈な言の葉を連ねる想い、幾重にもありがたく、目頭が熱うなる。墨文字のハネや払いに、震えがわずかに見られるのは、やはり老いのせいであろう。

「俺も、そんげきれいな字を書きて」

たつ丸が小鼓を握ったまま、体をねじらせて寿椿の文を覗き込んでいる。

「なんでも、稽古だ、たつ丸。たつ丸なら、すぐ上手になろうて」

たつ丸の頭を皺ばんだ手で撫でつつ、また能装束に目をやっていると、廊下の方から摺り足の音が聞こえてきた。

「世阿弥殿、世阿弥殿。……おお、これはこれは……」

了隠殿が房の中に広げられた装束や小鼓大鼓に目を瞠《みは》って、縁側で立ち尽くしている。

「これはまた、見事な衣装でございますな」と跪いて、見開いた目を右に左にやっては驚きの色を隠さない。

「いえ、都の座の者も着のうなった古いものでございます。了隠殿からお借りしている狩衣の方が、どれほど素晴らしいものか。恐縮でございます」

「いやいや、これを着て、都の能役者の方々は舞うのでございますな。じつに華やか、雅《みやび》なものでございます。……ああ、世阿弥殿、そうでございました」

陶然として装束に眼差しをやっていた了隠殿が、思い出したように、持っていた鬱金《うこん》色の布の包みを差し出してくる。

「まだ荒取りにも近うございまするが……」と、布の角を四方に払う。

刹那、鬱金色の布の中で、肉色の面差しがうごめいたかに見えた。まだ、目も開いてない。口元も開いていない。にもかかわらず、削られた無垢の木から、若き男の顔が浮かび上がり、柔らかくその肉を攣《つ》らせるかのように見えた。

「佐渡のアテビを使うてみました」

「アテビを……」

眉頭の影の兆しにはかすかな苦悶の色が浮かんで、瞼にかけて細かな皺の刻み。その下にはわずかに伏せた冷ややかな眼が、氷の炎とでも言いたいものを孕《はら》んでいる。気高い鼻梁《びりよう》と半開きの唇から、男のにおいが熱となって漏れてくるようでもある。

「……了隠殿……」

頬骨のうっすらとした影や口角にも刻まれた淡い皺が、男の抱える憂いを溜めているように見えた。

「こ、これを、了隠様が⁉」と、六左衛門も大鼓の皮を確かめる手を止め、身を乗り出している。

「まったくの非家《ひか》ではありまするが」

了隠殿は青々とした坊主頭を少し照れたように下げて、また皆の応えを窺って、眼差しを動かしている。己れの背中に隠れるようにして見ているたつ丸など、その声でも漏らしそうな荒取りの面を、怖いとさえ思うているのであろう。

「六左衛門……、おまえ、万福寺にあった薬師如来像の脇侍仏を覚えているか」

「はい。見事な日光菩薩、月光菩薩像で……。え？　まさか、あの仏像も、了隠様が？」

「いや、非家の手すさびみたいなものでございまする」

恥ずかしげに坊主頭に手をやる了隠殿に、六左衛門が口角泡を飛ばす勢いで声を張り上げる。

「何が、手すさびですか！　かような見事なものを！　……ああ、あの日光、月光菩薩像も……。さようでございましたか……」と、今度は溜息を漏らして、溢れてくる想いを持て余したかのように、半身を揺らしてもいる。

「少し、持たせてもらってもよろしうございますか」

そう言うて、私は鬱金色の布から今若《いまわか》風の面の左右に両手を添えて、静かに宙に掲げてみた。

わずかに俯《うつむ》かせて、面を曇らせれば、幾重の憂悶《ゆうもん》を堪えているのか、言の葉にできぬほどの悲しみが醸されて、こちらの胸さえも苦しうなるほどである。逆に面を仰向けにして照らせば、桎梏から解き放たれた清々《すがすが》しい面差しの中にも、品をたたえている。それはわずかな帰洛への望みが見えた時の表情であるかも知れず、つかのまであるからこそ美しい。

「ああ……これは……、私が夢で見た、順徳院様の……」

ふと漏らした言葉に、六左衛門が息を呑んで顔を上げ、了隠殿の方はむしろ静かに目を伏せた。

「世阿様、今、何と仰せになりましたでしょうや。順徳院様と……」

「さよう」

「かの帝は、世阿様のお作りになられた、『花筐』の継体天皇と照日《てるひ》の前の恋とは、まったく違うございます。同じ帝であられても、順徳院様は苦悶の末に、この佐渡の地で自死されたお方……」

「花筐」……父観阿弥の作った「李《り》夫人の曲舞《くせまい》」なる中国皇帝の愛物語を使い、『日本書紀』から材を取って書いた、己れの狂女物である。

越前国に住む大迹部《おおあとべ》皇子が継体天皇へと即位し、都へ上ることになり、愛人照日の前に形見の花筐と文を贈る。即位を喜んだ照日の前であるが、別れの悲しみのあまりに狂女となり、都へ。その途次に紅葉の行幸の列をさえぎることになるものの、照日の前は「李夫人の曲舞」を舞う。持っていた花筐と舞に、継体天皇もまぎれもなくその狂女が照日の前と知り、やがて二人ともども都へと帰るという物語であった。

六左衛門の言うこともよう分かる。順徳院には継体天皇や照日の前のごとくさような救いもない。望み絶えた悲しい生涯を迎えてしもうたのである。しかも、了隠殿に面を打たせたということは、順徳院をシテにしようとのことと、六左衛門は気づいたのである。悲劇の帝をシテにするとは、いくらなんであれ、不敬ではあるまいか、と言うているのであろう。

「六左衛門……。であるからこそ、私は順徳院様を供養する能を、作りたいのだ。弔いて、どうか、この佐渡の地での日々を憎まれませぬよう、祈りたい。それはまた……己れの想いでもある」

「世阿様……」

私は面を今一度まっすぐに見つめてから、おもむろに裏に返す。彫り痕の幾重にも刻まれ、まだ目も鼻の穴も開いていない面を、自らの顔に静かにあてがった。

「ああ！」

六左衛門や了隠殿の上げる短い声が聞こえ、床を後ずさる膝の音が聞こえる。

己れには何も見えぬが、面の闇の内から順徳院や元雅の悲しみの重さが体の中に沁み入ってきて、それとともに二人の男の血の温みにも包まれる想いになる。

順徳院の漏らす幽けき声、元雅の微笑んだ面差し、順徳院の歌への熱、元雅の能への一途さ……。面の内で声を発してみて、それが己れの声であるのかも分からぬ。

「……夢の中では、順徳院様のお顔が……、元雅の、顔になってしもうて、私を……父上、父上、言うて、呼ぶのだ……」

「ああ、元雅様がッ」と、六左衛門が声を上げ、持っていた大鼓の調べ緒を強く握り締めているのであろう、紐の軋む音が聞こえた。

また、現世に戻る心地でゆっくりと面を顔から外すと、六左衛門がうつむいて固く目を閉じている。

「さようでございましたか……」

「ただ、これは一度きりの、能。詞章も残さぬつもりでおる」

六左衛門は己れの想いを分かってくれたのであろう、目を閉じたまま幾度もうなずいては、唇の端を震わせていた。

「了隠殿、ほんにかような私の想うたとおりの面を打ってくれますこと、なんとお礼を申し上げて良いか分かりませぬ。どうか、このまま、思うように打ってくだされ」

鬱金色の布に丁寧に面を戻すと、またその表情が刹那うごめくように見えた。

「……世阿爺、世阿爺」と、私の背後にいたたつ丸がおどおどとした声を出しながら、布の上の面と己れの顔を交互に覗いている。

「おれにはよう分からんけど、おれも、その、順徳院さまの能では、小鼓、打っていいんだろっか……」

「何を言うておる、たつ丸。当たり前じゃ。たつ丸こそ、佐渡の童。おまえが打たんで、いかにする」

と、たつ丸は両膝に手を揃えて、背筋を伸ばして座る。その頭を撫でようとして、手を伸ばした刹那ためらった。自らの手が何やら順徳院や元雅の手のような気がしたのである。

見れば、枯れて老いにかさついた翁の手……。

いかに見ても、順徳院や息子元雅の若き手ではない。たつ丸のつややかな髪に、瘦せて節くれた手を伸ばした。

第九章 法楽

一

新保や泉の田も稲の刈り入れが始まり、六左衛門もたつ丸も朝早くから手伝いにいくようになった。

黄金の色もさらに強うなって、田は金色の波がうねるようで、みな、実り豊かな重い穂を垂れているのである。朝晩は冷えるほどで、火櫃《ひびつ》が欲しいほどになったが、なにより霊峰北山はじめ山々の色が紫色に濃うなったのが、秋の訪れを知らせる。山並みの際の細かなところまで、弱うなった己れの目でも見えて、もののあはれにしばし気が遠くへ抜けてしまうかのよう。ことに夕まぐれなど、心が澄めば澄むほどに寂しさに沈んでいきそうにもなる。

都でも、大和でも、秋は訪れて、藁焼きの煙が山の麓にも町なかにも白く靄っているのであろうか。胸の内をくすぐるかのような藁焼きの煙のにおいが、正法寺の境内にまで届いて、ところどころ霧のようにわだかまっているのが見える。

本堂の階の袂や海老虹梁《えびこうりよう》、佐渡杉の葉群れ、たなびくように参道を這う煙もある。夕日でできた自らの長い影を見ながら、「黒木」のための舞を少しずつ確かめれば、また、その影にも白い煙がよぎって、順徳院が薄雲に乗っているのか。

「……海人のしるしぞ、磯ほむら。あまの徴《しるし》ぞ、いそ炎《ほむら》……」

サシコミをした右手の仕舞扇を、ヒラキで下がると同時に「雲の扇」のごとく宙に掲げる。

だが、その自らの居所を知らせる松明の炎が、闇からの海風で消えてしまうのである。

「いかでか振らん、袖の露……」

この月明かりの浜にいる我が見えぬか、と涙ながらに袖振るゆえか、火が消える。立てた仕舞扇を下に向けるとともに、右へかけて回り、またサシコミをしつつ、ヒラキで扇を立てる。

参道を這う白い煙の波に、順徳院の儚い影が映って、徴の松明を掲げては、火が風に掻き消えるさまに、立ち尽くしている。都にいたれば、皆人がはや集うてくれたものが、闇に迫りくるのは驕《きよう》慢《まん》の剣を揃えた鎌倉方のもののふども……。我をば谷戸の底に濡れ咲く椿にした者どもが、波となりて、野分となりて襲い来る。

「……あれに見えしは……」

境内に一陣の風が吹いてきて、雲のごとくほころんでいた藁焼きの煙を掃いた。順徳院の影を千々に乱れさせたかと思うと、一人の痩せた翁の影が長く伸びるばかりである。

「まだまだ、か。届かぬ……」

独りごちて、境内の端にある小さな岩に腰かけ、茜色に染まった夕空を仰いだ。装束は禅竹が送ってくれた紹の単狩衣で何とかなろうが、できれば垂纓《すいえい》の冠《かんむり》があれば……。

京では上皇になって立烏帽子をつけていたであろうが、夢幻能の後シテでは、いまだ帝のままのいで立ちの方が良いはずである。いや、それは不遜というものであろうか。さようなものを求めずとも、自らの心が順徳院の想いに少しでも届き、この身が憑かれるほどになれば、畏れ多くはあるものの、何をまとうていても院に近づけようものを。

かすかに溜息をついて足元の地を見つめていると、人の近づいてくる気配を覚え、顔を上げた。本堂の方から峯舟住職が叉手当胸《さしゆとうきよう》をしながら、柔和に微笑んでやってくる。六十過ぎとはいえ、肩幅の広い頑健な体軀をして、たとえ何がしかの怨霊と対しても、少しも騒がず数珠を揉む落ち着きがある。長年の禅宗の修行で無駄が削ぎ落ちたその静かな歩みも、己れが密かに抱えている新曲「黒木」にとりて心強い材となる。

「これは世阿弥様、そちらにおられましたか」

住職が立ち止まり、交わらせていた両手を合掌に変えて低頭する。己れも岩から立ち上がり、合掌して頭を下げた。

「いやいや、そのままに」と墨染めの法衣の片袖を上げて近づいてくる姿に、「かような御僧に、経を上げていただきたいのだ」と胸中想う。

「豊作の稲刈りも始まって、すでに藁焼きをする者もおるのですなあ」

峯舟禅師は境内のおちこちにわだかまったり、うっすらとたなびいたりする白い煙に目をやっている。

「じつに、佐渡の秋のにおい。もうじきに寒うなります」

「やはり、北国、冬は雪も仰山降るのでございましょう」

住職の片方の眉が上がって、口元の皺がさらに笑みを醸した。

「それが、佐渡はあまり雪は降らんので、助かります。海風があまりに強うて、雪もすべて越後の方に流されるのでございます。そのかわり、佐渡には波の花が降りまする」

「……波の花、と？」

波の花とはまた風情ある名であるが、聞くのは初めてである。一体、いかなるものか。住職も己れの間の抜けた顔に気づいたのであろう、破顔している。

「やや、さようでしたな。波の花は、他の地では中々お目にかかれぬものかも知れませぬ。波が花を咲かせて、その花びらで吹雪を作るのです。真野の方など、海が近うございますから、それは波の花で、いずこもかしこも一面白うなります」

「雪ではのうてでございますか」

「世阿弥様、これは、冬の楽しみが増えましたな」と楽しげに笑うておられる。されば、古くは万葉の歌人である穂積老《ほづみのおゆ》も、日蓮も、そして順徳院も、佐渡の波が咲かせる花なるものを見たのであろうか。波の散華《さんげ》の中、遠く荒れた海の先を見つめて立ち尽くす、順徳院の姿が見えるようである。

「ご住職様、お願いが一つございます」

「お願いなどと、世阿弥様。何なりとおっしゃってください」

落ち着いて澄んだ眼差しが見据えてくる。

「こちら、正法寺にて法楽させていただく能の新曲のことでございます。私の夢幻能なる形は、霊がシテ、すなわち主役となりて出てまいります」

住職の眉根がわずかに開いた。

「霊が……」

「はい。この世に執着を持った者、恨みを持った者、憎しみを抱えている者、無念の死を迎えた者……様々な想いを抱えた霊が、時を超えて語るものでございます。私はこたび、順徳上皇をシテにさせていただこうと思うておるのです」

峯舟住職が目を閉じて、深くうなずいた。

「さようなことと思うておりました。上皇の黒木御所と真野御陵を熱心に回られておいでであったゆえ」

「恐縮でございます。己れがさような曲を書くのは、畏れ多いことと思うておりましたが、どうにも、跡を弔え、というお声が聞こえるのでございます」

住職は今一度うなずくと、再び合掌して目を伏せた。

「その霊なるシテは彼岸におりますが、唯一、ワキにだけはその姿が現世においても見え、またその言の葉を聞くこともできるのでございます」

「ほう。能とはさような……」

「中でもワキには僧が最も多く、最後には念仏を上げて、シテを懇ろに弔うのでございます。そこで、ご住職、そのワキ僧の御役をお願いできませぬか」

珍らかに住職が目を見開いて、わずかに顔を引く素振りを見せた。唐突な願いに仰天しているのも無理はなかろう。

「世阿弥様、この拙僧がでございますか。お能には、まったき門外の者に、さような大層なお役がつとまろうとは思いませぬがのう……」

「いえ、ご住職。峯舟住職あってのお願いなのでございます。これは舞台の上の話ではなく、現においてもお経を上げ、己れの中に入った順徳院の霊を弔うていただきたいのです」

しばし、峯舟住職は私の目の底を確かめるがごとき眼差しで見据えていたが、「分かりました。こげな愚僧でお役に立つのであれば」と、ありがたいことに引き受けてくださった。

二人して山門から夕日に染まりゆく泉の地を眺めていると、径を三つの影が上ってくるのが見える。おとよさんも伴うて、六左衛門、たつ丸が仲良う歩いてくる。

「おとよは働き者で、万福寺の作務も手伝うて、家の百姓もこなして、うちにまで来てくれるのですわ」

「あの六左衛門と、最初の頃は、よう諍いを起こしておりましたが、今では夫婦になろうと」

「おや、それはそれは。気づかなんだ。いやいや是非に所帯を持って……、さよう、寺の離れでも、十社の裏の小屋にでも住めば良いのです」

山門にいる私たちに気づいて、たつ丸が「世阿爺！」と声を高く上げて駆けてくる。泉の地に木霊しそうなほどの声に、峯舟住職も嬉しげに笑いを漏らした。

「おうおう、たつ丸も、賢うなって。赤子の頃から、親御とこのあたりまでよう行商にきておりましたが、すぐに大きうなるもんですなあ」

「何やら私には、孫のように思えることがあります」

「世阿爺様のお孫様でございますか」と、峯舟住職が破顔して法衣の肩を揺らしていると、たつ丸が飛びついてきた。

「世阿爺！　おれが一番、いねをはさぎに、いっぺかけたっちゃ」

私の顔を見上げ、息を切らしながらも懸命に声を張るたつ丸が、ほんに孫子のようである。乱れた髪や薄汚れた小袖には、稲の刈り屑がたくさんついて、いかに立ち働いたのか。「はさぎ」というのは、刈った稲を干すために渡した木のことであろう。

「たつ丸、それはご苦労であったなあ。よう頑張った。おうおう、おとよさんも、六左衛門もご苦労でした」

おとよさんが夕日に照らされた顔から白い歯を覗かせて笑い、六左衛門も満ち足りた面差しをして、手ぬぐいでたつ丸の小袖についた稲屑を払っている。

「でねえ、村の子たちに、字をおしえてやったんさ。そしたら、がっと、よろこんだっちゃー」

「いや、たつ丸が、自分の名前を子供らに伝えるのに、土に文字を書きましたら、皆、童らが集まってきて、大繁盛でございますわ。次は誰ら、おまえは、こう書く、いうて、一端《いっぱし》の読み書き師匠でございました」

六左衛門もおとよさんも嬉しげにして、たつ丸を見ている。たつ丸が「ごんぞ、のやつ」と思い出したように言って、体をよじらせて笑い始める。

「ああ、ごんぞう、な。いえ、ごんぞういう村のがき大将がおりまして、たつ丸から自分の名前の文字を覚えましたら、みんなのほっぺたに、ほれ、田んぼの泥でッ……」

六左衛門まで笑い出して言葉にならず、三人して笑い転げているのである。

「逃げる、童をつかまえては、ほっぺたに、『ご』とッ、書いてッ。なあ、たつ丸ッ」

たつ丸は体をねじり、腹を抱え、両手を広げて飛び上がり、とよほど面白かったのであろう。六左衛門、おとよさんも、笑いが止まらずにいるようで、三人を見ていて、こちらまで楽しうなって住職とともに笑い声を泉の夕空に響かせた。

「……世阿様」

目頭を手の甲で拭っていた六左衛門が息を整え、姿勢をあらためている。何事かと思うていると、おとよさんまで髪を覆っていた布を取って、二人して神妙な面持ちになった。

「世阿様、ご住職様……、私ら、この稲刈りが終わりましたら、所帯を持つことに決めましてございます」

私が住職を見やると、深くうなずいてから合掌をしている。

「私は、年が明けてからでいいねっけ、言うたんさ。でも六左が、いや、はーえ方がいい、言うて」と、おとよさんは言いながらも、照れているのか手元の布を一心に握り締めている。

「そりゃ、せやろう。おまえみたいな別嬪さんが、なんや知らん、若いもんに夜這いにでもかけられたら大変や」

六左衛門が珍しく京訛りで戯言を吐いて、おとよさんをからこうている。

「六左、あんた、馬鹿言うなっちゃッ。何言うてん、たつ丸の前でッ」

「あ痛ー。おとよ。その、馬鹿、言うのはやめてくれや。京の人間にはこたえるわ。せめて、阿呆、言うてくれ」

二人の掛け合いが狂言のように面白うて、これは良き夫婦になるのではないかと胸中思うて安心する。六左衛門は早うおとよさんを伴うて帰洛し、都で能管をさらに磨き上げれば良い。この佐渡での村人の囃子も肥やしになりて、笛の調べに厚みも奥行きも出よう。

これから多くの学びができる若き者が羨《うらや》ましくもあるが、さて己れはいかなるか。老木は老木ならではの花も咲くであろうか。いや、我が身の行末に想いを馳せること自体が、いかにも生臭く、未熟であり、未練たらしきこと。何事も少な、少なに……。

「……世阿様……世阿様」

呼びかけられて我に返れば、皆して己れの顔をうかがっていた。

「おう、いかんのう。あまりに六左衛門とおとよさんの話が嬉しうて、呆けておった」

いつのまにか西空の茜色も濃くなって、頭の上にはいくつか星さえも瞬き始めていた。秋の早い夕べになったのである。

二

うっすらと冠雪した北山からの颪は、骨の髄にまで沁みるような冷たさだが、霊峰が老身に溜まる澱《おり》を浄《きよ》めてくれようとしているのか。

年明けに十社と正法寺に法楽する能。それに備えて、所帯を持ったばかりの六左衛門も、あかぎれで頬を赤くしたたつ丸も、一心に囃子方の稽古をしている。ワキをつとめてくれる峯舟住職も、師走の檀家回りの忙しさにもかかわらず、こちらが渡した詞章をことあるごとに熱心にさらっているようであった。

皆が冬の寒さの中でも、火櫃いらずで稽古に汗をかいていたが、了隠殿だけが日に日に憔悴していくのである。瞼も少し落ち窪み、頬もこけて、精悍な面持ちが薄うなった。ただ、目だけが異様なほどの光を溜めて、一点を見つめることが多くなった。

六左衛門が心配して、了隠殿の具合を確かめても、別に体が悪いわけではない、と答えるだけで、それでも謡の声を懸命に張り上げ、稽古はしているのである。

然《さ》もありなん。「黒木」のための面を打っているせいなのだ。面打ちにのめり込んでいるうちに、離れられのうなる。面の表情が浮かび上がってくればくるほど、自らにその面に打たんとするものが憑依してくるのである。能面師によっては、打ち始めてから胡粉《ごふん》を塗る前まで一睡もできずに、打ち続ける者もあると聞いた。おそらく、了隠殿も精魂をすべて傾けて、「黒木」のための順徳院の面を打ってくれているのだ。了隠殿の顔自体が、憂悶を抱えた若き順徳院や元雅に近うなっている。

「了隠殿、どうか、少しは、鑿《のみ》の手を休めてくだされ。離れる、ということも大事でありますゆえ」

「はい……。もう、すでに、胡粉も塗り、古色も施したものが、二つほどできましたが……、後、もう一つ、これが、アテビのせいでございましょう。最も、生きている面差しであると思うておりますが……、アテビの節から脂《やに》が出てしもうて、何やら……」

鑿の使い過ぎでこさえた親指の胼胝《たこ》を、人差し指でしきりに引っ掻いていたが、その手が止まり、拳となった。

「……涙、のように見えるのです」

「涙、と……？」

「面であるのに、初めから、泣いているなど、世阿弥殿の能を台無しにしてしまうのではないか、と思うているのですが……、どうにも、その面が最も、心に、魂に、訴えかけてくるのでございます」

拳を握り締め、法衣で正座したまま床の一点を見つめる眼差しは、何やら賽《さい》の河原で座り込む童にも見えた。すでに夢幻能の黄泉の中にまで入り込んで、小石の塔を崩す鬼か閻王《えんおう》とでも向かい合うているのか。

かけてもいない面に、すでに情感の濡れや溢れが見えているのは、むろんあざとい。面をかけた演者の内からにおい出てくるものがあって初めて、その面は喜怒哀楽を生きる。あの万福寺の日光月光菩薩像を彫り、また先だっての荒彫りの面を見ても、了隠殿には十二分に分かっているはずだ。それでも、何度拭うても、日をおいても、アテビの木から滲み出た脂の涙が消えぬ面が良いと言うのである。己れが見た恐ろしき夢でも、順徳院はその憂いに満ちた眼から紅涙を流していたではないか。

――しら露も雁《かり》の涙もおきながら我が袖そむる萩の上かぜ

順徳院の佐渡での歌が、また一つ胸中をよぎる。白露も、鳴き渡る雁の涙も、我が袖に落ちてくるけれども、この袖を染めるのは萩の上に吹く秋風の寂しさに零れる自らの血の涙なのだ、と。

「了隠様。私のように面の良し悪しも分からぬ者が何ですが……」と六左衛門が、神妙な面持ちで言葉を挟んできた。

「……その涙を流す面とは……前に、世阿様がおかけになった荒彫りの面、でございますか……」

小さく息を吸う音が聞こえ、了隠殿がかすかにうなずいて見せた。

「……じつは、それまで、あの面から脂など滲み出てはこなかったのですが……」

「世阿様が……かけてから、と……」

了隠殿はじっとうつむいて六左衛門の問いには答えず、「急いで、他に面を打ってもみたのでございまするが……」とわずかに声を震わせるだけだった。

「了隠殿……」

私が声をかけても、じっと目を伏せ、歯噛みしているのか顎の影を引き攣《つ》らせている。

「……了隠殿。その面に、いたしましょう。その面こそが、能『黒木』にて、順徳院様が求めているもの」

そう申すと、眼差しを落としていた了隠殿の顔が、ようよう上がってきて、憔悴した面立《おもだ》ちの影をわずかに薄くしていくのが分かった。それでも、私の本意を確かめるように、眼差しは幾度か揺れ動いて落ち着かぬ。

「その面こそ、私が求めているものでもございます。了隠殿」

了隠殿がいきなり床に膝の音を立てて、こちらに向き、目を見開いた。こたびは、射抜くような強い光の眼差しが向かってくる。

「さよう、で、ございますかッ」

口から唾を飛ばす勢いである。

「他の二つは、それでも麗しう整うております面持ちなれど、世阿弥殿は、その脂の滲み出た涙の面が良いと?」

「はい。それこそが、順徳院様がこの世への想いを、了隠殿にお伝えしたものと思います。是非にその面でお願いしとうございます」

了隠殿の憂いを帯びていた眉根も開いて、ようやく晴れやかな顔になる。

「ああッ。世阿弥殿、分かり申した。ありがたきお言葉ッ。これにて、迷いなく打つことができまするッ」

法衣の両袖を脇に払って手をつき、深々と頭を下げる了隠殿に、こちらこそが礼を申し上げたいのである。六左衛門まで能管を膝元に置いて、了隠殿に心を込めて頭を下げている。たつ丸も私たちの話を神妙な面差しで聞いていたが、その真摯な目には童から少年へと移ろうていく光が宿っていた。

この一回限りになるであろう「黒木」は、必ずや院の迷える魂に仏果を与えて、未練なく洛北の大原御陵にお眠りになられるのではないか。さような確かな想いに、こちらも肚が据わった。

「よし、ならば、稽古じゃ。たつ丸、了隠殿の謡に、拍をつけてやれ」

「はいッ」と、たつ丸は珍しくも殊勝な返事をして、小鼓の調べ緒を整え始める。

禅堂の障子戸を霊峰北山からの颪か、強い風が吹きつけて、激しく音を立てている。北海佐渡国での初めての冬は、寒さも颪も都とはあまりに違う。身を切る寒さは京の方が上であるが、骨身の芯にまで来るのは、やはり北国。何より、恐ろしいほどの風の強さで、風神が暴れているかのごとくである。

わずかに障子戸を開き、外をうかがうと、その景色に思わず声を漏らしてしもうた。

「おう、雪、か。いや……」

刹那、雪に見えたが、その大きさがまるで違う。白くちぎれた細かな雲がおびただしう目の前をよぎっているのである。横風に乗って、さらに空へと飛んでいくものもあれば、その大きさゆえの重さか、境内にぼたぼたと落ちて、不思議なことに溶けることもなく、小さな雲を震わせている。

「……あれは」

宇治の平等院鳳凰堂の飛天が乗っておられる雲のようではないか。

と、後ろで、たつ丸と了隠殿がともに声を上げてきた。

「波の花」と。

これが、峯舟住職が言っていた、波の花……。その波の花一つ一つに菩薩でも乗っているようである。

「なにゆえ、かような、美しい……」

「この冬の荒波があまりに激しく、磯の岩々にぶつかり、砕け、泡となりて、ここまで飛んでくるのでございます」

「海から、ここまで……」

間違いなく、順徳院も厳しき冬にこの波の花の景色を見て、飛天を想うたであろう。そのまま、波の花に乗りて、都まで飛んで行きたいとも思うたであろうか。

飛天の雲がよぎる中、山門近くを村人たちが大きな注連縄《しめなわ》を持って歩く姿が見える。裏の十社にかけるものであろう。もう年を越すことになるのである。

三

「げにや和光同塵《わくわうどうぢん》は、結縁《けちゑん》の御初めー、八相成道《はつさうじやうだう》は、利物《りもつ》の終はりなるべし」

謡いながらの舞は、若き能役者でも息が上がるものである。だが、思いのほか、体が軽う感じられて、ハコビの足取りも滑るように動いた。

老身に毒とは思いつつも、十社への法楽となればこの厳寒においても水垢離《みずごり》をせぬわけにはまいらぬ。六左衛門が止めるのも振り切って、日の出ぬうちに起きて身を浄めたが、それが功を奏したのか、体の中が澄んで声がよう出た。

「まこと秋津洲《あきつす》のうちこそ、御代《みよ》の光や、玉垣の……」

十社に奉納する謡は、ここのところ、まとめていた「十社」と「北山」なる小謡を組み合わせたものにした。流罪となった己れを温こう迎えてくれた佐渡の島と人々、神々を寿ぐ詞章を綴ったものである。

「国豊かにて久年を、楽《たのし》む民の時代《ときよ》とて、げに九《ここのえ》の春久《ひさ》に、十《とお》の社《やしろ》は曇りなや、十の社は曇りなやー」

六左衛門の佐渡の竹で作った能管の音も冴え渡り、たつ丸の小鼓と掛け声も年明けにふさわしい初々しいものとなって、己れの謡と舞を支えてくれる。了隠殿の地謡も、時に拍を外しはするが朗々と社殿に響いていた。

「……しかれば、伊弉諾伊弉冊の、その神の代の今ことに……」

扇をかざしながら社殿の内を丸く歩んで、この佐渡の島がいかに神に守られているかを舞う。囃子方をつとめている新保の村人たちや、外の境内で謡を聴いてくれている泉の村人たちは、殊の外、熊野や白山と佐渡のつながりの詞章のところで喜んでいるかに見えた。

熊野権現となった伊弉諾が南山の雲に種を蒔きて国家を治め、白山権現となった伊弉冊は北海に種を蒔いて治める。その白山は、菩提涅槃の月影のごとき佐渡の北山に、影向しているのである、と。

「この佐渡の国や北山、毎月毎日の影向も、今に絶ゑせねば、国土豊かに民厚《たみ》き、雲の白山も伊弉冊も、治まる佐渡の海とかや……」

その詞章を謡うている時に、朝から空に垂れていた鉛色の雲がわずかに割れて、光の一筋が差してきた。

北海の冬はまずもって晴れることがなく、どんよりと重い灰色の雲が、荒れた強風にたえず形を変えながらもわだかまり続けるのであるが、ちょうど雲が裂けて、光が漏れてきたのである。

ありがたい神の階の光に社殿の中も明るうなって、たつ丸や六左衛門、了隠殿や村人の囃子方の顔を照らし出した。新たな真白き御幣《ごへい》もそれぞれ舞いて、十社の神も喜んでくださっているのであろうか。

「山はをのづから高く、海《かい》はをのづから深し、語り尽くす、山雲海月の心……」

おそらく都はよう晴れた年明けとなり、寿椿も禅竹も座の者らとともに下賀茂の社にでも詣でているであろう。次の書状には、波の花について書くのも良いか。佐渡の冬嵐が、海や空を龍神がのたうって咆哮《ほうこう》しているかのような凄まじさであることを、都の者らが知る由もなかろうが、またその冬風こそが佐渡の島をたえず磨いていることも伝えとうてならぬ。

「あら面白や佐渡の海、満目青山《まんもくせいざん》、なををのづから……」

六左衛門の笛とたつ丸の小鼓、村人の大鼓がせり上がる佐渡の波のように高まってから、刹那の静寂。そして、美しう、なびなびと流れ下ってくる。

「その名を問へば佐渡といふ、金《こがね》の島ぞ妙《たへ》なる――」

ひとひらの花弁が宙で舞うごとくに扇を返しながら、ゆるりと下に着いた。

舞も謡も十社の神に奉り収めたというのに、地謡の了隠殿、囃子方らも、動こうとしない。已れもである。佐渡の神に届いた覚えの、この刻があまりに満ち足りて、しばし立ちとうなかったのだ。

社殿の外で手を叩く村人や、柏手を打つ村人のざわめきが聞こえてきて、ようやく己れらも座を立った。戸など開け放った酷寒の社殿であったにもかかわらず、六左衛門も了隠殿も額に汗を光らせて、たつ丸など小袖の背中から湯気を立ててもいた。

「皆、よう、心をこめて音曲を奏でてくれた」

「世阿様も、ようお声が出ておりました。朝に水垢離をされた時には、ほんにこちらの肝が冷えましたが」

六左衛門の戯言に皆して笑うて正法寺に戻れば、おとよさんが雑煮で迎えてくれた。晦日前に六左衛門とおとよさんが力を合わせてついた餅が入っているのであろう。

「世阿爺が、年の数だけ、もち食うたら、たいへんだっちゃ。おれの分がねーなる」と、たつ丸がすでに椀を手にして、おとよさんの前に座っている。

「あんだけ、小鼓に精を出したんらすけん。たんと食え、たつ丸」

おとよさんが嬉しげな面持ちで、鍋から雑煮を掬ってたつ丸に渡す、そのわずかな所作にも、すでに人の妻になった落ち着きや優しさが見て取れた。案外、六左衛門が父となるのも早いかも知れぬとも思う。

「この鰤《ぶり》は、たつ丸のととと様が持って来てくれたものら。うんめよー」と、おとよさんが皆にも椀を回している。

「世阿弥殿、都でも雑煮は鰤でございますか」

了隠殿が雑煮に箸をつけながら、言うてくる。いかなることかと六左衛門と顔を見合わせていると、「いえ、佐渡は鰤を入れますが、越後国の雑煮は違うのです」とつけ加えた。

「某の妻は越後の新発田なる所の出でありましたが、越後の者たちは、皆、鮭を雑煮に入れるのです。腹の子まで入れまする」

「ほう、鮭をな」

「餅もかように丸餅ではなく、四角い餅で」

材も味も地によって違うとなれば、やはりこの日本という国は習わしもそれぞれ違うて、鄙に伝わる舞や音曲も様々なのであろう。よう元雅が各地を演能で巡り、戻ってきた折に、「まるで都での受けと違うございました」と言うていたが。

——都や大和では、おおいに受けていたものが、他の地ではまったく応えがないこともあり、ですが、思いも寄らぬ舞や詞章のところで、見所が手を叩くこともございました。

風土なるものが、人を作るということでもある。口にするものも然り。己れの能も、もしや各地に広まることがあったとしても、それぞれの地に沈潜するものに耳を澄まさぬかぎり、人の心を動かすことはできぬのであろう。

「世阿様、次は、いよいよ、ここ正法寺での法楽でありますな」

雑煮の滋味深い汁を一口啜れば、体の内からじわりと佐渡の海と地の力が沁みてきて、温みが指先まで巡るようである。

「了隠殿も、面をよう完成させてくれてのう。それこそ、身を削るような想いでござったろう」

雑煮の椀を抱えながら首を振って低頭する了隠殿。その後ろで、峯舟住職も柔和な面差しで笑うておられる。

「峯舟住職、ほんにせわしい中、ワキの詞章も覚えていただき、ありがたいことでございます」

「いやいや、はたして節回しがうまく行きますかのう。なんせ、読経の節の癖がついておりますからなあ」

「それで良いのでございます。元々は、能の音曲も梵唄《ぼんばい》や経の節からきているのでございますゆえ。まして、節などのうても、ご住職のお声や言の葉が、そのまま、大事なものとなるのです」

たつ丸が、「ぎゃーてい、ぎゃーてい、はらそう、ぎゃーてい……」といきなり声を張り上げて、口の中の餅まで見せている。本堂で上げている住職の「般若心経」を真似た一節に皆が思わず笑うて、本尊の釈迦如来も良い年明けを喜んでおられるであろうか。

「ご住職様、了隠殿」と、椀を置いて、あらためて佇まいを整えた。

「罪人として流された私のような者を、かようにお迎えくださり、また年を明けることなど到底できようとは思いもよらずにいた身を、お守りいただき、ありがとう存じます」

住職も了隠殿も椀を置いて、にわかに合掌してくれるその姿に、こちらも手を合わせた。

「正法寺での法楽。できますれば、村人はむろんではございますが、この泉城主本間四郎左衛門頼長様も呼びとうございます」

「頼長殿を?」と、了隠殿が意外と思うたのであろう、目を丸うして声を上げた。

「はい。私の献上した鬼神面を、この正法寺に置いてくださった頼長様のお心遣いに、応えとうございます」

了隠殿が合掌の手を解いて床に手をつくと、膝を大きく割って落ち着いた所作で辞儀をしてくる。それは僧ではなく、元武士としての礼法であろう。肚の据わり、丹田に気を収めるその礼の仕方に、いずれは了隠殿にも、ワキをつとめていただくことはできまいか、という想いが込み上げてくる。僧はもちろん、シテの霊とともに戦うた侍など、迫真の語りをやってくれるに違いない。

「ご住職、正法寺での法楽能は夕べから夜にかけて、行いとうございます」

峯舟住職が眉根を開いて、眼差しだけで問うているのが分かった。六左衛門も了隠殿も不思議げな面差しで、己れを見ている。

「世阿様。それでは、昼のような日の光がなく、暗うて見えづろうございませぬか……ああ、なるほどッ、薪能でありまするかッ」

六左衛門が膝を叩いて、声を上げた。さように思うのは、もっともなことであろう。たいていの能は、昼にやるか、まれに興福寺に奉納するような、夜までかけてやる演能は、薪を四方に焚いて行うこともある。

「いや、薪、ではない」

「薪、ではない……？」

「蠟燭、を使おうと思うておる」

「蠟燭⁉」

「いかにも。蠟燭能だ」

幼いたつ丸やおとよさんまで口を半開きにして、私を見ている。

「……それでは、世阿様、光が弱うて、何も見えな……」

「舞台の結界に、蠟燭を何本となく並べて、炎を連ねようと思うておる」

「あぁッ」と六左衛門が思わず声を漏らし、目を見開いたまま、己れを見据えているが、その頭には蠟燭の炎の揺れる連なりが見えてきたのであろう。しばらくして、半開きの口から溜息を漏らしてもいる。

「世阿弥様。それはよろしゅうございます。蠟燭など、この寺には、なんぼでもございます」

峯舟住職も薄闇の中に揺れる炎の景色を思い浮かべたか、一も二もなく良き返事をくれた。

ワキの僧は、夜の真野の浜で順徳院が松明をかざして舞うのを、ただ一人見守るのである。鎌倉風に吹かれて消える炎を、幾度もつけては闇から現れる都の船を待ち望む。その物語を峯舟住職こそが、よう分かっているゆえに、蠟燭の火を並べる趣向をすぐに受けてくれたのであろう。

「ありがたいことでございます。順徳院様の霊を、ご住職の読経とともに懇ろに弔うことができます」

深々と頭を下げていると、おとよさんが、「ほれ、みんな、どいんらさ」と明るき声を放って、手を差し出している。

「そんげしゃべってばっかいると、だっちゃかん。雑煮が冷めるこてさ。ぬくとめようかね」

相も変わらず佐渡弁の強いおとよさんの言葉に、呆気に取られていると、六左衛門が笑いながら言い添えた。

「さように話に夢中になっておりますと、雑煮が冷めます。温めてきましょうか、と言うてございます」

六左衛門はいつのまにか佐渡の訛りまで覚えてしもうたか。おとよさんの言葉を当たり前に分かることに照れでもしたか、口の端を下げながら襟元の首を引っ掻いている。

「へー、六左衛門は、たびんもんでねえっちゃ」と、たつ丸までからこうている。旅の者、ではない。佐渡の人間だ、と言うているのであろう。たつ丸に目を細めて笑いかけると、「世阿爺らって、そうだっちゃ。へー、とっくに、たびんもんでねえっちゃ」と言うてきた。

想いもかけぬたつ丸の優しさに、目頭が熱うなっている老翁が佐渡の地にいた。

四

本堂には蠟燭の炎の結界が設けられた。

夕まぐれの薄闇に、揺らめく炎の並びが、内にいる者の影も外にいる者の影も震わせ、うごめかせる。人の心の、自らさえ知らぬ魂の姿がさまよい出て、浮かび、現世を覗いているようでもある。村人の檀信徒たちによる奉讃の読経が終わったとともに、六左衛門の能管のヒシギが堂の中の気を引き裂くように高鳴って、いっせいに蠟燭の炎が揺れたかと思うた。本尊の釈迦如来像の優しく伏せた玉眼にも光が濡れて、瓔珞や内陣の法具などの影もわななく。

続いて、たつ丸の初々しい掛け声とともに、一滴の雫が静かに落ちたような澄んだ小鼓の音。大鼓方の村人の、しわがれた味のある声が粘り、冴え渡る高い打音が続く。

蠟燭の炎に囲まれた御堂の気が、色を変えて研ぎ澄まされていく中、一つ咳払いをして、体を揺らす者がいる。堂正面の見所の真ん中に座る、泉城主本間四郎左衛門頼長様である。あまりに張り詰めた静寂と炎の揺らめきに惑わされぬよう、自らを保とうと咳の一つでもしたのか。

安座した頼長様の周りには、家来の侍が五人ほど取り巻いて、やはり、安座でくつろいでおられるが、初めて見る能に、皆、目を見開いて待ち構えていた。

ゆっくりと法衣姿の峯舟住職が内陣奥から現れた時に、頼長様は地謡座に座っている了隠殿にようやっと気づいたのか、嬉しげな面差しで横の家来らに耳打ちしていた。了隠殿の幼馴染というお役人も、その見所の侍方の中にいるのかも知れぬ。摺り足ではないが、体のほとんど揺れぬ峯舟住職のハコビは、さすがに落ち着いていて、そのまま修行を長年積んだ高僧である。

「越の船路を、へだて来て、越の船路を、隔てきて……、黄金の島に、急がん」

読経で鍛えた喉から、朗々と節をつけて本堂に響かせる声が発せられ、次第が始まった。

「これは越後国より出でたる、僧にて候。我いまだ、妙なる佐渡を見ず候ほどに、このたび思ひ立ちて候……」

正法寺の僧としてのつとめがありながら、この「黒木」のために詞章まで覚えてくれたのである。内陣の奥から峯舟住職の法衣の後姿に手を合わせた。ワキ僧の峯舟住職がワキ座の近くに移って、長谷寺、万福寺、この正法寺、さらに霊峰北山の神力を受けたいくつかの古刹を巡って、真野の海に出たところを語っている。

「人こそ見えね、浜に来て、雪かと見るか銀砂の辺《べ》……。寄する波にも、月影の……」

一夜の宿を探しあぐねて、波の音を枕に松のもとにて休み給ふ、とワキ僧が座る。

私は薪のための枝を集める老いたる山人。まずは何も面をかけぬ素顔の直面《ひためん》にて出ることになる。妖しき笛の音とともに、枯れ寂びた山人の翁が宵闇の浜辺に出て、集めた枝に火を灯し、焚いてしまうのである。

静かに摺り足で歩を進めて、炎の揺らめく結界の真ん中に佇む。すでに、そこは佐渡真野の浜辺。ひやりと冷たき銀の浜砂に草鞋の足を埋めて、打ち寄する波の音を聞く身は、現世の翁でもあり、またあの世の順徳院が降りてもいる。

「つま木こる、遠山人は帰るなり、里までおくれ、秋の、三日月……」

了隠殿と村人の地謡が始まり、山人である己れは、真野の宵の浜辺に独りいる寂しさを舞うて、あたら集めた枝を焚く、せんなき業《ごう》を嘆くのである。

「焔《ほむら》の影に人のありしを。いかなる者ぞ、名を申し候《さふら》へ」

翁に気づいた僧が、夜の浜に焚火するのを不審に思うて尋ねてくる。翁は闇を見つめながらも、はるか海のむこうから御法の船が参るための、標《しるべ》の明かりでございます、と答えるのだ。胸元には一輪の椿の花。

「谷ふかき、やつをの椿、いく秋の。やつをの椿、いく秋の。時雨にもれて、年のへぬらん……」

僧が冥界のごとき闇の海に目を凝らしていれば、いつのまにやら、山人の翁の姿は消えて、一輪の椿の花が焚火のもとに落ちているばかり。

己れはまた霊界に戻るようにして、内陣奥の本尊の厨子裏に隠れたのであるが、いよいよ、了隠殿が心身を消耗するほどに精魂傾けて打った、順徳院の面《おもて》をかける後シテである。同じ順徳院の霊でも、現世の身を持つ山人とは違うて、まさに霊としての院に憑依し、また憑依されねばならぬ。

「いやいや、魂消《たまぎ》る、魂消る」

「何とした」

新保の田植えの時に、囃子に合わせて踊っていた村人らが、間《あい》狂言をつとめてくれる声が聞こえてくる。休みない野良業の合間に覚えてくれた台詞を、大きい声を張って演じてくれているのがありがたく、胸が熱うなる。

「夜になりたれば、真野の村のをちこちに、火の玉が出るといふが」

「火の玉でござるか」

急ぎ、山人に扮した小袖を脱いで、都から送られてきた絽の単狩衣に着替えた。桐竹鳳凰文の有職文様など望むべくもないが、この金銀箔と色糸で唐花文様を織り込んだ単狩衣の装束は、それでもやんごとなき者の召し物としてもおかしうはない。

「わしも、先だって、とうとう真野山に、火の玉の揺れ飛ぶを見た」

「火の玉を見たと。さて、それは、狐火ではござらぬか」

「狐火とな。佐渡には、狐などおらぬものを。何を戯けたことを」

面箱の蓋を開ければ、鬱金色の布に包まれたものが収められている。その布の端を丁寧に四方に開けば——。

憂いを秘めた、順徳院のお顔を表わした面……。

了隠殿の渾身の作。確かに、古色を施された胡粉の、わずかに左目の下にうすらと脂の染みが浮き出ている。滲み光る涙にも、乾ききらぬ涙にも見えて、その生々しさに思わず息を呑んだ。

「されば、何かと言へば、魂消る魂消る、とのおぬしの魂が、揺れ飛んでゐるのではあるまいか」

「あああああ、業の煮える。ならば、こちへ参りて、ご覧候へ」

「参る、参る」

薄暗がりの中で、了隠殿の打った面のなんと美しく、また恐ろしきことよ。もはや形あるものではなく、順徳院の霊気が集まりて、白き靄となり、わだかまり、うごめいて、この面差しを成しているかに見える。息でも強う吹きかけでもすれば、水面の月のごとく波を立てて崩れてしまう幽《かす》かさであるのに、しっとりと露に濡れた花びらのような艶もある。

了隠殿……。

面を宙に掲げて低頭すると、息を細く丹田に収めながら、順徳院の面をかけた。刹那、演じる世阿弥元清なる老翁なぞ薄らぎ、消えて、面の内も装束の内も無となる中に、霜の降りるように順徳院の想いが忍び入って来る想いがした。

間狂言の二人が戻ってくると、本堂の方から峯舟住職の詞章を謡う声が聞こえてくる。

「あら不思議や。あの山陰《やまかげ》の、夜裏《やり》に走り候は。黒漆の、崑崙《こんろん》にもあらず候。げに火の玉と見え候は、いかなるおん事にて候か。覚束《おぼつか》なしや、恐ろしや……」

ワキ僧の見ているのは、闇の真野山に揺れる火の玉のごとき光。ようよう夜裏を降りてくるのは、火の玉ではなく、若き順徳院が手に持つ松明の炎である。

いざ、参らん。

音もなく本堂へと足を進め、一歩一歩宙に浮くかのハコビで行く。

順徳院の霊が次第に体の端を現していくかのように……。

そのうちに、己が体が誰に操られているのか。天と地、四方八方から引かれ、自ずと扇を持つ手が上がるように思え、また足が止まりて、はるか闇の海にのたうつ白き波頭を見つめるのである。

「……げにげに月の出でて候。海上《かいしやう》に浮かびて、波を走るは月宮の兎……。見まごうなかれ、谷椿を。椿のほむらの、もとにこそ。椿のほむらの、もとにこそ……」

松明をかざし、我が身を助けにくる都の船を待ちているのに、にわかに嵐の声か、強き風が吹いてきて、手にしている炎を無情にも消してしまう。幾度も、幾度も火をつけて、松明をかざし、漆黒の海の先を見つめる。また、消え、また灯す。浜の銀砂を散らして乱す、己れの身の情けなさ。

「……あら、恨めしや、憎らしや。鎌倉風の、吹きつらん。鎌倉風の、吹きつらん」

己れを佐渡へと流した鎌倉方から、容赦なき荒れた風がこれでもかと吹きつける。ここで、己れは松明を剣に替えて、海から次々と現れる鎌倉方のもののふの化生《けしよう》と戦う、順徳院の修羅を見せようと思うていた。

さように思うているにもかかわらず、我が身に入った順徳院の霊は、騒ぐ心を見せてはならじと、幽玄に都での舞を舞い始めようとするのである。この舞う己れが、物語を進めようとする己れに抗うていると言えば良いのか。

順徳院は、私に思うようにはさせぬ。面の目と鼻の小さき穴から、峯舟住職の顔が朧に見えたが、やはり虚を突かれたような面差しをしている。六左衛門も即興で調べを変えて、舞に合わせてくれている。

「……心も澄める水の面《おも》に、照る月並みを数ふれば……」

扇を下ろしながら右に回った刹那――。

誰かいる、と思うた。右の袂の陰に、もう一つの袂。扇を持つ我が手に重なるような淡い影が揺れ動く。己れにひたりと寄り添うようにして舞う、誰かが確かにいる。面の目鼻の小さな穴からは確かめようもないが、その人の端の響きが残り、また己れと同じように扇をかざし、袂を跳ねる。

順徳院様であるか。

それとも……。

気が遠なって、己れが舞うているのか、その者に舞わされているのか、分からぬようになる。ワキ座に座している峯舟住職が、何を思うたか、片膝になり、手元の数珠を握り締めてかざそうともしているのが見えた。

言の葉を失うて小さく蹲《うずくま》らんとする己れの背中を、何者かが温かな胸や腕で包み込むかにも思われ、我は赤子にでもなってしもうたか。と思うと、己れが何者かを守らんと抱きかかえるかに感じられる。何者かは母のようでもあり、父のようでもあり、また私が母でも父でもあり、その父母未生《みしょう》の、さらに前の己れが舞いて、広がり、また我が身に重なる。

蠟燭の炎の揺らめきに酔い惑うて、己れの魂がさまよい出たか。と、一心に数珠を揉む音が聞こえてきた。峯舟住職が順徳院を弔う経を上げているのだ。

――峯舟住職、違うございます。数珠を揉むのは、順徳院が真野山の闇に隠れてからで……。

そう思うているにもかかわらず、己れは面の内で声を静かに発していた。

「……影も形も亡き跡の……」

己れの口から自ずと漏れる声は、誰のものか。順徳院のお声はかようにも麗しうて、悲しいのか。

「影も形も南無阿弥陀仏……」

ゆるりと踵を返した時に、また何者かに包まれたかの心地がして、陽炎の波紋が見えた。

「……跡弔ひて賜《た》び給へ……」

ふと、耳をかすめ、におうたのは……。

「跡弔ひて……賜び給へ……」

もしや……。

第十章　照応

一

……父上。

父上……、私でございます。元雅、でございます。

私の姿が、よもやお見えになるのでしょうか。

真野御陵に行かれた日に見た夢の、父の迷いの凄まじさには、黄泉にある者とて張り裂けそうな想いでございました。この佐渡の地に来てより、たえず寄り添うて父の安楽を願うておりましたが、いまだ私のことを心の底にわだかまらせているのを見て、申し訳なく、また切なさに悶える想いでございます。

「跡弔ひて……賜び給へ……」

順徳院様の血涙を流すお顔が私に見えて、魘《うな》され、苦しむ父の姿に、霊界の自分とて見過ごすわけにもいかず、もしや、順徳院の怨に連れ去られては、と慌てて、父上の夢の中に姿を現してしまったのです。

お目を覚まされよ、と促して、呼びたれども、父は紅涙を流して悲痛な面持ちをしている方の、順徳院である私を選ばれました。地獄へも我とともに、との覚悟に、冥界にいるにもかかわらず私は涙を隠すことができのうなったのです。了隠様が幾度も幾度も鑿を入れ、胡粉を重ね塗りしても、私の父を想う涙は乾くことはありませぬ。

「父上……、私の声が聞こえまするか……」

「黒木」なる、まこと都を想う佐渡院の心に添いながら、その御霊を弔い給うありがたき御曲。薪積む山人の枯れ寂びた風情は、月に照らされた真野の浜辺をさらに冷え冷えと見せ、また黒漆の真野山から火の玉のごとき松明をかかげ、降り来る佐渡院のやんごとなき矜持と哀れみ……。佐渡院が銀砂の上で舞い始めた時には、私もまた舞いとう想いをおさえることができず、かように添うてしもうたのでございます。

さるにても、闇に白波立てる真野の海。月に照らされて、兎が走るかと見えていたのが、鎧兜《よろいかぶと》に邪見の眼の光を帯びた鎌倉方のもののふらが、わらわらと海上に寄せて、佐渡院を攻め立てにくる様子。炎をかざしていた馬手が剣を抜き、斬り払い、むずと組み、刺し通し、と修羅の様を見せる父上の能の激しさ。

父上は自らがその舞をしたのを覚えていないと見えます。すでに、己れを滅して、霊界に身をゆだねたがゆえに、扇を上げる手の動き、ハコビの足も、父自らは何も分からずにいたのでございましょう。

ワキ僧の峯舟住職様が数珠をかかげたのは、さすがに仏者、確かに父に寄り添う私の姿を見ることができたがゆえなのです。私、元雅の弔いなどいらぬ、佐渡院の弔いを、と念じつつ、父上と舞うていたのでございます。

院の霊が真野山に戻り、ワキ僧の峯舟住職様が読経した時に、父上は気づいたでありましょうや。それまで、安座でくつろいで能を見ておいでであった本間四郎左衛門頼長様が、姿勢を正し、にわかに正座となって、合掌したのでございます。それに続いて、ご家来衆まで皆が正座となって瞑目し、手を合わせて、佐渡院の霊を弔うたのです。

武士は佐渡院にとりては最も憎き敵ではありますが、そのもののふたちが心を込めて、思わずも佐渡院の霊を演ずる父上の後ろ姿に、手を合わせ、経を唱える姿……。

見所にいる他の者や村人たちまで、悲劇の底に沈んで自ら命を落とした佐渡院を弔うた、「黒木」となったのでございます。

父上、少しお休み下され。御法の船に乗りて行く佐渡院が、結界から消え去る時には、父はすでにハコビの足も出ぬほどに憔悴しておりました。私元雅は、父に邪魔であると言われようとも、寄り添いて体を支え、また佐渡院が父世阿弥の魂を道連れにせぬために、私は私で佐渡院と渡り合うて、此岸に引きとどめていたのです。

一つ息差しの仕方を誤れば、剣呑な能ではございましたが、かように正法寺ご本尊の厨子の裏でうずくまり、順徳院の面の内で懸命に自らを取り戻そうとしている父上を確かめて、安心もいたします。

「世阿弥様ッ、世阿弥様ッ」

囃子方よりも先に、結界から戻ってきた峯舟住職様が、うずくまる父の背中を抱いて声をかけています。

「よう、あのような能を、世阿弥様……」と声を震わせる峯舟住職に、父がようやくかすかにうなずきながら半身を起こしました。

面の紐を外そうにも、手が震え、頭の後ろに中々回りませぬ。それを見かねた住職が手を貸そうとすれば、「これは、己れが……」と父はかぶりを振ります。霊を宿した能面は自ら紐を解かなければ、現世に戻って来られぬ、とよう申していたのを思い出します。

――面の紐を、己れで取らんいうのは、死んだということやぞ、元雅。

まだ若き父の張りのある声が聞こえてくるようです。父は必死になって面の紐を外し、やっとの想いで佐渡院の面を顔から外しました。

「世阿様ッ」「世阿弥殿」「世阿爺！」と、六左衛門や了隠様、たつ丸も、面を外した父のもとに駆け寄り、膝を寄せては心配しております。父の窪んでいた眼がさらに影を濃くして、皺の幾重にも刻まれた頬も一気にこけてしまいました。髪も眉もこの一刻で真白に変化するほどに、精魂を傾けた能であったのです。

「はよう、横になられた方が……」

「……大丈夫で、ございます……」と、峯舟住職に答える父の声は、枯れて息のこすれる音がするばかりです。

「……了隠殿……。了隠殿の打たれた、この面……。ほんに凄まじき、面で、ござりました。素晴らしう、面でございます……」

「世阿弥殿！」

了隠様が声を上げ、その眼からは涙が溢れて、とどまることを知らぬ有様です。

「世阿弥様。世阿弥様は見ることもかなわのうございましたでしょうが、泉城主の本間四郎左衛門様はじめ、お歴々が、皆して、座を正して、世阿弥様の順徳院のお背中に、合掌をしていたのでございますよ」

「……本間四郎左衛門、頼長様が……」

峯舟住職の言葉に、父の目がわずかに動いて、皺の寄った口元に淡い笑みが浮かびました。

「おれも見たっちゃ。じょうしゅさまなんて、泣いてたれや」とたつ丸が言い、了隠殿はしとどに涙に濡れた顔で強くうなずいては、鼻の先に垂れる洟を揺らして、六左衛門に手ぬぐいで拭われております。

「世阿様。弟子の私が申すのも、何ですが、かような『黒木』のごとき素晴らしう能は、見たことがありませぬ」

六左衛門がさように言うと、父は皺ばんだ口を横に開いて、「何が、生意気な」と笑いの混じった毒づきを吐いて、皆がようやくその姿に少しは安堵の息を漏らしました。

「さ、はよう、房の方でお休みくだされ」

皆して、父を抱きかかえ、房へと連れていく様を見て、都にいる母上や禅竹殿が目にしたら、いかほどに安心なさるかと思いました。罪人として流された北海の佐渡の地で、よもやかように父を慕うてくれる方々がおられるとは想いもよらぬであろうに。

房に横になると、冬の寒さにもかかわらず、父は障子戸を少し開けさせました。夜の庭はむろん闇が濃く、岩や枯れ枝が燭台の明かりにほんのり浮かび上がるほどです。北山など見えようはずもありませぬが、父はそちらに向かって手を合わせ、しばらくじっと闇に目を凝らしておりました。

霊峰北山からの颪が、順徳院の乗る御法の船の帆をふくらませ、仏界に送り出してくれるのを、見守っているような横顔なのです。もしや、己が身もともに、船に乗せてもらおうかと思うているのかも知れませぬが、いえいえ、父はまだ参りませせぬ。

「……世阿弥様。世阿弥様。体をあったけした方がいいすけ、重湯煮てきたっちゃ。飲ましてやるわや」

おとよさんまでが、椀から湯気の立つ重湯を持ってきてくれたようです。掬った匙《さじ》に息を優しく吹きかけては、ゆるりゆるりと父の口に運んでくれています。父はおとよさんの匙を持つ指遣いに見入っておりましたが、かような時にも、三体の要である女の、内の情けからくる仕草の柔らかさを学んでいるのでしょうか。

――その人の品々は変はるとも、美しの花や見んことは、皆同じ花なるべし。

六左衛門を愛する妻の想い、たつ丸を可愛がる姉の想い、父世阿弥をいたわる娘の想い……。言葉は粗うても、それでは隠せぬおとよさんの花が恥じらいながらも胸の奥で揺れているのを、父は見ているのでしょう。

「おとよさん……、おかげで、体の芯まで、ぬくまった」

そうつぶやく父の窪んだ目を、小首をかしげながら確かめつつ、おとよさんも安心したのか、匙を置いて衾《ふすま》をかけております。

皆が寝静まっても、父はうつらうつらとして、浅き夢に落ちたり、瞼をうすらと開いて闇の天井を眺めたりしておりました。神《しん》、男《なん》、女《にょ》、狂《きょう》、鬼《き》の五番のシテを続けてつとめたとて、その後に淩《さら》いの稽古をするような剛の能役者も、やはり老いには勝てぬのか、とでも思うているのでしょうか。

いや、さようなことを思うことこそ能に対して不遜であると、十二分に分かっておられる父上です。もはや、何もせぬ事こそ、老いた役者が唯一できる能への恩返しであると、骨身に沁みているはず。

「……あれは……」

口元にまで引き上げた衾の縁に、父がかすれた声をこもらせます。

「……元雅、であったのかのう……。のう、元雅……」

房の闇の中で、父がわずかに眼差しを動かして、私の方に向けてきましたが、私の姿など見えるはずもありません。ですが、何かしらの気配を覚えているのかも知れませぬ。

「父上……」と私が声を発してみても、父は薄く低い笑い声を衾の内で漏らしただけで、また目を静かに閉じました。

夢幻能の結界の中は、霊界そのものでありますし、まして父は佐渡院の霊を演じていたのですから、ともに舞うている私の何がしかが見えたとしてもおかしくはありません。ですが、父にとっては、佐渡院に託した私元雅をも演じていたがゆえに、自身の念の見せた幻と思われているのでしょう。

私の姿が見えることなど、あってはならぬのです。私の気配を朧にでも感じてくれたことだけで、この元雅、十分嬉しうございました。

父上。今は、よう休まれてください。もう再び、苦しみ悶え、血涙を暗き眼から流す佐渡院は、夢には現れませぬ。父上と峯舟住職様が出してくれた御法の船に乗りて、京の大原へと参られております。

――都へとてこそ、帰りけれ、都へとてこそ、帰りけれ……。

二

父は昏々と眠り続け、衾から起き上がって小袖を羽織ったのは、「黒木」の蠟燭能から四日ほど経ってからでした。おそらく、父もかほどに横になり続けたのは、七十二年あまりの人生でも初めてのことでありましょう。

峯舟住職の点《た》ててくれた茶を喫して、心も頭も澄んだのか、父は痩せはしたものの、目に力も戻って、満ち足りた面差しをしております。

この正法寺での蠟燭能……。

あの結界に揺らめいた何本もの蠟燭の炎。薄闇の内から、ほのかな金糸のきらめきが浮かび上がってきて、蜘蛛の糸で編まれたかのような朧な輪郭が現れ、しだいに順徳院の面が見えてくるのです。

何がしかの執念や怨を抱えて、彼岸から迷いつつ此岸に現れた霊そのものの様《さま》に、見ている者たち皆が息を呑んで、凍りついたようになったのも、然《さ》るもの。ともに、佐渡に住まう人々にとっては、ようやく目に見える形となって現れてくれた佐渡院の想いを、真摯に聞こうとしたのでありましょう。瞬きするのも惜しく、皆、目を見開いて、蠟燭の炎に照らし出された父の佐渡院に見入っておりました。

「世阿弥様。だいぶ、顔色がようなられましたな」

峯舟住職も嬉しげに目を細めて、茶の碗を大事そうに両手で包む父を見つめております。

「……こちらに……なんとか、残ったようで、ございます」

「また、世阿弥様は、何を……。確かに、あの能の見事さは、命を削るような……。私は佐渡のほかにも、雲水としてさまざまに托鉢して、その土地土地のものを見て回りましたが、『黒木』のような、素晴らしうものは初めてでございました。いや、申楽、田楽なるものを超えて、能が仏道にかように通じるものとは……」

「……いえいえ、これもすべて、峯舟住職様にワキ僧をつとめていただいたおかげでございます」

まだ声はかすれが残っているようですが、芯のある話し方に戻りつつある父です。

「あの蠟燭の炎を連ねた結界の……。能では、さような習わしがあるのでございますか。とりわけて、弔いのための能の折には……」

「いえ。まれに公家様らの座敷で、宵の能をいたす時に、一、二挺《ちょう》の蠟燭を灯すことはございますが……、こちらでさせていただいたような蠟燭能は、初めてかと。夜はみな、薪能となりますゆえ」

夜の正法寺境内で、父が独り、いつもの岩に腰掛けて思案した末に生まれた光の妙、でございます。

「この正法寺が初めてとのう。ありがたいことでございますなあ」

外の庭を眺めて、久しぶりに雲の割れて日の光の漏れる穏やかな景色に、二人して心休めている姿。何やら、昔からの友どちのようにも見えます。二人が遠く眼差しをやっている冠雪した霊峰北山も、薄紫の尾根襞を見せ、所々白雲をたなびかせて、ふと春の兆しさえ覚える日和になりました。

「ほれ、あの松の葉先の雫といい、そこの岩の苔筵といい、年々、我が身に語りかけてくるように思いましてのう」

「……分かります、峯舟住職。……渓声《けいせい》すなわち是《こ》れ広長舌《こうちょうぜつ》、山色豈清《さんしきあにしょうじょう》浄身《しん》に非ざる無し、でございますな」

渓の水の音もこれ諸仏の説法、移ろう山の色も清らかな仏身である。

「蘇東坡《そとうば》のごとく、無情説法を聞く耳を持たんと……。かように、山川草木に真《まこと》が溢れかえっているものを、気づかなんだゆえなあ」

口角を広げて苦い笑いを漏らしながら、住職が自らの首元を扇子で叩いています。今度は父世阿弥が目を細めて、久しぶりに笑顔を浮かべ、うなずいておりました。

「ほんに、悟ろう、悟ろうと躍起になっても、ようなりませぬ。己れを捨てんと思うていた己れこそが、とらわれの塊でございましてのう。これで坊主とは片腹痛しですなあ」

いつになく饒舌《じょうぜつ》な峯舟住職に、父はやはり昔からの友のように受け止めては、静かに茶を啜っては庭を見ています。

「峯舟住職。私とて同じこと。舞う己れを、己れにすら隠そうとするがゆえに、とらわれて、あやつりの糸が見えてしまうのです。いつになれば、すべてが消えて、あの岩木のごとくなれますやらなあ……」

「いや、世阿弥様。あの『黒木』では、世阿弥様はおらなんだ。消えてしもうた。消えて、順徳院が降りて、舞うておりました。……さよう、世阿弥様……」

そう言いかけて、峯舟住職が父を見つめ、また目を伏せて小さく瞬きをしました。言の葉を呑んだ気配に、父も住職を穏やかに見返しております。

「いかがされましたかな、ご住職」

「いや……、あの後シテの順徳院がお出になった時……世阿弥様のすぐ横で、寄り添うように舞うている者が見えたのです」

父も刹那、虚を突かれたごとき面差しをしておりましたが、すぐに得心したのでしょう。峯舟住職が数珠を揉む段を間違えたのかと思うた時のことであろうと。

「蠟燭の明かりだけの薄闇、老いたこの目の、誤りかと思いましたがのう。……されど、あれは……」

結界の内にいたのは、順徳院を演ずる父世阿弥とワキ僧の峯舟住職様だけです。囃子方も地謡も結界の外に座するので、他の者たちには見ようとしても見えようはずもありません。

「ご住職。もしや、ご住職が片膝を立て、数珠を掲げた時でございましょう」

「やはり、あれは……」

「いかような者でございましたでしょう」

「世阿弥様の舞に、ひしと寄り添うて……。初め、影かと思うたのですが、いや、顔《かんばせ》まで現れての う。……順徳院ではござらぬ。優しげな面差しで、こう、菩薩のごとき笑みを湛えておられて……私にはその霊の声が聞こえたように思いましての」

「何と」

「我にではなく、順徳院を弔い給え、と」

父は峯舟住職様の話に、ただ黙ってうなずいているだけでした。また、住職様もそれから言葉を継ごうとはしません。父の窪んだ眼にわずかに光るものを見て、静かに合掌するばかりでした。

足腰に少し力が戻ってから、了隠様に伴われて近くの黒木御所と真野の御陵に再びお参りに回り、しばらく父は書き物に勤《いそ》しんでいるようでした。泉城主の本間四郎左衛門頼長様が、能「黒木」に感銘を受け、何か褒美をと申し出てくれたものの、父は正法寺への蠟燭と、物を書くための紙を求めただけでありました。

三

都を出て、若狭小浜の港から北海、佐渡へ。大田の浦や万福寺、八幡、この泉と、父は少しずつ、その時々その土地土地を舞台にした小謡を書き溜めておりました。紙が足りのうなって、竹皮や経木《きようぎ》にしたためたものもあれば、反古かと思うて、たつ丸が小謡の余白に落書きしたものもあります。それらを初めから読み直し、言の葉を削り、書き加えして、清書する日々です。書いては庭にほころび始めた古梅を眺め、また、「ゼアジイ」と拙《つたな》い文字で悪戯書きされた紙を手にしては微笑んで、穏やかな刻を過ごしておりました。

「永享六年五月四日、都を出で、次日《つぎのひ》、若州《じやくしう》小浜と云泊《いふとまり》に着きぬ」から始まります「若州」、海上から雪の白山を謡うた「海路《かいろ》」、まだ了隠様が朔之進様というお侍で、大田の浦から笠取峠、万福寺へと伴うてくれた「配処」……。さらに、「時鳥《ほととぎす》」「泉」「十社《じつしや》」「北山」と続いていくものとなりますが、それとは別に新たに綴っているものもありました。

――夫、治まれる代の声は、安んじて以て楽しめり、これまことに、その政事《まつりごと》やはらげば也、天地を動かし鬼人を感ぜしむ。

さような書き出しのものです。

や……。

　――二月《きさらぎ》の、初申《はつざる》なれや春日山、峰響《とよ》むまで、いたゞきまつると詠《えい》ぜしは、げにも故《ゆへ》ある道とか

「ああ、世阿様。やはり、この時節になりまするると、思い出されますか」

　泉の地の篠竹で作った能管を、父に見てもらいにきた六左衛門が、文机の紙の墨文字に気づき、目を細めてうなずいております。

「……これか。六左衛門にも、分かるか」

「それは分かりますとも、世阿様。春日興福寺の、薪神事《たきぎじんじ》でございましょう。ちょうど、今の時期……。懐かしうございます」

「おまえは、懐かしいのか」

「と……申されますと？」

　六左衛門が父の問いに虚を突かれ、目を丸うしておりますと、父は目尻に皺を幾重にも寄せて笑いました。

「私は、ただただ、ありがたい、と思うているだけだ。ほんに、この佐渡の地で、民の安楽を祈って能ができるのも、大和興福寺の薪神事のおかげと思うのじゃ。懐かしうとは違う」

「……はい」と、六左衛門はいまだ得心しかねる返事をして、父世阿弥の顔を盗み見るような目つきをしています。

「のう、六左衛門。縁といい、因果といい、面白きものよ」

「縁、因果でございますか」

　父は六左衛門にうなずいて文机の上の紙を手に取ると、ゆっくりと読み始めました。

「しかれば興福寺の、西金東金の、両堂の法事にも、まず遊楽の舞歌をととのへ、万歳《ばんぜい》を祈り奉り、国富み民も豊かなる、春を迎へて年を積む、薪の神事これなりや……」

「はい。まず薪の神事猿楽、興福寺の西金堂《さいこんどう》から始めて、次の日に東金堂《とうこんどう》、それから春日神社の四所で、我ら大和猿楽四座の棟梁が、『式三番《しきさんば》』をそれぞれ奉納する、盛大な神事でございました。棟梁世阿様と幾度も『翁』を奉納いたしましてございます」

「そうであったなあ。興福寺の薪能をやっていた己れらが、この佐渡、正法寺で蠟燭能を……。何やら霊峰白山と佐渡北山のごとく、興福寺と正法寺がの、照応して因果で結ばれておるような気がしての」と、父は庭のむこうの北山に遠く目をやりました。

「なるほど、さようでございましたか」

父は『風姿花伝』においても、大和四座の興福寺薪能について書いておりました。

――大和国春日興福寺神事行ひとは、二月二日、同五日、宮寺に於ひて、四座の申楽、一年中の御神事始めなり。天下太平の御祈禱也。

「あの薪能に観世座が選ばれなんだら、むろん、己れはここにはおらぬ。大和、都と、名聞《みょうもん》を得ねば、ここにはおらなんだ。春日の神か、興福寺の仏か、ありがたい導きと思うて」

六左衛門も深くうなずいて、父の意に得心したようでした。いかような境遇にありても、よう捉えようとする習いは、縁を、因果を見えぬところまでさらに広げて、己れの豊かさとなりていくようです。

「愚かなことを言うが……何やらのう、己れは昔、興福寺の薪能の炎の内に、知りもせぬ佐渡正法寺の蠟燭能の炎を見ていたようにも思えるのじゃ。また、蠟燭能の炎の中に、興福寺の薪の焰を見ていたような気がのう……」

「何と」

「ほんに、今、己れがいずこにいるのか、分からのうなる時がある」

父は北山にやっていた目を、六左衛門に静かに戻しました。半ば六左衛門が放心したかのような面差しをしているのを見て、またもう一度小さく笑いを漏らします。

「いや、良い良い。今、言うたのは、忘れてくれや。老い痴《おし》れただけじゃ」

父世阿弥の想うところは、むしろ、「華厳《けごん》」の「一即多、多即一」に近いのかも知れません。

小さき一点に、十方世界の因果が含まれて、また森羅万象の様々なるものが一つのものとなる。時空を超えて、昔日のものが今生まれ、今あるものが昔へと帰り、往還するとでも申せば良いのでございましょうか。

房に淡い梅の香を運んでくる、まだ冷たい風の内にも、かすかな春のぬくさが混じり始めております。季節はすぐにも移ろうて、佐渡での日々も光陰のごとく流れてまいるのでしょう。

「どれ、六左衛門。新しく拵えた能管、吹いてみてくれや」

六左衛門の能管の調べが北山の頂に届けば、また、霊峰白山にも響きましょう。父世阿弥は六左衛門の調べに、頭を傾けて耳を澄ましております。

北海佐渡にも、穏やかな春が訪れようとしています。

四

六左衛門とおとよさんの間に玉のような女童《めのわらわ》が生まれたのは、泉の地に再び実り豊かな稲穂が黄金の波を作る頃でございました。

美しく優雅に、との想いを込めて、鶴と名付けたのは父世阿弥です。「鶴や、鶴や」と柔らかき声で可愛がる様は、いかにも孫を持った老翁そのものでありますが、その誰も見たこともない世阿弥翁の姿に、にわかに進みゆく老いを感じずにはいられません。

時には、鶴を「寿椿」と呼ぶこともあれば、また、たつ丸を私の名で呼んでみたりすることもあるのです。周りの者らが皆、案じはしますが、能のこととなれば、より幽玄を極めた深き言の葉を漏らしたりもしますから、鶴が生まれた嬉しさに、時に惚《ぼ》けることもありましょうか。皆もそれほどのこととは思うてはおりませぬが、丈夫の父とはいえ、さすが七十路を過ぎておりますから、確実に老いの進みは早まるばかりです。

日々の仕舞稽古は怠らず、膝行などの鍛錬も少しとはいえ続けておりますから、皆が妙に心配りをすると、むしろ機嫌を損ねるほど。ただ、昔からよく父が言うていた「今日できしことは、明日にはさらにできよう」との言葉が変わったのもまことです。「夕べできしことが、今日できぬわけがない」と独りごちるようになりました。私にはそれがやはり、父が密かに短き余生を覚え、刻のとらえを自ら変えて、己れを老いの中でいかに立てようかと、真摯に向き合うているものと見えました。

「ほれ、元雅……、いかがした」

禅堂の隅で調べ緒のほどけた小鼓を前にして、たつ丸が洟を啜っているのに気づいて、父が声をかけます。

「……元雅、じゃないっちゃ。たつ丸ら……」

唇を尖らせ、眼だけで見上げて言うたつ丸の頬には、やはり涙が光っております。

「おう、また言うてしもうたか。そうじゃ、たつ丸。囃子方のたつ丸殿じゃ」

花灯窓《かとうまど》から入る西日が、うつむいたたつ丸の顔半分を赤く染めておりますが、たつ丸も童から少年へと少しずつ成長しているのが分かります。淡かった眉もはっきりとしてきて、小鼓を打つ折に時々見せる遠い目など、何やら分別を知り始めて、この世とあの世との境を知る者のようでもありました。

「いかがしたのじゃ、たつ丸。何をおまえは、さように独りで……」

「……鳴らん……」

唇を尖らせたまま、ぼそりとつぶやいた声に、父世阿弥は「何と?」と皺ばんだ顔を突き出して聞いております。

「……鳴らん、鳴らんなった」

「鳴らん、なった、とな?」

「小鼓の音が、出ねなった……」

たつ丸は目の中に溜まる涙に夕日を光らせて、父のことをじっと見上げ、唇を細かく引き攣らせております。と、たつ丸の泣き顔を見据えていた父が、満面に笑みを作り、「鳴らんなったか」と皺を押し広げて口を開いたのです。その面差しが、なんとも悪戯がうまく運んだ童のようにも見えました。

「世阿爺は、なんで、わろうてるんだや」

「笑うてはない、笑うてはない」

「わろうてるわや」

恨みがましく睨むたつ丸の面立ちに、父は笑いを堪えているのか、口角に力を込めてまた見据えています。

「たつ丸、ならば、どれ、打ってみい。もう一回、緒を締めてのう」

たつ丸が幾度も洟を啜りながら、黙々と調べ緒を締めているのを前に、父もこたびは真面目な面持ちで正座して対しております。たつ丸が姿勢を正して丁寧に小鼓を構えました。小さな手で握った、緒の軋む音がします。

「いいぞ」

「ヨーッ」

たつ丸は目を伏せて掛け声を上げ、一拍置いて、「タ」の音を立てました。チ、タ、プ、ポの四つの音の内、二番目に弱い音。

「ハッ」

次は「プ」の音が禅堂に響きます。「イヨーッ」と甲高く強い声とともに、「ポンッ!」と禅堂の中に洞でも作るような深い音が立ちました。

ですが、たつ丸は眉間に淡い皺を刻んで、納得がいかぬのか、さらに唇が尖っていくのです。わずかに小首をかしげ、目を閉じて聴いていた父が、また笑みを浮かべて目を開くと、たつ丸は小鼓を膝の上に下ろしてしまいました。

「たつ丸、強い、大きな音が出るようになったのう。よし、よし、だが、音が割れる、通らぬ、いうことじゃろう。でかしおったな、たつ丸」

父の「でかしおった」という言葉に、たつ丸がきょとんとして目を丸くしております。

「鳴らんなった、いうのは、さらに鳴るようになる、ということじゃ。夕べできたことが、今日できぬようになった。今日できたことが、明日にはできのうなる。これはのう、たつ丸にとっては、伸びる時が来た、いうことじゃ。羨ましいことじゃて」

老いた父にとっては、まことにたつ丸の陥った不振が、眩しう見えたのかも知れません。さらなる花を咲かせるための、種の内にある胎動にも思えたのでございましょう。自らにはもうその伸びは訪れぬであろうことは分かっているのです。

「なにが、うらやましい、ら、世阿爺。おれは、おれは、もっとうまくなりたい」

「それでは、たつ丸。うまくなりたい、いい音を出したい、と思うて、よけいな力が入る。……のう、たつ丸、軒先から雫が垂れて、下の水溜まりに落ちる音を想うてみい。どうじゃ？　雫は何も考えんと自然に任せてのう、自然に落ちて、ぴちょん、と趣ある音を立てよう」

「ぴちょん、言う」

「ならば、その音を強う立てようと思うて、無理に屋根に水やら雨を流してみい。どうなる」

「びちょびちょ、ばちゃばちゃ、ら」

「びちょびちょ、ばちゃばちゃ、らろう」

父の言うのを聞いて、たつ丸のべそをかいていた面差しに、少し明るみが戻ってきます。

「物事には、男《お》時《どき》女《め》時《どき》いうのがあるが、それは己れのせいではない。何をやってもうまくいく男時、何をやろうともうまくいかぬ女時。だが、たつ丸のは、己れ、自分のせいであろうから、磨けばようなるものじゃ。うまく打とうと思うて、力が入り、その音に己れが納得できず、さらに悪うなって、淀む、住《じゆう》する。これは誰もが陥る穴とも言える」

「……世阿爺も、あったか」

「あった、あった、何百とあった。穴に落ちて、もがいて、どうやっても上れんでのう。たつ丸みたいに、一人でよう泣いたわ」

「涙の池らか？」

「おう、涙の池。涙の池だっちゃ」

たつ丸が目を見開き、口を大きく開けました。

「世阿爺！ 今、だっちゃ、言うた！ 世阿爺が、だっちゃ言うた！」

「言うたか。言うたかのう」

なんと羨ましい二人の姿なのでございましょう。親子のようにも、翁と孫のようにも見えて、茜色の夕日に照らされて二人して向かい合うて笑うている。

たつ丸の小鼓の滞《とどこお》りは、父の言うとおり、腕が上がったからゆえのこと。良い音を出そうとする欲念が、指や腕によけいな力を入れさせる。薬指一つでもわずかな加減で音が変わるのです。たつ丸が最も良い音を出していたのは、あの雨乞立願能の折でございましたでしょう。まったく邪念なく、ただ一心に打ち続け、その打つ己れすら忘れて新保の田の気になり切っておりました。

「懇ろに、細やかに、一つ、一つの音を立てることだけを想うてのう、続けるのじゃ」

幼い私の声が変わってしまい、謡がうまくできぬようになった時。扇をつまんで打ち込みながら下に着くという、さような易いことさえ、どうやってもできぬようになった時。その居着きに悩みても、父は一切私には何も教えてくれませんでした。泣こうが、地団駄を踏もうが、まったく素知らぬ態《てい》でありましたが……。

「じつはのう、たつ丸。おまえに、ちと、また頼みがある」

父が前屈みになって、たつ丸の目を神妙な眼差しで覗き込みました。

「また、おまえにのう、打って欲しい大事な曲を思うておるのだが……」

たつ丸がまたも背筋をすっくと伸ばして、両の眼を輝かせました。たつ丸の小鼓の音を見込んでの願いということでありましょう。

「どんな曲なん？」

「それはの……」

そう言いかけた時、父は禅堂の這入りに人の気配を覚えたのか、ふと眼差しをゆるりとそちらに送りました。

戸口で笑いかけて、堂に入りかけていた了隠様のお姿があったのですが、刹那、了隠様が目を見開いて、いきなり床に音を立てて跪いたのです。父もたつ丸も何事かとそちらに体を向けますと、了隠様は手にしていた大振りの数珠を掲げ、父とたつ丸ではなく、その間の宙に強い目棲《めづま》をよこしてきました。つまり、ゆらめいていた私の顔に……。

了隠様、私がお分かりになるのですか……。

と、父世阿弥も気配を察したのか、目の端を動かして、皺ばんだ口元を開きかけたのです。

第十一章　老木《おいき》

一

「了隠殿、いかがなされた」

世阿弥殿の声とともに、白き陽炎のごときものが薄らいで消えた。胸元にうっすらと合掌の影を残して、茜色の宙に透け入ったように、私には確かに見えたのだが……。

「了隠殿……？」

我に返って、掲げていた数珠を静かに下ろせば、世阿弥殿とたつ丸が不思議げな顔をしてこちらを見ている。

「……失礼いたしました。何やら西日が目を射て、立《た》ち眩《くら》みが……」

袂や袈裟を整えながらも胸の内で手を合わせ、消え行ったものに声なき念仏を唱えると、二人のいる禅堂に足を進めた。まだ堂の内に柔らかく温かな気配が漂うている気がしたが、世阿弥殿とたつ丸に覚られてはなるまい。

「たつ丸、ここにいたか。六左衛門殿が探しておられたぞ。稲こきを手伝うてほしい、いうておいでだ」

「ああ、稲こきか。じゃあ、すぐいくっちゃ」

たつ丸が小鼓の調べ緒を巻いて、殊勝にも床に両手をついて世阿弥殿に頭を下げている。花灯窓からの夕日を受けた頬に、乾いた筋跡を光らせているのは、泣きでもしたゆえか。

「世阿爺、じゃ、後で、おしえてくっれやー」と、駆け足で禅堂を出ていく。刈り取った稲を稲架《はさ》木《ぎ》に架《か》けるのと、籾《もみ》を取る稲こきは、己れが最も上手と思うているのであろう。小さな踵が床を蹴る音に、世阿弥殿も私も思わず笑みを漏らした。

「ほんに、たつ丸は、世阿弥殿のお孫のようで、また、鶴の兄じゃでもありまするなあ。お二人の姿に、心温こうなりまする」

たつ丸が出て行った堂の這入りから眼差しを移すと、世阿弥殿がわずかに目を伏せておられる。禅堂に入ってきた己れの様子が気になっているのであろう。すぐにも、その口角に力を込めると皺の寄った唇が動いた。

「……了隠殿……。先ほどは、何ぞ見えましたかの」

「あ、はい……。何やら、お二人の間に……どなたか、おられたように見えたのですが、光の加減か、某の思いまがいであったようです」

世阿弥殿がこちらを見据え、また目を逸《そ》らすと、小さく溜息を漏らす。

あまり嘆きの息など見せぬお方にもかかわらず、ここのところは時に肩を落とすような息遣いをすることが多くなった。老いによる心身の衰えか、これまで耐え忍んできた都への想いが、やはり重のうているせいか。

「のう、了隠殿。……あの、『黒木』をやった時も、峯舟住職が、私の横で舞う何者かを見た、と言うておられた」

私にも覚えがあった。地謡をやっている己れの前で、ワキ僧をつとめていた峯舟住職がまだ念仏を唱えるには早いところで、数珠を掲げ、揉もうとしたのだ。自分は結界の外にあるから何も見えず、世阿弥殿の見事な舞しか目に入らなかったが、まこと仏道に携わる住職には何かが見えたのであろうか。

「今……私と、たつ丸の、間にいた者も……、了隠殿が打たれた、面のような面立ちであったであろうか」

まさに、世阿弥殿の言われる通りであった。対峙して座る世阿弥殿とたつ丸の間で揺らめきながら、その面差しにかすかに笑みを浮かべていた若い男……。己れが打った「黒木」の面を、仰いで照らした折の風情であった。

だが、まことに霊を見たのか、思いまがいか。

仏門に入り、未熟ながらも回向などつとめるうちに、わずかながらも朧に見える時があった。寂しき葬列にひっそりと添う亡者、田の水路脇にしゃがみ込む童の霊、山路にさまよう痩せさらばえた武者の亡魂……。そして、おそらくは、世阿弥殿が喪うた、惣領の元雅殿……。

「……はい……。そのように、お見受けいたしました」

それでも、亡き妻のぬいだけは、いかに願うても姿を現さぬのだ。

「……私には、何も、分からぬ」

「世阿弥殿を、お守りなさっていると」

背筋は伸びてはおられるが、じっとうつむいて禅堂の床に目を落としている姿に、やはり衰えがにわかに忍び寄っているのを覚えざるをえぬ。膝に置いた手指の節くれの先にも年月の翳《かげ》りは帯びて、ややもすると、攣れるように震えることもある。日々、房の方で書き物に勤しんでおられるせいもあろうが、風病《ふびょう》など患わねば良いがと願うばかりだ。

「……たらちをの、ゆくへを我も、知らぬかな……」

世阿弥殿が低くかすれた声でつぶやく。

西行……。

己れもそれに続けて――。

「同じ炎に、むせぶらめども……」

あまりに悲痛な歌をつぶやく世阿弥殿に、何と声をかければ良いのか。

わが父はいずこへ行ってしまったのか、自分にも分からぬが、きっと我が身と同じように、地獄の炎熱に咽《むせ》いでおられることであろうに。

さような歌を口にする世阿弥殿を、まともに見ることもできずにいたが、何かしら、今まで閉ざしていた心の内の扉を開いているかのようにも思えた。

「元雅は……己れの息子なる元雅は、自身ではのうて、父である私が死んだと思うているのではないかと、惟《おも》みることがあるのです。さてまた、自らも黄泉に渡りて、同じ地獄に落ちてなお、己れを探しているのではないかと。それゆえ、かように……」

世阿弥殿の言葉に驚き、私はその枯れ寂びた面差しに目を向けた。

「さようなことは、ございませぬ。けして、ございませぬ。あの面持ちは、むしろ穏やかに、父上でおられます世阿弥殿をお守りしているものに間違いありませぬ」

世阿弥殿はゆるゆると眼差しを上げて、口元に淡い笑みを溜めると小さく息を漏らされた。一、二度、かすかにうなずいてもいる。

庫裡の方から赤子の泣く声が禅堂にまで届いてきて、すぐにもおとよの背中におぶわれた鶴の声と分かった。この世にあることの証と、懸命に泣く赤子の声に、世阿弥殿も目を細めておられるが、またすぐにもその眼を伏せる。

「了隠殿……。西行がまだ四つになったばかりの娘を、縁側に蹴落としたという話をご存じでありましょうか」

「ああ、それは……」

西行が出家を決めた時に、駆け寄ってすがりつこうとする娘を蹴って、親子の縁を断ち切ったという話であろう。仏道の障礙になると。

「己れも、西行法師と等しう、元雅を蹴落としてばかりいたのかも知れませぬ。いえ、皆をも……。祖に逢うては祖を殺せ、仏に逢うては仏を殺せと、能一念で、何を己れはと……」

世阿弥殿への言葉がなかなか見つからず、私はただ黙ってうかがうのみであった。すべて道を極めたる者の業でもあろうが、室町の大樹をも虜《とりこ》にした世阿弥殿の芸道、その修行は、並みの者らには想いもよらぬものであったろう。

「ほんに、ここに来て、心底、己れの愚かさに気づかせていただいた。……この今こそが、最も幸いなのかも知れませせぬ」

「世阿弥殿……」

「ようやく、元雅も、己れを許してくれているのではあるまいかと……。ああ、了隠殿、湿っぽう話になり申し、かたじけのう存じます」

伏せて翳りを帯びていた世阿弥殿の目が、ようやく覚めたごとくに光を戻して、こちらを見据える。私には世阿弥殿の、いや、一人の老翁が覗かせてくれた心の内が、なによりもありがたく、静かに合掌するばかりであった。

二

読経や回向、托鉢の僧としてのつとめとともに、仕舞や謡を世阿弥殿から習い続けた。

その折には囃子方や、やはり謡を学ぶ村人らも加わったが、世阿弥殿は本堂の隅に正座して稽古をつけてくれるのである。実際に構えて、ハコビやサシコミなど自ら舞うのではなく、やはり足腰のご負担もあるのであろう、手で拍子を取りつつ、言の葉で教えてくれるのだ。

「遠き満開の山桜を、眺め渡すがごとく」「鳥の羽根が一枚、風に流れるように」「煙の一筋が立つごとく音もなく」「何もない。ただ、何もないままに、己れが消えて」……。

世阿弥殿の優しく枯れた声音に添うて、仕舞扇をなびかせ、かざすたびに、身の内が澄んでいく想いになる。

それでも、世阿弥殿は、しばしば体の具合を崩して、床から出られぬ日が続く時も多うなりもした。老うた身であれば仕方なきことであるが、私などは胸中秘かになれど、まだご自身の足で歩けるうちに、室町殿の赦しが出て、せめて都の土を一度でも踏ませてやりたいと祈るばかりである。

父上の観阿弥様の形見である鬼神面を本間頼長殿に献上し、正法寺に奉納しての覚悟とはいえ、都への想いがまったく消えたなどということはあるまい。世阿弥殿自身は帰洛せぬ心掟《こころおきて》のおつもりであろうが、老いたればこそ、己が心の底に念がなかろうか。弱ければ弱い念ほど、強う響くということもある。

すでにその頃には、正法寺に来てより書き続けていた小謡をまとめられて、『金島書《きんとうしょ》』と題する書を成就されていた。なにゆえ、「金島」などと名付けられたのかと問えば、「佐渡に住まう者が、何を……」と世阿弥殿は髪と同じ真白き霜のごとき眉尻を下げて、いずこを見ているのか分からぬ眼差しで笑うのである。

「この佐渡こそが、金《こがね》の島でござろうて」

「ここがでございますするか」

「あら面白や佐渡の海、満目青山、なををのづから、その名を問へば佐渡といふ、金の島ぞ妙なる……。金よりも、尊い島でございましょう、了隠殿」

佐渡に生まれ育った者には、何がいかほどに金の島かはむしろ分からぬものではある。まことに西三川《にしみかわ》のあたりには昔より砂金が出て、金色の光差す川があれども、珍しきこともあるまい。

そこで採れた砂金を、世阿弥殿にも見せたことがあるが、「ほう、これが名立たる佐渡の砂金でございますか」と申されてのち、妙なことを口にされたこともあった。あれは、確か、「黒木」を演能してのちのことであったが……。

「のう、了隠殿。この佐渡には、砂金が出ると、『今昔物語』なる古の書にも出ておるのですが、私にはさらに大きな脈があるように思えてなりませなんだ」

何を言わんとされているのか分からず、耳を傾けていると――。

「己には、金など縁も興もござらぬが……、音、がのう。音と跳ね返りが、他国の地とずいぶん違うと思われます。能には、足拍子という地を踏みしめて、豊饒を願うたり、気を浄めたりすることがございますが、その時の音が何やら……。地の中に巌でも、鉄でもない、何か、より、重たきものが……」

暫し腕組みをされて思案してから、「もしも、この地の社や寺に能や神楽の舞台を設けることがございますれば、その床下の土に甕《かめ》をいくつか埋めてはいかがと思うのです」と言われたのである。縁の下に甕を置くなど聞いたこともなかったものの、世阿弥殿が言うには、響きが良うなるのではないか、と。

いや、世阿弥殿が『金島書』の名に託した想いは、別の意味合いではあるが、佐渡の者としては、神々しき金の島であるとともに、また宝の島であると言われれば誇らしくもなるというもの。

その『金島書』成就を教えてくれた六左衛門殿の話であるが、聞いていて心にかかるものがあった。さすがに世阿弥殿には直《じか》にその意をうかがうのはためらわれたが、『金島書』の末に歌が添えられていたとのことなのである。

――これを見ん残す金《こがね》の島千鳥跡も朽ちせぬ世々のしるしに

さように読めた、と六左衛門殿は申されていた。

金の島であるこの佐渡で綴った私の言の葉を、どうぞ見てください。浜の千鳥の足跡のように残り、後の世の人たちも私の形見として受け取って、読んでくださるであろうか。

いかなる想いで、世阿弥殿はさように結んだのであるか。

その歌は明らかに、「浜千鳥跡は都へかよへども身は松山に音をのみぞ鳴く」なる歌から来ておろう。保元の乱にて敗れ、讃岐《さぬき》の島に流された崇徳《すとく》上皇の歌とも、また、その墓を詣でた時の西行の歌とも言われている。

足跡を海辺に残す浜千鳥も、歌を詠む私の手跡も、都へと届けることができるのに、この身のみ松山に残されて、ただ泣くばかりである。

崇徳上皇は遠流の地で悲しみのまま亡くなられているが、世阿弥殿はやはりその想いに重ねたということか。

そうはさせぬ、と思うた。

己れらにとりては、世阿弥殿はよろずにおいての師、また良き翁であるゆえ、離れがたき想いは重ね重ね強うなれども、世阿弥殿を想えばこそ帰洛をかなえてやるのが、我らが佐渡びとのつとめではあるまいか。

世阿弥殿は、崇徳上皇のごとく、「思ひやれ都はるかに沖つ波立ちへだてたる心細さを」などと、つゆとも漏らされぬ。都からはるか遠く海で隔てられ、自分だけが讃岐の地にいる心細さを分かってくれ。さような歌のごとき想いを、世阿弥殿は少しも覗かせぬけれども、であるからこそ、こちらの胸も痛うなる。

「のう、ぬい。……さように思わぬか。是が非でも、世阿弥殿を京の都にな」

棚の上の小さな位牌に目をやれば、その横に四つばかり新しく打った面が並んでいる。そのうちの一つに、ぬいを思い出して打った女面もある。

亡き妻の面立ちにわずかにでも傷をつけてはならぬ、と息を詰め、何度もその薄紅の肌を撫でるように刃を入れた。その自らの様こそが、恐ろしくも、哀れにもなる。

燭台の弱き灯りに、優しげな面が微笑むようにも見え、好んでいた西行の歌でも、ふと小さく口ずさみそうである。

――面影の忘らるまじき別れかな名残を人の月にとどめて
月光に留まる、愛しい人の名残……。別れてもその面影を忘れることなどできもせぬ。世阿弥殿もまた月の光を見て、都におられる奥方のことを想うて、その歌を口にしているのではあるまいか。

庭の闇に目をやれば、月を受けて樹々の葉が濡れたごとく点々と光っているが、隅の白菊など自ずから朧に照るかのようである。やがて移ろうて色を変え、日に添いながら朽ちてゆくのは、己れも同じことである。

あれだけ刀を離さずにいた己れが、今や数珠を持つ身になったのを、ぬいが知ったら、いかほどにか驚いたであろうか。いや、それとも行末のことは見通していたか。

遠く闇の山から時鳥の声が一つ鳴き響いて、深更の新保に渡った。泉の正法寺にも時鳥の声は届いているのであろう。

三

いくたびもの季が巡り、赤子であった鶴も、たつ丸を真似て世阿弥殿を「ぜあじい、ぜあじい」と呼ぶようにもなった。兄じゃ代わりのたつ丸も、洟垂れていたのが嘘のごとく、時に凜とした若人に近うなって見えることもある。相も変わらず言葉は汚いが、いやいや小鼓の新しい曲をいくつも覚えて、己れなど足元にも及ばぬほどである。

すでに、さらに痩せて体が小そうなった世阿弥殿であるが、『金島書』成就前後のにわかの衰えぶりも落ち着いて、むしろ老いの体が定まったかのようにも見えるのである。むろん、舞もせぬ、謡もせぬ、物を書くこともせぬ身にはなり、本堂での坐禅とわずかな読経を繰り返す日々ではあるが。

その世阿弥殿の口から思いも寄らぬ話が出たのは、年明けた春先のことであった。

「了隠殿。……私はまた一つ、能をこの正法寺に奉納させていただこうと、思うておりますのじゃ」

初め、耳を疑い、また、無礼ながらも、世阿弥殿がついに呆けて自らの歳を思いまごうているのではないかと、我が墨衣の下に悪い汗が流れもした。

「世阿弥殿、能と申されますのは……世阿弥殿がシテをやられるとのことでありましょうや」

睫毛にすらも霜が降りた目で、弱く瞬きしてはうなずいておられる。

「いやいや、そうは言うても、何もせなんだシテでございますがのう」

「何もせぬ、シテと?」

「はい。ただ、立っているようなものでございます。こたび思うている曲は、己れが昔こさえたものでございます」

ふと、たつ丸や六左衛門らが、ながらく禅堂で稽古をしていた詞章が脳裏をよぎる。自分は、仏事の合間に世阿弥殿作の「清経《きよつね》」を稽古し続けておったのであるが、たつ丸など風情と深みのある詞章をたどたどしきながらも口ずさみ、小鼓を打っていた。

「……それ春の花は……上求本来《じようぐほんらい》の梢に現はれ……」と、六左衛門が口にしていた詞章が心に残り、口にしてみる。

「秋の月下化冥闇《げけめいあん》の水に宿る……、でございます。これは、まさに、ワキをやっていただく、了隠殿の詞章じゃて」

己れが、ワキと？

さらに耳を疑い、笑みを湛えている世阿弥殿の面差しを見据えた。

春の花は菩提を求めて梢の上に咲き、秋の月は衆生に教えを与えんと水の底にまで光を届ける。菩薩の大菩提心を表わすような言の葉……。

それが世阿弥殿がこたび思うている曲の、ワキの詞……。さようなありがたき仏法の言葉を、己れが謡うということであろうか。

「世阿弥殿、それは何ぞ思いまごうて、おられるのではないかと……」

「いやいや」と、世阿弥殿は目を閉じて、頭を静かに振られた。その落ち着いた所作は、とても老い痴れの戯言とも聞こえぬ色。こちらもうかがうしかあるまい。

「その曲は、なんと申す曲でございましょう」

そう問うと、世阿弥殿の瞼が上がって、しかと私の目を見つめられると申された。

「西行桜」

「西行桜ッ。……して、そのワキと申すは、僧でございますか、武士でありましょうか」

「西行法師」

刹那、何を言われているのか分からなかった。

「今、なんと……？」

「西行法師、と」

「さ、西行法師！」

……それを、私がつとめるということか？

思わず、床に両手をついて後じさり、低頭する。あまりに畏れ多くて、とても私にはつとめようもない。妻のぬいが好んでいた西行の歌を、己れも自ずと口にするようになり、いつのまにかその歌に最も惹かれてはいたが……。

「了隠殿。私には、そのワキ、了隠殿しか思い浮かばぬ。了隠殿でなければ、つとまらぬものと、思うております」

世阿弥殿が括袴の膝をにじって、文箱《ふばこ》を寄せると蓋を開こうとする。いささか覚束ない手つきで、指先が震えておられるが、それも老いというもの。中から冊子仕立てにした紙束を取り出している。

「これは、『西行桜』の謡本です。了隠殿の謡う、詞章を綴ったもの」

世阿弥殿は、もはや筆を持たぬのではなかったか。こちらが気づかぬ深更に、少しずつ少しずつ綴り続けていたのやも知れぬ。

「何しろ、手の震えがのう。字が読みづろうかも知れませぬが、どうぞ」

差し出された帖《じょう》を受け取ることすら憚られる想いで、こちらは世阿弥殿のお顔と帖に眼差しをさまよわせるばかりである。

「了隠殿。これは、まずは、己れの勝手から思いついたこと。ついで、老翁の最後の我儘と言うても良かろうと思い、シテは我、ワキは了隠殿、と決めたのです。どうか、老木に花をのう……」

私はその世阿弥殿の言葉を聞いて、恐る恐る両手を上げ、「西行桜」の帖を受け取ることになった。とともに、はしたなくも体じゅうに血が廻りて、己れが西行、己れが西行、と胸中繰り返している。

いかにしても、この「西行桜」の西行法師は我が物にしてみせると、秘かに心に念じた時に、天上のいずこかで妻のぬいが喜んでくれているようにも思えた。


「六左衛門殿！　たつ丸！　六左衛門殿！」

声を上げて禅堂に駆け込んだ私を、二人が何事かと目を丸うして見つめている。袈裟の懐から丁寧に取り出した帖を掲げて、「西行桜だ」と二人の前に勢い込んで座った。と、たつ丸が小鼓を構え、二度、三度と打つ。

「ももちどりー、さえずる春はものごとにー、さえずる春はものごとに……」

たつ丸は詞章まで謡いながら、小鼓を打つのである。

「やはり、そなたら、以前より稽古されていたのは、『西行桜』。なにゆえ、教えてくれんのだ？」

六左衛門もたつ丸も楽しげに笑みを含んで、私を見ている。

「世阿弥殿が、なんと、私にワキの西行をやれとのこと。これは一大事であろうに」

己れの心の駒が跳ねるのを見透かしてか、さらに六左衛門が笑うて手を上下に振った。

「いやいや、了隠様。私どもはご一緒に稽古をと申したのでありますが、世阿様が了隠殿には、しばらく伏せておいてくれ、と申されて」

「世阿弥殿が？」

「はい。あの『黒木』の折のごとく面を打つのに精魂傾けて、ひどく憔悴したのを見られてのことでございましょう。また早うお伝えしたら、仏事も作務もほどほどに、夜も眠らず、稽古三昧《ざんまい》になられては、お体を壊されるのではないかと、案じられてのことでございます」

「……さような」と、六左衛門とたつ丸の顔を交互に見ていると、たつ丸が口を開いた。

「了隠様の詞章は、いっぺあるっちゃ」

「いっぺある？　ならば、よほどに稽古せねばならぬではないか」

横で笑うていた六左衛門が、こちらに膝を向けると、神妙な面持ちで言うた。

「了隠様、そうとも限りませぬ。心、でございます。稽古されるのは良いのでございますが、詞章を覚え、何もせずとも口から滑るようになると、時に流れることがあります。この『西行桜』は、了隠様の心、それが最も肝要。また、了隠様の素の在りようが、西行そのものになると、世阿様はお考えなのでございましょう」

「……西行、そのものに、なる、と？」

世阿弥殿が夜なべして綴り続けた謡本……。それを掲げ持つ手が自ずと震えた。

「六左衛門殿！　たつ丸！　何卒、何卒、某を存分に揉んでくだされ」

二人も面差しから笑みを沈めて、丁寧に頭を下げてくれた。

「のう、この『西行桜』、いつやることになるのであろうか」

「おそらく、次年の春かと」

「春かッ。こうしてはおれんな。稽古じゃ、稽古！」

「了隠様、その先走りがあ」と、六左衛門とたつ丸が顔を見合わせて、また苦笑を噛み殺していた。

京の都、嵯峨野の奥にある西行の庵《いおり》に咲く桜。

あまりの美しさが噂となり、都人が花見に訪れたが、俗世を離れて静寂を求める西行は心乱されるのを嫌い、禁制《きんぜい》とせんとも思う。されどはるばる参りし都人の桜を愛《め》でる想いに、入庵を許すのである。

美しき桜があるゆえに隠遁《いんとん》を乱されるのか、と西行。「花見んと群れつつ人の来るのみぞあたら桜の咎にはありける」との歌を詠む。この桜を見ようと人々は群れ集うてくるが、静かに独り隠棲したいと思うている自分には、桜の罪にも思える、と。

その夜になりて、西行の夢枕に独りの老精が現れて、「桜の咎と申すは何ぞ」と、その美しさには罪はないのだと諭《さと》す。老精は老桜の精であると明かし、桜の花は仏法の表われ、それを良いの悪いの申すのも、人なるものの心次第とも言う。

俗世もまた求道《ぐどう》の地となりて、だからこそ桜はかようにすべてに行き渡るかのごとく咲き満ちて、それを人々に伝え、命の尊さをも見せるのだ。そう述べる老精は明け方になると、西行との別れを惜しみつつ、静かに袖を返して暁の薄闇に消えていくのである……。

なんと美しく、幽玄。また、俗世を頑なに嫌う己れ、この了隠の心の在りようを、照らし、省《かえり》みさせるかのような曲……。

「世阿弥殿……」

庵の内で小さな燭台の明かりを頼りに読み進め、体の芯が震える想いであった。わずかに波打つ世阿弥殿の墨文字がありがたく、謡本を掲げ、低頭した時に、何か己れの両肩を柔らかく包み込むような温みがあって、庵の暗い虚空に目をさまよわせる。ふと、位牌横のほの白き女面に目が留まり、心から手を合わせた。

「……わきて見む……老木は花もあはれなり、今いくたびか春に逢ふべき……」

ぬいがよう歌うていた西行の歌が胸中をよぎる。

まことに心して見てみたいのだ、老木の花ならではの美しさ……。この老桜も自分も、あと幾たび春と逢うことができるのだろう。

世阿弥殿の花を、なんとしても咲かさねばならぬ。


「西行桜」の曲は、ワキをつとめる己れが、脇座の床几に腰掛けての「いかにたれかある」の言葉から始まるのである。舞台の調子を作る大層な役であることに間違いはない。その出だしからして、幾度も抑揚を変えては、腹の底から声を張り上げる。

「存ずる子細のある間、当年は庵室《あんじつ》において花見禁制とあひ触れ候へ」……。

いずこへ行くにも、また新保の万福寺の仏事を手伝うことがある折などにも、袈裟袋に世阿弥殿手書きの帖を入れておくのを忘れぬ。隙があれば、取り出して幾度も幾度も詞章を謡うてみる。難しき抑揚や拍の取り方、また詞章の多さに汗が噴き出るというもの。

「……花見んとぉ、群れつつ人の来るのみぞ……あたら桜の、咎にはありけるぅ……」

新保万福寺の檀家法事の手伝いが終わって、内陣の片づけをやっていた折のことである。何の気なしに口ずさんだ西行法師の歌に続いて、焼香台を拭いていた万福寺の劫全住職が唸るのである。

「あたら桜の、蔭暮れてぇ……」

驚きて振り返ると、目を閉じ、味噌っ歯の覗く口に力を込めて、「月になる夜の、木《こ》の下《もと》にぃ……」と続けたのである。読経で年季の入った朗々とした、丹田からの声がお堂に響いて、こちらは腰を抜かしそうになる。

「住職ッ、それは⁉」

皺の寄った片目が悪戯げに開いて、大きく口を開いて笑うた。

「いやー、たまげたか、了隠。儂は地謡じゃ。しかも、地頭《じがしら》、いうやつじゃ」

地頭とは、地謡を導く頭のことである。己れの西行の詞章に続けた、住職の言葉はまさに「西行桜」の地謡のもの。

「住職！　住職まで私に秘して、稽古されていたのでありまするか！」

羅漢のごとき大口を開けて笑う住職の顔が、なんとも憎らしい。

「いやいや、先だって、六左衛門さんに呼ばれて、正法寺に行ったればのう。世阿弥様直々のお願い言うて、儂も、ほれ、謡本いうのを渡されて、地謡じゃと。たまげたわいのう」

「……さよう、で、ありましたか。……されど、住職まで何も隠さんとも、人の悪い……」と、袈裟袋から謡本を取り出して、その場に座り込んだ。

「いやぁ、これは、世阿弥様、お考えあってのこと。おまえは若い頃から、肩に力が入り過ぎるところがあるゆえのう。おまえそのもので西行法師をやって欲しいという想いじゃろうて」

「……はあ」

「してのう、了隠。久しぶりに、世阿弥殿に会うたが……、世阿弥殿は老いが澄んだかのような、翁としての極まりを見せておったのう。ほんに良いお顔じゃった。何がしかの、仏果を得たのであろうのう」

住職の言葉を聞いて、それは己れも気づいていたことである。

体の衰え、真白き髪、口数も少のうなっていく世阿弥殿であるが、そのお姿から何か、後光といえば大袈裟やも知れぬが、風なきところの燭《しょく》の、細き青い炎のごとき澄み方を覚えるのである。

「さて、了隠が片づけをしてくれる間に、儂は地謡のさらいでもしてこようかの」

目尻にこれでもかという皺を寄せて笑う住職が、本堂を出ていく。

「住職ッ、住職ッ、抜け駆けのような真似はなりませぬぞッ」

さようにその背中に声を投げると、薬師如来像の脇侍仏である、己れの彫った日光月光の菩薩像に笑われる想いがする。振り返りて、本尊と脇侍に合掌すると、「どうぞ、西行法師様の役をつとめられますよう」と拝む己れであった。

四

六左衛門やたつ丸、万福寺住職に後《おく》れを取った分を取り返さねばならぬ、と日々時の許すかぎり、謡本を繰りては、唸っている頃であった。梅雨の降りしく雨とあっても托鉢行には出かけねばならぬ。昨日の雨の乾かぬ蓑を羽織ろうとした、その時である。

泥土を駆けてくる馬の足音の聞こえた気がしたと思うているうちに、小さきいななきとともに、馬足が我が庵の外で止まったようである。何事かと戸を開いてみれば、馬の手綱を脇の庭木に縛りつけ、ちょうど笠を取る武士の姿があった。

「何事であるか」

「これは、朔之進殿……、いえ、了隠殿。おられましたか、ようございました」

まだ若き武士と見えるが、何処ぞで会うたであろうか。雨に濡れた蓑の下のいで立ちから、おそらく泉城の本間頼長殿の配下の者。

「かような雨の中をご苦労でござる。して、何用と」

「はい。申し遅れましてございます。某、本間頼長家臣の佐々木高経《たかつね》と申しまする。本間頼長殿より、溝口朔之進殿……了隠殿に、急ぎ泉城に参られたしとのご伝言あり、参上つかまつりましてございます」

笠を取って雨の雫を顔に受けながらも、生真面目に伝えてくる若き武士に、袈裟の袂から手巾《しゅきん》を取り出し、渡してやる。

「頼長殿、直々《じきじき》とのことか。急ぎ、とは何事であろうか」

「いえ、某はお伝え申すだけで、そのご用事の筋とやらは存じませぬゆえ、申し訳のう存じまする」

渡した手巾を丁寧に畳んで、こちらに戻してくると、また深々と頭を下げて、笠を被る。あまりににわかのことに、若武者が雨の中を馬を駆って帰っていく姿をしばし見送るばかりだったが、何しろ急ぎとのこと。泉城に上がるのであるから、托鉢行の法衣ではのうて、大衣に五条袈裟の方が良かろうと、また庵の内に戻った。

急ぎの用とは、再び佐渡国で戦でも始まるのであろうか。だが、なにゆえ出家した己れが呼ばれねばならぬのか。各本間家での小競り合いほどの諍いはあったものの、大事には至ってはおらず、むしろ佐渡も平穏な年が続いていたのであるが……。

不穏な想いのまま、泉の城に向うたが、そこで己れは仰天するような報せを、頼長殿の口から直にうかがうこととなったのである。

「溝口殿、久しいのう。息災であったか」と扇で仰ぎながらの穏やかな口ぶりに、戦らしきものではないと胸撫でおろしたが、ふと扇の手を止めて、頼長殿が脇息から肘を外し、身を乗り出した。

「室町方にて、とんだ事が起きた」

「……室町方……京におかれてでございますか」

「大樹足利義教公が、討たれた」

「討たれた!? 義教公が!」

あまりの青天の霹靂《へきれき》、頼長殿の言葉に思わず声を上げてしまい、座敷の外の人気に不用心であった我が身を恥じてしまうほどであった。

「御成《おなり》された侍所《さむらいどころ》頭人《とうにん》赤松満祐《みつすけ》殿邸にて、申楽をご覧の途中、赤松家家臣安積行秀《あづみゆきひで》殿が義教公の首を刎ね、また京極高数《たかかず》、山名熙貴《ひろたか》殿も死去、義教公の義兄三条実雅《さねまさ》、大内持世《もちよ》殿も怪我を負うたらしい」

「さようなことが……」と、都での一大事に言葉もなかったが、だが、あの「万人恐怖」と言われた、病に近き勘気持ちであった将軍が狙われたのも理《ことわり》かも知れぬとも思うた。

されど、己れは仏門に入った身、いかなる者とて黄泉に渡る者には弔いをせねばならぬ。頼長殿の面前ではあるが、合掌して念仏を小さく唱える。

「……して、それは、いつのことでありましょうや」

「こちらに報せが参ったのは五日前」

「五日前でございまするか……」

義教公が暗殺されたのは一大事も一大事であるが、だが、なにゆえ己れが呼び出されるのか。もはや剃髪した身である。しかも、五日前の事の起こりを、今になって報せるとは解《げ》せぬ、と思うていると、頼長殿がわずかに口ぶりを緩めて申された。

「さてさて、再び報せが参ったのは、今日のこと」

顔を上げると、頼長殿が書状を手にしていたが、そこに報せとやらが記されているのであろう。

「これは管領《かんれい》細川持之《もちゆき》殿からの内々の報せなるが……、義教公死去により、その勘気を蒙り、遠島となられていた公家等らの、赦免の沙汰が出ておる。して、そこに、朔之進、そなたがあずかっていた観世元清、世阿弥も入っておるぞ」

……？

虚を突かれ、空音《そらね》かと思い、いや、確かに今、頼長殿が申された言の葉に、「観世元清、世阿弥」と聞こえた気がしたが……。

「恐れながら、今、何と？」

「細川持之殿の沙汰で、観世元清世阿弥が赦免となる、と申した。まことしの赦免状は後ほど届こうが」

「……世阿弥殿が……赦免……。許され、京の都にお戻りになれる、と？」

「さよう」

「……それは……確か、なこと、で、ございましょうか……」

頼長殿が大きくうなずいて、「実正《じっしょう》なり」と声に力を込めた。そして、手にしていた扇で己れを指し示すと、ゆっくり外に向ける。つまり、その先は、正法寺——。

降りしきる雨の中を、いかに走ったか。

泥土に滑り、雨でぐっしょりと濡れた大衣も重い。笠や蓑まで忘れて、泉城を飛び出してきた己れの走り惑い。いや、さようなことなどいかにもなれ、と、ただ雨を食《は》む我が口が、「世阿弥殿、世阿弥殿、世阿弥殿！」と叫び、目の中の雨が、溢れる涙かどうかも分からぬ。

近道に田んぼの畦道を走るが、ぬかるみに足を取られて転《まろ》び、顔から泥溜まりに突っ込む有様。心の臓が破れてしまうのではないかと思うほどに、息差し荒く、肺腑に入ってくる雨に噎《む》せては、また走る。雨に烟る正法寺の杉林が霞み見えて来た時には、そこから「世阿弥殿ー！」と叫んでいる己れであった。

早く、早く、早くッ。

世阿弥殿にお伝えせねばならぬ。長年どんなにか待ち望んだ帰洛への赦しを、今、己れが伝える喜び。我が身など、いかにでもなれ。息ができのうても、心の臓が張り裂けても、正法寺の世阿弥殿のもとへ、早く！

山門を潜り、雨を受けた参道と本堂の階が見えた時には、足も体も言うことを聞かぬ。よろけ、這うかのごとくに、正法寺の内へと転がり込んだ。

第十二章　涙池

一

「世阿弥殿ーッ！　世阿、弥、殿ーッ！」

物凄《ものすさ》まじき乱れた足音とともに、床にどうと倒れ込む音がした。

見れば、ずぶ濡れ、泥まみれの大衣姿の了隠殿が、這いつくばい、やはり泥だらけの手で虚空をひっつかんで、腕を震わせている。

「何事です！　了隠殿！」

房に共にいた六左衛門が、尋常ならざる了隠殿の姿に声をかけて駆け寄った。たつ丸も一気に血の気の引いた面差しをして、固まっておる。

「了隠殿！」

雨に濡れた坊主頭も顔も泥が流れ落ちて、黒き血脂《ちあぶら》に覆われているかのごとく見える。もしや、戦でもまた起き、巻き込まれて手負いを受けたのか。

「おとよ！　おとよ！　水！」と、六左衛門が離れた庫裡に大声を張って、了隠殿の大きな肩を抱きしめた。

「……いかがされた、了隠殿……」

そう声をかけると、面立ちの半面を泥に濡らした了隠殿が片眼を閉じつつも、息荒い口元に笑みを浮かべている。

「……世阿、弥、殿……。世阿弥、殿……」

ずぶ濡れの大衣の両肩を震わせ、呻きながらも、了隠殿は縁側の床に手をついて、端座しようとしていた。水を持ってきたおとよさんとともに、何事かと峯舟住職も血相を変えて、房にやってくる。

「了隠殿、手負いはございませぬか。……まずは、息を落ち着かせてから、どうぞ暫し、どうぞ」

了隠殿は己れの呼びかけに、幾度もうなずいて正座しつつ、喘《あえ》ぐかの息遣いを整えようとしている。泥田の中に落ちて、今まさに畦に上がったかのような姿なのである。

「……了隠様……大丈夫らけえ……？」と、ようやくたつ丸も恐る恐るうかがうようにいざり寄った。

「世阿弥殿ッ」

大きく息をして、了隠殿が背筋を立てた。六左衛門が手ぬぐいで拭うた面立ちは、泥土は少しは取れたが、その眼からいまだ雨が溢れているのだ。

「世阿弥殿、ようお聞きくだされ。……ご帰洛への……ご帰洛への、赦免の、報せが、都より届きました由、お伝ぇ申し上げまするッ」

そう言って、泥で汚れたいかつい両手を床につき、深々と低頭してきた。

六左衛門とたつ丸、おとよさん、峯舟住職も、皆が目を見開いて、己れを一斉に見つめてくる。

「それは……まことでございますか、了隠様！」と、六左衛門が問えば、幾度も幾度も了隠殿は伏せた額を床にこすりつけて、うなずいておられる。

「己れの、帰洛への、赦しが出たと……？」

「……はいッ。ただいま、泉城主本間頼長殿より、直にお報せを承りました」

己れが……赦された……？

己れは、都に戻れるということか？

了隠殿の言葉を聞いて、喜びがないなどと申せば嘘になろう。咎なくて流されたと常に思うていた我が身である。「黒木」で己れが描いた順徳上皇や日野資朝などのやんごとなき方々以上に、帰洛への想いがもしや強うあったかも知れぬ己れであったが……。

だが……。

体の芯に水晶のごとく澄んだ氷の冷たさがあるのも覚えていた。体の内に洞ができたようにも、そこを漫《そぞ》ろに風が吹き抜けていくようにも思えるのである。

あまりの信じ難さに、己れは呆けているというのか。

否。

すでに、この佐渡から都にも、また都から佐渡へと、幾度も往還しているかのような覚えが、むしろ現ではなかったのか、との戸惑いを感じているのではなかろうか。

己れは、今、紛れもなく、ここ、己れの内にいるのである。

「……了隠殿。まことにありがたき御報せをいただき、心より御礼申し上げます。確かに、赦免の旨、承り申しました」

了隠殿のついた両手の間に、雨の余りをしのぐ涙が落ちて、しとどに床を濡らしている。私も端座をさらに整え、両手をついて懇ろに頭を下げた。

「世阿様ッ、ほんに長らく……ほんに長らく、ご辛抱されてッ、ご苦労様でございましたッ。これも神仏の、おかげでございます」と、六左衛門まで涙を拭うて袖を濡らしていた。

「……霊峰北山と、皆のおかげでございます」

己れは縁側の外に向かい、雨に烟る北山の影に合掌した。目までよう利かぬなって、北山は薄墨のぼかしのようにしか見えぬが、確かに控えておられる。

「さすれば、世阿様、ちくちくと帰洛の備えもいたしませんと」

六左衛門が手ぬぐいで涙と洟を拭いつつ、嬉しげに言うてきた。たつ丸だけが、笑うているような、悲しんでいるような面持ちをして、唇をうごめかせているが、眼差しが合うと小袖の胸を張って、口元を引き締めている。

「六左衛門、そなたはまた気の早い。赦免言うても、それはまず、室町方の都合じゃて。手前には、手前の都合があろうて」

皆が刹那、呆気に取られたかのような面差しをしてこちらを見た。

「了隠殿……。『西行桜』の詞章は、どこまで覚えられたかのう」

泥と涙と雨で、どうにもならぬほど目を腫らした了隠殿が、それでも真直ぐに眼差しをよこしてくる。

「はい。ほぼすべて、覚えてございまする」

了隠殿の言葉に、六左衛門が慌ててその濡れそぼった大衣の袖を払って、口をゆがめた。

「了隠殿ッ。かような時は、詞章などまだ何も、とッ」

六左衛門は、むしろ「西行桜」の進みが滞ればいっそ帰洛を早めようと、己れが思うとでも思案したのか。

「おう、それは、さすがに了隠殿。……さてさて、ならば、『西行桜』を、いつ咲かせるかのう」

たつ丸が目を輝かせる。だが、ようやく了隠殿も気づいたのか、再び手をついて床に声を放った。

「いえ、世阿弥殿ッ。何がさて、ワキの西行でございましょう。こたびの演能よりも何よりも、ご帰洛を急がれてくだされッ」

了隠殿の気色《けしき》に思わず笑いがこみ上げてくるというもの。

「急いでも、急がずとも、帰洛は変わらず。されど、この佐渡の地で咲く、西行桜の花はいかがありましょう。己れは、見ることができぬのであろうか」

六左衛門が溜息を漏らしてうつむき、峯舟住職は小さく笑いを漏らす。たつ丸においては、眼を真ん丸にして面差しを輝かせておる。了隠殿は、泥の乾き始めた坊主頭を幾たびもかしげ、「いや、それは、されど、それは……」とよう分からぬ息を吐いているのであった。

「何せ、その了隠殿の、ずぶ濡れた泥達磨のごとき様をのう、なんとかしてやらんと」

了隠殿が大衣の重く濡れた袂を広げ、あらためて自らの凄まじき泥まみれの姿に、口元をゆがめている。何ものをも忘れ、一人の老翁のために、この雨の中を遮二無二駆けて参られた了隠殿の想いこそが、ありがたい。私はただただ心の内で手を合わせるのみであった。

二

夜更けて、元雅の扇の入った竹筒に香を上げて合掌する。

油皿の灯芯のわずかな明かりに、香の煙がくゆって、薄絹の布がたなびいているようにも見えた。

「……元雅よ……。ここに、おるかのう。……己れに、帰洛への赦しが出されたそうじゃ。ようやくのう。……もはや、夢も現も別なきように、老い痴れた己れにとりては、それが夢でもよし、現でもよし……ありがたいことではあるがのう……」

六左衛門など、もはや都での暮らしを思い描いて、「鶴を都一の清女《すがしめ》にする」などと言うて喜んでおったが。

「……八十路近《やそじ》うまで、生き巡るとは、思うてもおらなんだが……、元雅、そなたや父観阿弥が、齢を恵んでくれたのか……」

了隠殿に報せていただいた帰洛の赦しにも、静心にていられたのは、自らも思いの外《ほか》のことであったが、肚の底の底に、やはり父の形見である鬼神面を献上し、奉納した覚悟があったゆえであろうと思う。

己れは、今、その面を前にして、いかに覚えるか。己れの心にも隠していた帰洛への想いが、堰《せき》を切るかのごとくに溢れ出すのか。

老いた者のすることではない。さように思いつつも、己れは灯明皿の火を秉燭《ひょうそく》に移して、取っ手をつかんだ。日中に降った雨の湿りを足裏の床に覚えながら、房の暗い廊下を行き、渡殿を過ぎる。本堂の内は漆黒の闇で何も見えぬほどであるが、内陣に近づくにつれて秉燭の炎に、法具や瓔珞の縁がほのかに光る。供花の香が闇に濃い中、片合掌して本尊に参拝すると、内陣へと足を踏み入れた。

厨子下に置かれた四方の箱を手に取ると、懐かしき漆箱の手ざわりに、佐渡に着いたばかりのことが思い出される。

あの頃は、恐ろしき北海の鄙の地とばかり思い、海上から佐渡の島影が見えた時には、我が生も断たれたのだと覚悟した。それが、この地の皆に守られて、ここまで生き永らえるとは……。

わがお守りとして都より大事にしてきた、父の形見の鬼神面。今は本間頼長殿のご厚意で正法寺に奉納された、仏界のもの。罰が当たろうともおかしくはなかろうが、己れの心の底がこの箱の中にあるのである。

床に秉燭を置き、端座すると、深く合掌をしてから紐の結びを解いて丁寧に蓋を開けた。

「ああ……」

思わず声を漏らしてしもうた己れがいる。箱の内に憤怒に似た面差しの面があろうと思うていたところに、その鬼神面が笑うているようにも見えたからである。

弱い光のゆえか。秉燭の炎をかざし、再び覗き見れば、幼き頃から見ていた、父観阿弥の姿が蘇ってもくる。

最後となった駿河浅間神社での見事な能……。

――枝葉も少なく、老木になるまで、花は散らで残りしなり。

自ずと手が箱の内に伸びて、鬼神面を掲げ持っている己れ。炎の揺れに色を様々に変える面を見据えてから、静かに返す。面を顔に近づける。己れが……消えていく。己れが消えていく……。

面紐を結ぶと、何者かに吊られるかのように、私は立ち上がり、構えていた。ハコビで前に進む。ヒラキ。

何の障りもなく、左右へと舞うた。

「……千本の桜を植ゑ置き……その色を……所の名に見する……」

舞うている己れがあった。もはや体の利かぬ身では、「西行桜」の老精の舞は、ただ佇み、せぬところで表わさんと思うていたのが、舞うているのである。

「……千本の花盛り……雲路《うんろ》や雪に……残るらん……」

ああ、かように、かように、と面の内の闇の中を舞うて、謡う、老翁がここにいた。

鬼神面を取りても、いずくにも欲するところなく、ただここにあることの満ち足りに……。

いや、それすらも分からぬまま、闇に座しているばかりであった。

三

野分の季節が来て、さらには去年よりも早い時雨が、山々の紅葉を濡らす。

六左衛門も了隠殿も、帰洛への船に気を揉んでいたが、もはや北海は時化《しけ》模様である。なんぼ早く都に戻りたい、戻らせたいと思うても、八十路に近い老翁を荒れ狂う船の底に転がすわけにもまいるまい。

六左衛門はすでに帰洛を年明けの春過ぎと覚悟して、「西行桜」の囃子方の稽古にたつ丸や村人らと打ち込む日々となったようである。了隠殿は私とともに掛け合いの詞章を繰り返し、また、西行に仕える能力役のアイとして、了隠殿もよう知っている田植え歌のうまい田子、桜を見に訪《おと》のうてくる立衆《たちしゅう》や地謡には、峯舟住職と十社の神官、万福寺の劫全住職や雲水方がつとめてくれることになり、営みの隙を見ては稽古に来るようにもなった。

「いやあ、世阿様がかようにまた息災になられたのも、やはり、帰洛への望みがかなえられること。ほんに、若返るようでございます」

六左衛門が安座の膝の上に抱いた鶴の口に、鰤の煮つけを箸で運びながら嬉しげに話す。

「私も本間頼長殿より誠しの赦免状が届いた折には、心より安心いたしました」と、了隠殿。

赦免状の話が出たり、棚上の畳まれた奉紙を目にするたびに、已れはむしろ大樹義教公が最後に見た猿楽が、いかなるものであったかが気になりもする。すでに大樹を討った赤松満祐は、籠城した山城の城山城《きのやまじょう》で切腹したとの報せも聞いておるが……。

「……何が、息災と。ただ、老いが定まっただけじゃて」

「ならば、もはや、これより歳を取らず、足腰壮健のままに都の土を踏めまするな、世阿様」

「六左衛門殿。世阿弥殿は敦賀《つるが》小浜に着いた折には、足踏をするのではありますまいか。その見事な足拍子の音が、この佐渡の地にまで届きましょうぞ」

庫裡の内が笑いに包まれる中、たつ丸だけがおとなしううつむいて、飯を頬ばった口を静かに動かしている。

「……たつ丸」

そう声をかけると、ふと顔を上げ、背筋を伸ばして面差しを無理にも晴れやかにして見せるのである。世阿爺の帰洛は、俺も嬉しいっちゃ、とばかり作り顔して、まだ椀に残る飛魚の味噌汁をおとよさんにお替わりまでして見せた。

「たつ丸、おまえ、なんだ、その面は。おまえも、この六左が都に連れていってやるわ」

「……都になんか……行きたくねえわや」

「何をおまえは、言い出すのやら。おまえの小鼓がのうなったら、都の観世座はどうなるいうんや」

「……おれは、この佐渡がいいっちゃ。……でも、世阿爺がいねなるのはなあ……」

たつ丸が箸を下ろして、顎に妙な窪を浮かべて唇をゆがめる。その姿を見て、六左衛門が慌てたかの色で皆に眼差しを送った。

「阿呆か、たつ丸ッ。かようにめでたいことはないのだぞ。おまえも都に参って、研鑽を積み、のち戻りて、佐渡の地に、より能を広めれば良いではないか」

「……そんなに、都って……、いいところなんか」と、たつ丸が唇をとがらせ、恨みがましき眼差しで六左衛門をにらんでいる。

「参れば、分かるわ」

たつ丸はそれでも己れと目が合うと、力を込めていた眉間を開いて口にあえて笑みを溜めようとして、かえって妙な面差しになった。

たつ丸……。

たつ丸の気持ちが、世阿爺にはもっともありがたいのう。

さような想いを言の葉にしたいと思えども、口に出したらよけいにたつ丸が悲しむことになろう。

「……さても、了隠殿……」と、話を逸らす己れを、たつ丸はいかに思うているであろうか。

「こたびの『西行桜』を奉納するにあたって、見所はいかにしましょうや。泉城主本間頼長殿はむろん、お呼びいたそうと思うておりますが」

「と、申されますと？」

「雑太城の国人……何と申されたか、本間……源之、丞殿、もお呼びしようかと思うております」

「本間……源之丞殿、でございますか……」

たちまち了隠殿の面が曇って、かすかに左の目尻が攣りてわなないたのが見て取れた。

了隠殿はこれまで一言も申さなんだが、私を利して保身を謀《はか》ろうとした国人源之丞殿に抗して、頭を丸めたのである。万福寺のご住職から話をそれとなくうかがっておったが、怨恨を秘かに抱え続けているには違いなかろう。その役人を能に呼ぶというのであるから、面差しが影を帯びるのも理。

「のう、了隠殿……。西行の庵室に咲く桜に、咎はございませぬ。それを見ていただくのも、よろしいかと」

「幽玄の……美を、でございまするか」

「はい。花なる美は、十方世界を変えましょう」

了隠殿はじっと床のひとところを見据えておったが、袈裟衣の膝を叩くと、「呼びまする。是が非でも」と強い眼差しをよこした。不思議と、しょげていたたつ丸までが顔を上げて、童の色から少年の目になって己れを見つめてきた。

たつ丸は、何を思うたのか。

いや……、問うまい。

己れなる者が、なにゆえこの世にあるのか。己れなる者とは、何か。さようなことを、自らで問う歳に近づいてきているのである。幼い頃より、佐渡の四季折々の美しい景色とともにあった童が、言の葉を覚え、詞章を覚え、調べを覚えて、より法界の真如を探す時期に来ているのであろう。十方世界の美にもっとも近しい者は、たつ丸かも知れぬ。

のう、たつ丸。

障子戸を震わせる北山からの颪が強うなって、また波の花が舞い始める冬が来る。外で揺れる枯枝の切っ先が見えるようにも、また、枯枝そのものとなりて北山颪を覚えている己れがいた。

四

深更に及んで、冷えた褥《しとね》の内で外吹く風の音を聞いていた。

闇の中にほの白く泳ぐものが見えるが、これもまた老いた目の悪戯である。風の音とて空耳か。

いかに老いが定まったとて、日に添うてにわかに移ろうていく我が体の衰えは抗いようもない。かすかに謡の声が出ること、わずかに舞ができること、かようなことでもありがたいことではあろう。

いかにこれを保つかなど、それすらも案ずることものうなって、ようようといずこかへ渡る足取りさえあれば、仏果の景色を眺められようか。さようなことをうつらうつらと思うていると、縁の廊下を歩く音が聞こえた気がして、さて、風か、空耳か。

「……世阿爺……世阿爺……」

薄目で障子戸を見やれば、うすらと人の影が立っていて、静々と戸を開けるたつ丸の姿。

「おうおう、たつ丸か……」

戸の開きから冷えた気が滑りこんできて、外の寒さが褥の縁にも忍びこむほどである。

「いかにした。眠れんでもなったか」

影がこくりとうなずいて、房に入ってくると、感心にも端座してから障子戸を懇ろに閉めている。

「炭櫃《すみびつ》の火も落としてしもうた。どれ、ここに入れ、寒かろうて」

褥をめくると、たつ丸はおとなしう入ってきて、体を丸める。さすがに十歳をとうに越えたとて、童の心はそうそう変わるものではない。

「いやいや、これは温《ぬく》いわい。たつ丸火鉢じゃのう」

褥を震わせて笑うたつ丸であったが、すぐにも褥の縁から顔を出し、闇の天井を真直ぐに見つめている。

「……世阿爺……。ほんに、都に帰れるようになって、いかったたっちゃ。……おめでとうございます」

思ってもよらぬ殊勝な言葉に、いかに答えて良いのか分からず黙していると、「なーみーかーぜー、しきりにー、めいどうーしーてー」と小さな声で謡い始めた。

「げかいのー、りーうじん、あらわれたーあーりー……」

波風頻りに鳴動して、下界の龍神現れたり。

「なつかしいっちゃ、おれの歌ら」

「……じゃのう」

「なあ、世阿爺、六左はおれに都にいっしょにいうてたが、どうらろう。おれにはとうちゃん、かあちゃんがいるし……」

闇の天井を見据えている眼が、かすかに濡れ光っているのが見える。たつ丸の親を想う気持ちは、いずこの家の子でも同じことであろう。また、親が子を想う気持ちも同じである。

「のう、たつ丸……。親というのはのう、我が子が好いたことをして楽しうしてくれるのが、最も幸《さいわい》であるのじゃがのう。離れても、その嬉しげな顔を想えば、心が温こうなる」

息子元雅が観世座の栄えのために旅立った時の、晴れ晴れしい面差しが蘇ってもくる。

「そうらかなあ。そうらといいけどなあ。でも、おれは佐渡も好きらしなあ」

「そうらのう」

「なあ、世阿弥は、ほんとに都に帰るか」と、こちらに顔を向けてくるのが分かった。

「ここに来たばかりの頃はのう、都を想うて、涙の池をこさえたが」

「なみだのいけ！」

万福寺で家が恋しうなって眠れず、泣きながらたつ丸が我が房を訪ねて来たのも懐かしく思い出される。その折に、涙の池の話をして、二人して笑うたのであった。

「都に帰ったら帰ったで、佐渡を想うてのう、涙の池を作りそうじゃのう」

「佐渡をおもうてか」

「そうじゃ。……！ほんに、わしにも分からん。いかにするかのう……」

しばらくたつ丸も黙っていたが、いきなり褥をはぐって半身起き上がった。

「そうら、こんげ話じゃねえて、おれはお礼をいいにきたっちゃ」

「お礼と……？」

たつ丸が褥から出て、またしっかと正座して今にも小鼓を構えそうな姿勢になる。夜気の冷たさなど感じぬほどになってしもうて、何事かとこちらもやおら夜具の上に端座した。

「きょう、世阿弥が、美？　花らか。花は、じっぽうせかいを、かえる、言うたろ？」

「言うた」

「花って、あはれ、とか、きよら、とか、はなやか、言うことらろ？　佐渡の海のあおさとか、夕日のすごいあかねいろ、とか、こつづみの音とか、世阿弥の舞とか、六左の笛とか……」

「……さよう」

「おれは、その世阿弥のことばで、ものすげ元気出たんだっちゃ。なんでもできる、思うたんだっちゃ。そのお礼を、世阿爺に言いに来た」

そう言うて、たつ丸は両手を丁寧につくと、小さな頭を下げた。

「世阿爺、さむいっけ、風病にならんよう、はよう、しとねに入れ」

たつ丸は房を出ていくと、小走りに廊下を鳴らして行く。

たつ丸……。

己れは夜具の上に座ったまま、しばらく何もできんかった。ただ、皺ばみ、枯れた手の上に、湯のごとく熱い雫が、点々と落ちるのを覚えるだけであった。

続き、たつ丸の通る掛け声と小鼓の音。

皆の「西行桜」に想いを凝らした気配が満ちて、見所のしわぶきする音さえも消えた。後見をつとめる村人が、布に覆われた老桜の作り物を備えたのを見計らい、その内に己れは音を立てぬよう入る。すでに桜の洞に住む老精になり、本堂へと隠れたまま進むのである。

「いかにたれかある」

「おん前に候」

「存ずる子細のある間、当年は庵室において花見禁制とあひ触れ候へ」

西行を演ずる了隠殿の声は落ち着いて、張りのある良きものである。

了隠殿、そなたは花の心の分かる西行そのもの。何も狙わず、構えず、言の葉を、思いのままに謡えば良い。

「ヨーッ、ホーッ」

たつ丸の心のこもった掛け声や小鼓の音に、桜の老精は聞くたび涙が出る。たつ丸こそ、その一つ一つの音が一期一会と心に念じて、桜の老木に潜む己れの背中を見て打っているのではなかろうか。

良い音じゃ、たつ丸……。

西行庵の能力と、都から美しい桜の噂を聞いてやってきた都人との掛け合いが始まった。

「さん候《ぞうろ》ふこれは都がたの者にて候ふが、このおん庵室の花さかりなるよし承り及び遥ばるこれまで参りて候……」

立衆頭《たちしゆうがしら》役の峯舟住職は、さすがに落ち着いていて、読経で鍛えた喉で朗々と声を放っている。

能力がそれを受けて、西行に都人の想いを伝える前に、西行の心のつぶやき――。

「それ春の花は上求本来の梢に現はれ、秋の月下化《げけ》冥闇の水に宿る……」

已れは何百年と洛北の地に花を咲かせてきた一木の老い桜。幾度も巡り来たる季節も、天変地異も、人間界の戦も見て、あるいは、かように、鄙に隠棲する歌の名手である西行とも過ごしてきたが、いつの世にあっても隔てなく、ただただ己れの花を咲かせ、散らしてきたのである。

都人の賑やかさに閉口しながらも、その美しさを愛でたいとはるばるやってきた者たちを、西行は庵に招き入れた。されど、いかにしても心静かに過ごしたい想いは変わらず、一首の歌を詠む。

「……花見んと、群れつつ人の来るのみぞ、あたら桜の、咎にはありける……」

かように人が群れて来るのは、この美しい花を咲かせる桜の咎ではないか。

了隠殿も自ら頭を丸め、俗世から離れた身。また、何よりも歌の美しさを知るお人である。そのままの声は、あたかも西行法師のごときではあるまいか。

西山も夜になりて、都人らも木のもとで眠り、西行もまた夢の中へと入り込んでいく。已れはその西行法師の夢の内へと漂い出るのである。

作り物の布が静かに外される――。

「……埋もれ木の、人知れぬ身と沈めども、心の花は残りけるぞや……、花見んと、群れつつ人の来るのみぞ、あたら桜の、咎にはありける……」

已れの声は枯れ寂びて、波打つようにしか出ぬが、これもまた自然の理。我が老いも、桜の老いも等しき想いで声にする。

さあ、了隠殿、参れ。

「不思議やな、朽ちたる花の空木《うつおぎ》より、白髪《はくはつ》の老人現はれて、西行が歌を詠ずる有様、さも不思議なる仁体《じんたい》なり……」

ああ、その姿といい、お声といい、西行法師ではなかろうか。己れの夢の中にこそ、西行様が現れてくれたのではあるまいか、と半ば朧なる想いで、その西行様に問う。

「さて桜の咎は……なにやらん……」

憂き世と見るも、山と見るも、それは人の心にある。非情無心の草木の花に、憂き世の咎があるのではない、と桜の老精は話すのである。

「おん身はいかさま花木《かぼく》の精か」と西行。

「まことは花の精なるが……この身も共に老い木の桜の……」

「花物言はぬ草木なれども」

「咎なき謂《い》はれを木綿花《いうばな》の……」

「影唇を」

「動かすなり」

さように答えて、了隠殿の西行を見れば、瞠《みひら》いた眼に光を溜めて己れを見据えていた。

己れは浮かび出るように老木の洞から出て、春の宵に佇む。いや、これは立っているのか、浮かんでいるのか、あるいは陽炎のごとく揺らめいているのか、己れでも分からぬ。

ああ、花も少なく枝朽ちる老いた恥ずかしき身なれども、桜の心をお伝えに参ったのです。こうして、西行法師との値遇《ちぐ》によりて、仏法の恵みをあまねくいただき、花も、また山にいる鳥も、喜びに涙を流しておるのです。

そう詞章を連ねたところで、了隠殿の頬に一条の光が落ちるのが見えた。

……了隠殿。

「九重に、咲けども花の八重桜……」

「……いく代の春を重ぬらん」

「しかるに花の名高きは、まづ初花《はつはな》を急ぐなる、近衛《このえ》殿の糸桜……」

本来なら地謡がやる詞章も、都人の役を終えた峯舟住職が、万福寺ご住職や雲水たちの地謡に加わってくれて、己れは都の桜の名所を謡う詞章とともに、その満開の桜花になりきって舞うのである。

「都は春の錦《にしき》、燦爛《さんらん》たり……」

毘沙門堂、黒谷、下河原、清水寺、嵐山……。

そして、己れは自身でも分からぬままに、口にしていた。

「……波の花かや、佐渡の海、桜寄すれば、正法寺……」

見所から声が上がるのを、ヒラキで受け止めて前をはるか遠く見やった。

「あら名残惜しの夜遊《やいう》やな、惜しむべし惜しむべし……、得がたきは時、逢ひがたきは友なるべし
……春宵《しゆんしよう》一刻値千金、花に清香《せいきよう》月に陰……」

友である西行との別れを謡えば、了隠殿がもはや役も忘れて、両肩を震わせ、泣いていた。

後ろからは、たつ丸の洟をかすかに啜るかの音が聞こえ始める。堂の端へと向かいながら見やると、小鼓を抱えながらも、涙が流れるのを懸命にこらえて、顔をゆがませているのである。見れば、能管を膝に立てた六左衛門まで眼に涙を溜めていた。

だが、たつ丸がこれまで見たことのない毅然とした面持ちになって、序の鼓を打つ。皆して気を合わせて、囃子が立った。

「別かれこそあれ、別かれこそあれ……」と地謡。

されど、「待て暫し待て暫し、夜はまだ深きぞ」と、友の西行を招かんと己れは扇をかざすが、もはや夢も薄らいで……。

「花の枕の……」と、狩衣の左の袖を巻き上げて、膝をついた。

「夢は覚めにけり……夢は覚めにけり……」

……夢は覚めたのか。あるいは、現が覚めて、真如が開けたのであるか。どちらの岸を渡りているのか、己れはこの白んでいく朝の薄闇に、溶けていくように消えねばならぬ。

「春の夜は明けにけりや、翁さびて跡もなし、翁さびて跡もなし……」

本堂から先にハコビで静かに退《しりぞ》きながら、もはや己れの体がいかになっているのやら分からず、ああ、魂がさまよい出てしもうたかと思うている自分がいた。

舞台から下がれば、心の臓が早鐘のごとく打ち、汗は流れ、息差しなどやっとのことであるはずが、まるで何も感ぜぬのである。ただ、何者かに誘われるかのように、本堂から渡殿を行き、房へと向かったはいいが、そのまま庭に出てしもうた。

ああ、己れはいまだ桜の老精のままに、春の夢の覚め際が追いかけて来るのから逃れようとしているのであるな、と妙なことを想うた。

いまだ本堂の内にはワキの了隠殿も、囃子方もいるのであろう。外には大勢の見所もおられる。その賑やかさを避けようとするのは、老精というよりも、むしろ西行法師であろうか。

何やらおかしく、小さく笑いを漏らしつつ歩くうちに、正法寺裏の林への道に出て、そこを少しずつ上っていく。

林立する佐渡杉やそれに絡みつく蔦が垂れ、枯草の群がりの下の黒土が、噎せるほどの春の兆しをにおわせている。時々、樹々の間から白く冠雪した北山の山の端が覗いて、己れは「西行桜」の無事奉納できたお礼にと、少しでもあの霊峰へ近づいて礼拝したいと思うているのであろうか。不思議にも、心の臓はつゆとも音を上げず、息すら乱れぬ。白き狩衣と、それに劣らぬ真白き髪を胸まで垂らす翁を、何者が招いているのであろうか。

「世阿爺ーッ！　世阿爺ー！」

「世阿弥殿ー！」

「世阿様ー！」

遠く下の正法寺から、たつ丸や了隠殿、六左衛門の、己れを探す声が聞こえてきて、山の冷気に木霊している。

「世阿爺ィィィィ！」

たつ丸の声がよう伸び、響いて、謡も上手になりそうだと思うていると、まだ冬枯れたままの芒の群れが、野分で寝たかのごとくなる原があった。周りを見回せば、白き靄が樹々の幹や枝を食むようにわだかまって……。

いや……あれは……靄ではのうて、桜の……花ではないのか……。

憂き世と見るも、山と見るも人の心にあり、と謡うたばかりの翁には、草木国土みな、成仏の、御法《みのり》にも見える。

［主要参考文献］

・表章・加藤周一校注『日本思想大系24　世阿弥　禅竹』（岩波書店）
・横道萬里雄・表章校注『日本古典文学大系40　謡曲集　上』（岩波書店）
・磯部欣三『世阿弥配流』（恒文社）
・観世寿夫『心より心に伝ふる花』（白水社）
・和田萬吉編『謠曲物語』（白竜社）
・増田正造『能の表現　その逆説の美学』（中公新書）
・梅若六郎『梅若仕舞囃子形付　第一冊〜第四冊』（能楽書林）
・初代堀安右衛門・増田正造／宮野正喜（写真）『能面　鑑賞と打ち方』（淡交社）
・杉本苑子『華の碑文　世阿弥元清』（中公文庫）
・大倉源次郎『大倉源次郎の能楽談義』（淡交社）
・世阿弥／竹本幹夫訳注『風姿花伝・三道』（角川ソフィア文庫）
・梅若六郎『謡本』各種（能楽書林）

＊また現在、謡・仕舞をシテ方観世流・梅若紀彰師（重要無形文化財総合指定保持者）に師事。

世阿弥最後の花《ぜあみさいごのはな》

二〇二一年六月三〇日　初版発行
二〇二二年三月三〇日　4刷発行

著者　藤沢周
発行者　小野寺優
発行所　株式会社河出書房新社
〒一五一-〇〇五一　東京都渋谷区千駄ヶ谷二-三二-二
電話　〇三-三四〇四-一二〇一［営業］
〇三-三四〇四-八六一一［編集］
https://www.kawade.co.jp/
ブックデザイン　鈴木成一デザイン室
装画　しらこ
印刷　株式会社亨有堂印刷所
製本　小泉製本株式会社
Printed in Japan　ISBN978-4-309-02968-9